蓝博洲

幌马车之歌

[增订版]

夕べに遠く木の葉散る
並木の道をほろぼろと
君が幌馬車見送りし
去年の別離が永久よ

想ひ出多き丘の上で
遠けき國の空眺め
夢と煙れる一と年の
心無き日に涙湧く

轍の音もなつかしく
並木の道をほろぼろと
馬の嘶き木霊して
遙か彼方に消えて行く

图书在版编目（CIP）数据

幌马车之歌／蓝博洲著．—增订版．—北京：生活 · 读书 · 新知三联书店，2018.3
ISBN 978－7－108－05207－0

Ⅰ.①幌… Ⅱ.①蓝… Ⅲ.①报告文学－中国－当代
Ⅳ.①I25

中国版本图书馆 CIP 数据核字（2017）第 291186 号

特邀编辑　王晨晨
责任编辑　冯金红
装帧设计　薛　宇　蔡立国
责任校对　张　睿
责任印制　宋　家
出版发行　生活·讀書·新知 三联书店
（北京市东城区美术馆东街 22 号 100010）
网　　址　www.sdxjpc.com
图　　字　01-2018-1337
经　　销　新华书店
印　　刷　河北鹏润印刷有限公司
版　　次　2018 年 3 月北京第 1 版
2018 年 3 月北京第 1 次印刷
开　　本　635 毫米 × 965 毫米　1/16　印张 20
字　　数　241 千字　图 234 幅
印　　数　00,001－10,000 册
定　　价　55.00 元
（印装查询：01064002715；邮购查询：01084010542）

目录

附　录

评论与回应：未完的悲哀

序一　隐没在战云中的星团

林书扬

台湾的组织性左翼运动发端于日本殖民地时代的二十世纪二十年代初期。当时的大环境是：全球性的资本主义战后危机，民族自决的风潮，和十月革命成功后出现的世界性左翼运动的大汇聚——第三国际的成立。一般的时代思潮中，被称为马列主义的科学社会主义，和巴枯宁、克鲁泡特金等人的无政府主义，同时占有重要位置。这些新思潮不仅在先进资本主义国家内，更在资本帝国主义支配圈内的殖民地、半殖民地社会中迅速占取了阵地。当年在殖民地的有形无形限制下，一般的台湾人子弟在岛内的教育机会不多，稍有经济条件的家庭便不得不让子弟留学海外。而留学的目的地则大致有两个，一为殖民本国日本，另一为民族的母体：中国大陆。而这两地的社会情况，包括经济政治和思想方面，则激烈的阶级斗争正席卷着全社会的庶民生活。在日本，号称大正民主的政党制代议制甫上轨道，左翼人民阵线的运动也急速膨胀。中国大陆则处在半殖民地半封建的困境中，民族民主革命的推动和社会革命的预警也已经形成了时代的主流。来自民族压迫和阶级剥削双重负荷下的殖民地台湾的青年们，很快便接受了社会主义和民族主义的两大思想武器，由学习启蒙到组织性的实践，由海外而岛内，终于有了第一期的人民左翼运动。运动的周期约十年。农民、工人、学生及文化界的团体成员四万余，曾经主导过台湾的反帝殖民地斗争。

然而，在内外危机的逼迫下，日本结束了尚未成熟的议会制度，于三十年代走进了军阀政府备战体制的时期。本国的民间政治团体特别是左翼团体全面受到了取缔。殖民地的反抗运动和团体更遭到了彻底的弹压。阵线瓦解、运动人士或被捕入狱或亡命出走，台湾左翼运动的第一期于此告终。

帝国主义战争一直持续到一九四五年。因为战灾严重战力枯竭，日本终于无条件投降。而尝尽了多重压榨的殖民地台湾，也终于获得了复归祖国、摆脱异族统治的机会。

当时的中国，名义上是新建制的联合国安全理事会的五个常任理事国之一，取代战前日本在国际联盟中所占的位置，成为东方世界中唯一拥有举足轻重的国际影响力的政权。但实际上长期的混乱落后，国内矛盾正继续恶化中。执政的国民党早已丧失了"国民革命"的动力，民心多离反，大众生活疾苦。构成民族抗战体制的基础的国共合作在理论上尚未破裂，但两党之间在政治上、组织上、思想上，甚至军事部署上的明争暗斗正孕育着爆发性的危机。

在这样的情况背景下，那批由亡命地赶回故乡，或由监狱被释放出来，或在群众间潜身一段时期的第一期运动的斗士们，对于当年招致取缔而已经瓦解了的组织架构，在新的政治处境下可否加以重建并重振运动，一般说来都抱着审慎的态度。因为这些属于第一期的运动人士的政治警觉度比较高。虽然日帝已经退出台湾，台湾已经复归于战胜国的中国，但左翼理念中的社会观和历史观，使他们对一个半殖民地半封建社会所内含的阶级对抗的严重性不敢轻忽。更因为他们都是已经身份暴露、登记在案的政治异端分子，在日据时代如此，在国民党政权统治下亦将如此。因而光复初期虽然有过少数旧农组、旧台共系统人士的试探性的重建活动，但因为不久爆发出"二二八"事件，一些雏形组织和初步建立的人脉联系一举而被打散。在国民党方面，则经过这一次严重的民变后，对于日据时代潜留下来的台湾左翼的传统（虽然当局也清楚了解事件本身并非左翼人士的计划性发动）十分警觉，事件后，针对第一期运动人士的追踪调查建档工作也相当深入。这份警觉心随着大陆上国共两党武力对抗情势的日益尖锐，台湾当局的恐左意识也就愈形严重。在这样的政治情况下，第二期左翼运动所面临的困难甚至超过第一期的反日帝斗争。运动始终停留在非公开的宣传教育和组织阶段。

自一九四九年国民党政权全面溃败退出大陆后，台北国民党政府的重建完全以政治安全为第一。把大陆时期的特务系统加以一元化的集中加强，准备以恐怖手段来推行军法统治。到了朝鲜战争爆发，美国对华政策的全面改观，使国民党政府转危为安。于是发动筹措已久的全岛规模的军法大肃清。

采录在本书里面的几位台湾青年，便是无数牺牲者中间的一小部分。他们大都因年龄关系和第一期运动没有直接的关联。但在社会主义和民族主义的思想脉络上，毫无疑问是台湾左翼传统的承袭者。不过他们在客观环境和主观条件上都有异于前期的运动者。第一期和第二期相比，在大环境方面反而比较有利，有世界性的反资反帝潮流和殖民本国的一定的议会民主的体制和运作。虽然殖民地在有关的政治禁令方面比本国还严厉得多，但比起内战频繁的中国，还是有一定的正常的公开活动空间。战后第二期的台湾左翼却处在日益炽烈化的内战环境下始终没有公开化的机会。在半殖民地半封建的社会体制下，政权的暴虐性和脆弱性注定产生特务政治。国民党政权在新收复地的台湾建立起一套违背民意不顾大众利益的收夺机构，令复归祖国的台湾民众尝到了期待破灭的精神痛苦，和现实生活中的困苦。这一代的青年们大致受到比较完整的日式教育，但他们的成长期大都已进入军国主义教育时代，在思想素养上本来比较单纯。不过处此激烈的历史转换期，青年们的自动学习蔚成风气。他们以有限的国文阅读能力如饥似渴地涉猎中文书籍，特别是有关的思想经典和中国现代史。在不间断的动乱已经成为时代的主要特性的社会中，并在相当特殊的历史条件下，青年们大致还能正确地反映出战后帝国主义宰制下的东方社会的具体情况——政治混乱、经济衰竭和精神的颓废。他们曾经是殖民地教育制度下的精英，却也备尝过二等国民的耻辱和抑郁。他们在战后的身份变换过程中，体验出那不过是纯殖民地与半殖民地之间的一次转换，是由二等国民的身份转到二等国家的国民。此外诸如帝国主义霸权下的民族压迫和阶级压迫的连贯性、历史科学上的民族形式与阶级制内容的相关关系、资本主义经济的发展原理在帝国主义时代的失效、国家暴力的异化、资产阶级民主的虚假性等，也都是此一时期的台湾左翼青年所必须面对的意识形态问题。他们大都具有悲怆的本土情操，但更有历史唯物论的理智的世界观。对于被凌辱的中国现代史的展视，以多项症候群——已经无分大陆与台湾——为注脚，也使台湾青年们深深认识到所有的解放努力只有一个战场，那是跨越海峡的。据此他们对于民族利益的阶段性肯定，和阶级解放在反帝民族运动中的终极目标化等，都有了一应的思想处理。台湾社会的历史特殊性，包括政经人文现象方面，也都在社会主义的发展理论中统一融合于全中国新民主主义的变革观念里。向来常常出现在台湾史评论文章中的一句话，台湾青年“因对白色祖国绝望而转向红色祖国”云，如果肯定确有这样的现象，那么它在思想层面的含义就如上述。

他们对本土台湾的热爱原本就非常真挚。因为那是处在异族帝国主义的欺凌和污辱下的本能的自卫和自尊。但他们借助于历史唯物论的结构论的反映和帝国主义论的世界剖析，看出了同时涵盖大陆与台湾的一条战略规律——新民主主义变革论。至此，台湾左翼的第二期运动有了运动目标和任务规定。在时间上，大约自光复到二十世纪五十年代，军事戒严令的全面制压为止。

当然，本期运动的出现，也不单是一批知识青年在思想学习中自行达成的结果。他们所信奉的思想体系已经是人类的公产，在客观的社会现实中经过一定的反映过程而自然变成部分社会成员的主观意识，这也是社会实践中的意识化过程的常态。但具体现实中的地缘人脉、社会的共同记忆等，也正是一种思想和行为模式的传播途径。五十年代台北国民党政权的白色恐怖大整肃，它的政策目标，不仅企图消灭特定的思想动态，同时也针对具有媒介作用的一切群众性的有形无形的关系。因为这样的目标牵连到大众生活的范围甚广，所以才出以“恐怖政策”，图以最原始的恐惧效应来补充法令有形规定之不及。

恐怖政策的最大效果是产自恐惧感的自我抑制甚至自我麻醉。使人人非但不敢行，也不敢想，更无处可以窥知事情的真妄是非。在那一段沉闷恐惧的岁月中，究竟捐躯者有多少人，因何事而受处刑，事件之真相如何，等等，更是无人敢问，敢写，敢探求。一段历史的空白中绝，如果其中隐含的真实和意义与这个社会的未来走向具有密切关系，那么如何把这一段缺落填充起来，应该是有良知的研究者、文笔工作者的责任了。本书中所提到的名字，都是曾经在这一段缺落的历史中活过、死去，而不被一般世人所知，却也被少数的知人所遗忘的人。但他们的生与死，却透过各种不同的形迹和那一段湮没的历史直接联系着。这一点不能不说具有无可替代的史料价值。

前面已经说过，他们的名字长年来沉埋在历史的黑暗底层，是深沉的政治企图所致。说来也是中外阶级斗争的无情的常态。统治者都知道，贯穿一世代的浓重的恐惧会把真实虚无化，把价值无聊化。恐怖政策之恐怖所在，也许就在这里。

这些人不是一般公式中的英雄圣贤，而是寻常有骨有肉、有血有泪的人。只不过热爱乡土和祖国，固执于造福全人类的真理，相信未来，更相信为了未来必须有人承担现在的代价，而自愿以生命来承担这份代价的人。

这时候，我们还不知道有过多少这样的人。书中的他们只是一小部分比较有端绪可寻的人。

最后，作为书中人物的旧知，本人要感谢作者的用心和努力。

序二　美国帝国主义和台湾反共扑杀运动

陈映真

孙中山所奠定的国共合作体制与反对帝国主义和封建主义、扶助中国工农阶级振兴中华的政策，在一九二七年由国民党联合当时中国的封建势力、买办资产阶级和大资产阶级的军事恐怖政变中破裂，屠杀、酷刑和囚禁了大量爱国知识分子、学生和共产党人，并从此展开了长期的内战。第二次世界大战爆发，美国的政治、军事和经济力量，随着世界抵抗法西斯轴心的战争之发展，迅速伸向中国。抗日战争结束，国共内战转烈，美国在军事、警察、反共情报作战等方面和国民党进行密切的合作，协助国民党对中国的政治异议者进行残酷的逮捕、拷问、监禁和屠杀。四川红岩监狱，就是由美国与国民党在特务、警察工作上的巨大合作组织——恶名昭著的“中美合作所”逮捕、拷问、囚禁和屠杀共产党人、民主人士、爱国分子的大本营。

一九四七年以后，中国大陆的内战形势急转直下。美苏在全球范围内的冷战对峙不断增强，美国开始全面在它的势力范围——所谓“自由世界”——创造和支持“次法西斯蒂”（subfascist）右翼、反共、独裁政权做美国的扈从国家（U. S. client states）。

原来在第二次世界大战过程中，在亚洲和拉美、非洲等旧殖民地、半殖民地区域，共产党人和其他反对帝国主义、力争民族解放和民族独立的势力，在反轴心国法西斯侵略的战争中，迅速壮大了自己的力量，形成第三世界一股坚强的反帝、反封建，追求民族解放和国家独立的民族民主革命潮流。第二次世界大战结束，轴心国资本主义各国固无论矣！即同盟国资本主义／前殖民主义国家如英法，也在大战的损耗中精疲力竭。因此，第二次世界大战甫告结束，亚非拉大地上的民族主义和民主主义革命的风潮不断高涨。这股新的民族民主革命运动，特别在战后许多社会主义国家纷纷成立之后，使得战后力图恢复“二战”前旧殖民体制和利益的一切镇压和努力失去效力。因此，以美国为首的西方霸权主义，开始发展一个新的战略，即新殖民主义的战略：由前殖民主义国家允许和同意其各殖民地取得形式上的“独立”，却以继续保持旧殖民母国对新“独立”的前殖民地各国的经济、军事、政治、文化和意识形态的支配性影响力作为交换条件。

当然，这些新“独立”的、作为旧殖民地母国之代理统治的扈从政权，是不得民心的。为了确实地保护美国在各前殖民地的经济、军事和战略利益，美国遂采取创造和支持各前殖民地国家的军事独裁政权，对其国民施行残酷破坏人权的独裁而腐败的统治。这些“次法西斯蒂”“美国扈从政权”，以下述的各种犯罪手段，广泛而严重地加害于各族人民：

挑动内战：以武器和金钱支持旧殖民地非民族（denationalized）势力、买办资产阶级和封建地主阶级，对抗当地一切工农改革势力，激起长期艰困的民族内战，分化民族团结，颠覆民族民主革命，企图使当地政权长期扈从化，维持其帝国主义的各种利益。

干涉内政：阻止当地政府经济独立自主政策，以颠覆、政治暗杀手段瓦解当地政府将外国企业在合理条件下收归国有，压抑外来资本、培植本地资本的政策。干涉当地汇率、物价；干涉对外采购自由，干涉选举；干涉一国的对外政策；在一国内部支持亲美的政治、经济、军事和文化势力，等等。

严重破坏人权：美国策动和支持亲美军事政变。政变后，支持对一切反美的民族自主势力进行广泛彻底的非法逮捕、拷问、监禁和屠杀。为了扈从国家的“稳定”以巩固美国在当地的政治经济利益，美国历来广泛支持各扈从国的恐怖政治，支持反共军事独裁政府的一切肃清异己的残酷屠杀和拷问。

一九八九年十二月二十七日，《波士顿环球报》（*Boston Globe*）在一篇文章中这样描述拉美许多亲美军事独裁政权：

在没有任何罪名下，政治异己分子在枪尖下被成批带走。军人把无数的平民从他们的家中拉走，却把糖果塞到被捕者小孩的手中。脆弱的文人政府必须向军方请教政府的下一步该怎么走。

如果这像是诺瑞加（Manuel Antonio Noriega）专制统治下的巴拿马，事实并不然。在中南美洲，上述的军人全穿着美军式的制服。这些军人支配着这些向大国交付了主权的国家。

一九四七年，美国在希腊、土耳其屠杀“共产党人”多达千余人。一九四八年，美国协同李承晚屠杀八万名韩国济州岛起义农民。一九五四年，在危地马拉的美国中央情报局推翻反美的阿尔本兹（Arbenz）政权，建立亲美军事独裁政权，并对危地马拉土著印第安人进行灭族性屠杀。一九五五年，美国支持的军人推翻阿根廷裴隆政府，屠杀、监禁无数。一九六〇年到一九六三年，美国抵制加纳的杰干反美政权，唆使当地亲美右翼反对和抵抗政府。一九六四年，美国用枪打死二十一个企图在运河区竖立巴拿马国旗的巴拿马爱国学生。一九六四年，美国推翻巴西文人政府，并支持成立一个统治巴西二十年的军事独裁政权。一九六五年，美军入侵多米尼加共和国，杀害了两千八百名以上的多米尼加军民。一九六五年，美军出兵敉平反美蜂起。一九六七年，美国领导的军队在玻利维亚镇压共军，逮捕并杀害拉美革命英雄格瓦拉（Che Guevara）。一九六五年到一九七三年，美国调训乌拉圭特务和警察，协助政府对异己分子进行广泛的非法逮捕与拷问，促成一九七三年乌拉圭军事亲美独裁政权的成立。一九七三年，美国支持的智利军方推翻了民选的阿颜德（Allende）左翼政府，造成三万智利人死亡，使皮诺切特军事独裁政府在智利维持了十六年统治。一九七四年，美国干涉牙买加曼莱（Manley）的反美民族主义政权。一九八〇年，美国批准韩国军队镇压韩国光州学生运动，残酷虐杀学生和市民数百名。一九八〇年，美国介入尼加拉瓜内战，造成二万九千人死亡。一九八三年，美国出兵侵略格瑞纳达。

一九八六年，美国出兵玻利维亚“消灭古柯碱制造工厂”。一九八九年，美国军队入侵巴拿马，逮捕巴拿马总统诺瑞加回美侦讯。

必须从这整个战后美国霸权主义、扩张主义和新殖民主义罄竹难书的犯罪背景中，才能更为深刻地了解，美国支持国民党在一九五〇年朝鲜战争爆发以后以迄一九五四年，在台湾进行持续性、广泛而残酷的政治扑杀运动的深刻意义。朝鲜战争爆发以后，中国大陆成了美国头号假想敌。为了取得大陆的各项情报，美国中央情报局（CIA）在台大肆活动，一方面支持国民党在台进行对真假“匪谍”的广泛逮捕、拷问、监禁和虐杀，一方面迫使当时极端孤立的国民党与CIA合作，进行大量反中国和反中共的行动。作者蓝博洲在这本书中所报告的一九五〇年到一九五四年国民党的“异端扑杀”运动，便是当时美国改变方针，决定选择国民党为其反共战略上的扈从“政权”，从而在台建立一个蒋氏高度独裁的“次法西斯蒂·反共国家安全国家”（anti subfascist communist national security state）过程中必然的产物。在这个巨大的恐怖政治中，国民党在台湾杀害了四千至五千个本省和外省的“共匪”、爱国主义知识分子、文化人、工人和农民，也将同样数目的人投入十年以上到无期徒刑的牢狱之中，一直到一九八五年，最后一个二十世纪五十年代的政治终身监禁犯才被释放出狱。

蓝博洲，一个台湾客籍工人的儿子，在一九八六年的尚未“解严”的时代，开始了探索、发现和揭露台湾战后史上这一段长期被暴力湮灭的历史的工作。其中头两部作品，《美好的世纪》和《幌马车之歌》都曾分别在一九八七年和一九八八年发表在今已休刊的《人间》杂志上，而震动了读者。《人间》杂志的休刊，并没有使蓝博洲停下他的笔。他继续揭发这沉埋在谎言与阴谋的荒芜中长达四十年的、悲壮而又凄惨的万人之冢，把在二十世纪五十年代国际霸权主义和内部对外扈从、对内凶残的次法西斯蒂铁腕统治的暴力和恐怖下，对生与死，对意义和虚无做了最艰难而勇敢的选择，在激烈的壮怀中，为民族和阶级的自由与解放，打碎了自己，向不知以恐怖与暴力为耻的法西斯主义和帝国主义做出了震撼山谷的怒吼和抗议的一代最耀眼的形象，重新构建和显现出来。这是一九五〇年大恐怖以来台湾史学界、言论界、文艺界和文化界近于绝无仅有的重大贡献。

一九五〇年以来，台湾的历史学界、社会科学界和文艺界，长期受到美国意识形态的洗脑，对于台湾战后充满了歪曲、谎言、恐怖和暴力的历史毫无批判的研究和创作能力，从而在四十年间，为美国涂脂抹粉，把美帝国主义装扮成人权、民主和自由的推进者、守护者。今天，当美国叫嚣以中共“改善其人权条件”交换使中共取得“最惠国待遇”，以便大陆得以向美输出廉价劳动力密集的轻工产品时，人们早已遗忘，甚至不知道，在国民党自一九五〇年迄一九六五年间在台湾进行反共反民主逮捕、拷问和虐杀、监禁时，美国持续以十六亿美元的经援、四十余亿美元的军援给予台湾，并且截至二十世纪八十年代才停止台湾的“最惠国待遇”的事实。美国对韩国军事独裁政府付出了六十五亿美元的军事援助。对二十世纪六十年代屠杀百万“共产党人”的印度尼西亚，美国支付了二十余亿美元的军援。美国对中南美洲军事独裁政府乌拉圭、委内瑞拉、智利、尼加拉瓜、多米尼加、巴西、玻利维亚、阿根廷和欧洲亲美反共独裁政权西班牙、希腊、土耳其等，从来也没有因为它们残暴至极的人权蹂躏而停止过“援助”和什么“最惠国待遇”。

蓝博洲的这本集记录和文学于一体的《幌马车之歌》，是台湾年青一代作家对美帝国主义及其“次法西斯蒂扈从”者的谎言一记强有力的反驳！

一九八八年，世界冷战以苏联戈尔巴乔夫的对美投降和东欧的解体结束了。台海对峙的形势也在不以美国扈从者主观意愿为转移地趋向于终结。在这“冷战—内战”双重体制的衰亡历史中，如果没有台湾内部有意识地在历史学、社会科学、文艺和文化上对荒废、黑暗，充满歪扭、暴力、谎言与恐怖的台湾战后史进行深刻的反思与清算，则冷战与内战的幽灵、美国扈从主义和次法西斯蒂的亡灵，就不会自动消失。在这意义上，蓝博洲这本《幌马车之歌》的出版，便是激烈地刺向冷战和内战历史的恶魂厉鬼的桃花木剑，值得喝彩。

序三　凡记下的就存在

侯孝贤

十六七年前，我们都在看《人间》杂志的时候，看到了蓝博洲的《美好的世纪》和《幌马车之歌》。那两篇东西真的是先驱。

也是那个时候，我拍了《悲情城市》。就电影技术上的突破而言，是台湾第一部采取"同步录音"的电影，但某些部分仍得事后补录或配音。譬如押房难友们唱的《幌马车之歌》，要有空间声，不能在录音室录，所以特别开拔到金瓜石矿区废置的福利站空屋去唱，四个人，我、谢材俊、天心和唯一会日文的天心的母亲（刘慕沙），日文歌词用注音符号标示发音，这样录成的。

之后，好像辜负了很多人的期待，我岔开去拍阿公李天禄的故事《戏梦人生》（阿公年纪太大，不赶快拍会来不及），要到一九九五年《好男好女》，我才以《幌马车之歌》为题材，把压缩在《悲情城市》后半结局的时空重新再做处理。并且从预算中拨出资金拍受难人访谈的纪录片《我们为什么不歌唱》，由蓝博洲和关晓荣负责执行。

《好男好女》开拍时蒋碧玉还在，次年一月十日她病逝，我们大队人马在广东出外景，包括蓝博洲（被我拉来饰演偕同锺浩东、蒋碧玉夫妇投身大陆参加抗日的萧道应医生），大家听到消息似都茫然无限感慨。二十五日拍完回台湾，二十六日就是蒋碧玉出殡。丧礼上多是"台湾地区政治受难人互助会"的老同学们，我在分镜笔记本上随手写：再过些年一切也淡忘了，一人只得一生，自然法则，生死成毁无可逃处。

这好像很无情。

对照当时我拍此片采取的结构手段，戏中戏，现实与往事。戏中戏叫作《好男好女》，正在排练和准备开拍中，背景是二十世纪三四十年代抗日战争到五十年代白色恐怖大逮捕。现实是九十年代台湾现状。往事是饰演蒋碧玉的女演员，与男人一段短暂的同居时光，男人遭狙击后，她拿到和解金存活至今。三条线最后交织在一起，女演员混淆了她与蒋碧玉，而男人的死似乎替代了锺浩东。女演员已分不清是半世纪前年轻男女为革命奋斗的理想世界呢？还是半世纪后当下的现实？

看来形式复杂，野心很大，其实可能是一种闪躲。闪躲当时我自己在面对这个题目的时候，其实身心各方面皆准备不足的困境。如果今天我来拍，我会直接而朴素地拍。

所以，世人将如何记得这些事呢？有人说："我们从古至今都一个样，没有变得更好，也不会变得更好。历史上因我们的罪而牺牲的人，简直是死得轻如鸿毛，我们回报以更多的罪恶。"

那么"历史与现场"这套书系有何作用？蓝博洲数十年来在这个题目上做的追踪研究，不是枉然？

当然不是，从来就不是。

历史就是要有像蓝博洲这般一旦咬住就不松口的牛头犬。在追踪，在记录，在钉孤只。凡记下的就存在。

凡记下的，是活口，是证人，不要以为可以篡改或抹杀，这不就是历史之眼吗？我无法想象，没有这双眼睛的世界，会是怎么样的一个世界！

《幌马车之歌》出版于一九九一年，今天新版再出，我谨以此文与蓝博洲共勉。

二〇〇四年九月

序四　救赎的历史，历史的救赎

赵刚

蓝博洲告诉我，他的《幌马车之歌》要出第三版了，他说新版内容增加了不少这些年来他就这一主题继续追踪的一些重要口述证言与档案资料。他说他想邀我写序。我告诉他，这本书的第一版我在二十多年前就读过了，但我没告诉他的是，内容是什么我早已忘却了；还记得读过，或许只是因为这个美丽的书名还在那儿兀自地铛铛作响吧！然而，我还是勉强地答应了。“勉强”，是因为我的确对蓝博洲竭半生之力所探索的这段历史感到陌生，自觉是没有资格写序的。那么为何还是答应呢？恰恰只为“勉强”故！——我得勉力克服这个奇怪的、不合理的“勉强”。于是，我就把“序”的差事，当作蓝博洲期待于我的一段学习之旅。下面的文字，因此不过是我阅读这本书的一些学习、反思，以及感触。

《幌马车之歌》是一本以报告剧为形式的报导文学作品，记录了客家籍青年锺浩东（1915—1950）及其夫人蒋碧玉（1921—1995），以及那个时代无数类似青年的革命事业。青年锺浩东反抗日本殖民统治，九死一生潜回祖国大陆投身抗日，抗战胜利后又迅即回到台湾，为了改革社会的理想，投身教育事业，赴基隆中学任校长。在这期间，他目睹了国民党政权的腐败与反动，与内战中的另一方——中共相比，明暗立判，于是像很多当时的知识青年一样，思想迅速左倾，而锺浩东更是加入了地下党，在一九四九年被捕之前，为他所热烈盼望且相信即将到来的“解放”，和国民党政权进行殊死斗争。他最终，求仁得仁，为理想牺牲，成为一九五〇年白色恐怖的著名牺牲者之一……

在我重新阅读这本书稿之前，我必须诚实说，对于锺浩东、蒋碧玉，以及那个“基隆中学案”，我是几乎完全遗忘了。为什么我与这段情志高蹈血迹斑斑的当代史之间，是如此陌生离异呢？为什么替这样一本书写序我会感觉“勉强”呢？我想，这不仅仅是我个人的问题，应该也是当代台湾知识圈的一种普遍现象吧。我们的知识结构、我们的历史意识一定是出了某种共同的问题。因此，不妨把我的“勉强”也当作一桩（包括我的）当代“知识事件”来解读。

我的“勉强”是大小两层“怪圈”之下的产物。外层大怪圈是台湾社会在历史意识上的全面单薄枯槁。我在大学教书，学生对“历史”的感觉就是和自身无关的那些为考试而背诵的事件与年代，对于当代也知之甚少，而且几近无感，这或许吊诡地说明了他们何以近两年来会对一些政治象征做超乎寻常的情感反映，但这是另一个话题了。历史意识的单薄枯槁至少有两个重要原因，其一是大众消费社会所产生的一种“天然的”“历史终结”感，其二则是历史意识被狭隘政治化。第一个原因我们在这里就不说了，关于第二个原因倒是可以稍微谈谈。一向以来，国民党但为遮其自身之羞的缘故，把台湾历史与中国近现当代史不是肆意切断就是以它的不通童骇讲述，别的不说，它就无法说明它何以仓皇辞庙败退来台；不通的故事必然使人对历史教育望之却步。又，一向以来，国民党因为半遮面地把自己置放于一个亲美友日反共的格局之中，以至它无法真正面对日本殖民历程，从而更谈不上任何的“去殖民”。而另一方面国民党的挑战者民进党，不管它对国民党如何龇牙咧嘴，它始终忠实不贰地继承国民党看待历史的大架构，在反共、亲美、友日的神圣三位一体下，顶多添加上一些反国民党的、台独的、反中的因素。当然这些因素，也是经由政治需求重新界定，例如对“二二八”的叙事凸显放大其“分离主义”、对一九四五年至一九四九年数年间“统一”状态下两岸民众（尤其是知识分子）的思想与实践的交流合作的不闻不问、相对于“二二八”的高分贝的对二十世纪五十年代白色恐怖的奇怪沉默，以及特别是近几年来对日本殖民的涂脂抹粉……

我当然和绝大多数台湾人一样，多多少少是在这个长期怪圈之下形成了我的历史意识，或至少，我的历史意识一定得受到这个怪圈所影响制约。对于它的支配，不可低估，因为它并不是以一种易被感知、易被察觉的方式硬邦邦地杵在那儿，而几乎是以一种不被人们意识得到的方式存在的——而这正是霸权之所以是霸权的所在。经过国民党与民进党兄弟接力的历史编纂工程，人们或许在这个或那个的用词上有“蓝绿”龃龉，例如表现在教科书争议上，但对于一种更根本的、超越语言的、简单化的、图像化的，从而是更有支配力的历史感觉，则是不曾有过任何撼动之效的；这些感觉包括：共产革命是暴力的、西方（美国）是自由民主的、“文革”是全民发疯、日本殖民是现代的合理性的、国民党是一个专制落后无能的政党、“二二八”是外来政权对台湾人的压迫，以及所有殖民时期与战后反国民党的仁人志士都是“勇敢的台湾人”……当历史意识是建立在这样一种卡通化的黑白善恶美丑皆分明的基础上时，持这样历史观的人们也同时被去政治化，而成为了权力的对象。

这个属于广义历史编纂所造成的“无意识”是有巨大宰制力量的，甚至宰制了自以为是的反对者、异议者、批判者，乃至逃逸者。要说明这个怪现象并不难，可以通过我所谓第二层的，也就是内层的“小怪圈”来进行；而以我自己的例子来说明也许还更有说服力。是这样，我和我的一些朋友，在二十世纪八十年代到美国念书，习得了那时欧美学术圈的比较批判性的“新左派”理论与政治话语，并在八十年代下半期陆续回台，之后，基本上凭借着这套话语进行所谓“介入”。我们标榜不统不独、关切市民社会的民主生机、反抗国家暴力与宰制、反对族群民族主义的偏狭，并支持草根的、由下而上的“社会运动”……在操作这套话语的同时，我们的自我认同是“左派”，是根植于台湾这个特定空间与发展阶段的左派。但如今反省起来，这样的“左派”在某种自我标榜的道德正义感与知识优越感的后头，是有某些不自明的从而是意识形态的前提的。我们的知识或社运的干预前提是：一、西方知识圈所界定的平等、正义、公共、多元等是“普世价值”；二、必须是在一个资本主义与民主宪政的现代社会中。于是，尽管我们不喜欢“历史终结”这个讲法，并常作态调侃它，但实际上我们已接受了这个讲法，并以它作为前提——我们是在一个后革命年代中，以社运为方式，对这个社会做“改良”。而当“战斗”“反抗”或“异议”的我们，在如此想象历史时，我们其实已经是默认了第一层大怪圈，或至少是不（或无法）挑战它的。因此，我们就有了一种对待历史的实际方式，而这和我们所批评的当代年轻人的去历史化并无重大不同，也就是我们的历史叙事经常是从“一九八七年解严”开始，或“二十世纪五十年代的进口替代”开始，或最多是从“战后国民党撤退来台”开始。于是，这样的“左派”不只是无视于整个近现当代中国的乃至区域的历史——于是，台湾的历史，更是无视于左翼自身的历史；它把日据时期台湾左翼抗日志士的反抗在历史叙事中勾销了，把一九四五年至一九四九年之间大陆与台湾的左翼或进步知识分子的联结合作给取消了，把二十世纪五十年代的白色恐怖给淡化模糊化了，把一九七〇年至一九七一年的保钓运动给边缘化了，也大致把一九七七年至一九七八年的乡土文学运动给遗忘了。正是建立在这些勾销或遗忘上，二十世纪八十年代末出现于台湾的“新左”定义他们自身的“左”。但如今看来，这个“左”其实甚至并非“新左”，因为他们并不曾相对于“老左”定义他们的“新”，这个“新”是一个无“老”无“旧”作为指涉对象的一种无意义修辞，所谓新以为新——于此，甚至并不同于西方的新左。因此，这个左翼事实上仅能是“洋左”。而二〇一四年的“太阳花运动”又残酷地展现了它已经成功地收编了这个“洋左”的所有论述能量，从公共化、后殖民到反全球化这些概念或理论，到历史终结的历史观与世界观，到那在知识方法上画台湾为牢的“方法论台独”。

透过指认出这个双层怪圈，我得以解释我的知识构成图谱，以及，更具体地，我何以对“锺浩东们”是如此地隔膜、疏离、无情，以及我何以对日据以来的台湾左翼运动史是如此地无知，虽然相对而言，也许我还蛮熟悉二十世纪六十年代的美国，我是老早就知道汤姆·海登、劳夫耐德、马丁·路德·金、艾伦·金斯堡，以及麦尔侃·X的。这样偏枯的、深具殖民风的知识风貌，难道还不曾自我指认出问题之所在吗？

在黯沉的历史舞台上，蓝博洲以报告剧的形式，打着一道独白的束光，所演出的这本《幌马车之歌》，在一个最根本的意义上，就是在进行这样一种历史意识与知识政治的艰困挑战。考察作者的撰述历程，从《人间》时期开始，蓝博洲就孤独地、不懈怠地在这条路上颠踬前行，以他的方式书写台湾史，一段被遗忘、扭曲、封闭，或被人作践收编的台湾史。在蓝博洲的著作里，我们看到台湾的历史与大陆的历史紧密关联，"打断了骨头连着筋"——于是他挑战了"方法论台独"。我们也看到他把我们对今日的理解上连一九五〇年、战后统一四年，以及战前的日本殖民时期——于是他挑战了我们的去历史的狭小当下视界。读这本书，我经常不胜唏嘘的是："锺浩东们"亡于二十世纪五十年代，他们是无法继续生猛地活着、思考着、行动着了，但如果后来的人能在心中记着他们的形象与心地，以他们为一种参照，那么台湾之后的历史将会走出一条什么样的路径？这个问题当然无法回答，但可以肯定的是必定和今日不同，而这也就是说，我们之所以为今日的我们，并不是历史的必然，而部分是由于我们对历史的忘却，我们遗忘了无数个与我们有关的事件和人们。（仅仅因为他们"失败了"！）蓝博洲的写作就是把这些被遗忘在历史角落与灰烬里的前行者给救赎出来，于是我们重又看到他们，以及看到他们身后的无穷前行者身影，于是这将鼓舞我们意识到今天的我们也并非全然孤独无助的，也必当是历史长河中绵延不断影响着未来之世的一个小小因子——于是，蓝博洲也挑战了历史终结论。

是在这个历史、知识与伦理的大架构下，我企图理解蓝博洲书写的客观意义。当然，这样说绝对不足以穷尽这本文学创作的其他意义。作为一部现实主义的作品，作者在对史料、时代背景和人的社会关系等精确爬梳与考证下，屡屡绽放出那专属于文学的人道光辉。他书写了锺浩东和锺理和的兄弟之爱、蒋碧玉与她三个儿子之间的令人心疼心酸的母子之爱、锺浩东母亲至死不知其子已亡的痴痴母爱、锺浩东与蒋碧玉之间的没有机会卿我的夫妻之爱——但那又是什么爱呢？也许只能说那个夫妻之爱或男女之爱已是包覆在更大的同志之爱，以及更广阔的同胞、国族与人类之爱当中了吧！也许一个时代真的已经离我们而去了，在那个时代里，有很多人知道爱是什么，知道生活是什么，知道他人是什么，从而知道自己是什么。然而，《幌马车之歌》能够出第三版，或许可以是希望不死的某种希望吧！

这本书的书写在每一章的起始总是安排一段锺理和（前辈著名作家，锺浩东同父异母的弟弟）的文字作为全章的引言，或摘自他的小说创作，或摘自他的日记杂文，而经常，如非总是，能和正文产生一些有趣的互文效果。但让我感受最强的倒不是这些引言，而是在书的“尾声”那儿的锺理和的话。在那儿，我们读到锺理和在他一九五八年二月二十三日的日记里如是说：

> 那么，文生（注：文生·梵谷）还有什么可说呢，他是这样幸福的！
>
> 毕竟他还有一个彻底了解、同情和爱他的好兄弟呢！
>
> 而我？
>
> 啊啊！和鸣，你在哪里呀？

锺理和诚然失去了一个理解他的兄弟，这或是可悲叹的吧！但话又说回来，写过《夹竹桃》等作品的锺理和，又果真理解过锺浩东吗？但我们似乎不必因此为锺浩东悲叹，甚至我们要为他高兴，因为多年后，他得到了一个真正理解他的异姓兄弟，也就是本书作者蓝博洲，虽然这个说法若要较真起来可能不甚恰当，因为论辈分，锺浩东是同为客家人的蓝博洲的祖父辈。但我还是坚持蓝博洲是锺浩东某种理解意义下的“兄弟”——虽然异代跨时。正是：相识何必曾相逢，萧条异代不同时。是以代序。

二〇一五年十一月七日于台中大度山

幌马车之歌

序曲　伴着脚链声的大合唱

一九五〇年十月十四日。

台北青岛东路军法处看守所。

清晨六点整。

刚吃过早餐，押房的门锁便喀啦喀啦地响了。铁门呀然地打开。

“锺浩东、李苍降、唐志堂，开庭。”

铁门外两个面孔犹嫌稚嫩的宪兵，端枪、立正，冷然地站立铁门两侧。整个押房和门外的甬道，立时落入一种死寂的沉静之中。锺浩东校长安静地和同房难友一一握手，然后在宪兵的扣押下，一边唱着他最喜欢的《幌马车之歌》，一边从容地走出押房。于是，伴奏着校长行走时的脚链拖地声，押房里也响起了由轻声而逐渐洪亮的大合唱……

蒋蕴瑜：我是锺浩东的太太蒋碧玉。蕴瑜和浩东，都是抗战时期丘念台先生为我们取的名字。这首《幌马车之歌》很好听，是我们刚认识时，浩东教我唱的。它的歌词大概是说：

黄昏时候，在树叶散落的马路上，目送你的马车，在马路上幌来幌去地消失在遥远的彼方。

在充满回忆的小山上，遥望他国的天空，忆起在梦中消逝的一年，泪水忍不住流了下来。

马车的声音，令人怀念，去年送走你的马车，竟是永别。

浩东是情感丰富的人，所以很喜欢唱这首歌。他曾经告诉我说，每次唱起这首歌，就会忍不住想起南部家乡美丽的田园景色。

《幌马车之歌》

第一乐章　故乡

我少时有三个好友，其中一个是我异母兄弟，我们都有良好的理想。我们四个人中，三个人顺利地升学了，一个人名落孙山，这个人就是我。这事给我的刺激很大，它深深地刺伤我的心，我私下抱起决定由别种途径赶上他们的野心。这是最初的动机，但尚未成形。

有一次，我把改作后的第一篇短文（《雨夜花》——描写一个富家女沦落为妓的悲惨故事）拿给我那位兄弟看。他默默看过后忽然对我说，也许我可以写小说。我不明白他这句话究竟出于无心抑或有感而发，但对我来说，却是一句极可怕的话。以后他便由台北，后来到日本时便由日本源源寄来世界文学及有关文艺理论的书籍——都是日文——给我。他的话不一定打动我的心，但他这种做法使我继续不断和文艺发生关系则是事实。我之从事文艺工作，他的鼓励有很大的关系。

——锺理和：《我学习写作的过程》（一九五七年参加《自由谈》杂志征文的自述）

你这个子弟十分天才

锺里义：锺浩东是我哥哥，本名和鸣。我们锺家祖籍广东梅县。世居屏东，代代业农。我父亲原名锺镇荣。因为不满日本的殖民统

有一次，我把改作後的第一篇短文拿給我那位兄弟看。他默默地看過之後忽然對我說，也許我可以寫小說。我不明白他這句話究出於無心抑有所感而言，但對我來說，卻是一句極有份量的話。以後他便由台北，後來到日本時便由日本源源寄來世界文學及有關文藝理論的書籍——都是日文——給我。他的話不一定打動我的心，但他這種做法使我繼續不斷和文藝發生關係則是事實。我之從事文藝工作，他的鼓勵有大關係。

锺理和《我学习写作的过程》（锺铁民提供）

治，在报户口时，愤而改报为锺番薯；番薯的意思当然是指台湾了。父亲经常往来海峡两岸做生意，后来（一九三二年）迁居现在的美浓尖山，经营农场。日据时代，屏东郡守看到父亲，都要亲自端椅，延请入座。六堆一带的客家父老，很少有不知道锺番薯的。父亲娶了两个老婆。我跟和鸣是大母亲生的。理和则是小母亲生的。

锺浩东的父亲锺镇荣（1894—1943）

蒋蕴瑜：浩东的母亲，也就是我婆婆，曾经告诉我，说算命仙曾经劝她，要帮老公娶一个小老婆，不然他们夫妇俩有一个会先死。她相信了，就给公公娶个小老婆。

锺里义：和鸣与理和差不多同时出世，前后只差廿多天而已。小时候，听母亲说，刚出世时，理和白白胖胖的，因为属狗，家里人就昵称他为“小狗鬼”或“阿成”；和鸣却又瘦又黑，像个小老鼠，家人就昵称他“阿谢仔”。那时候，父亲喜欢抱长得白白胖胖的理和；他眼里还看不见和鸣。后来，我们几个兄弟在私塾，跟着从原乡来的爱吃狗肉的刘公义先生读汉书。

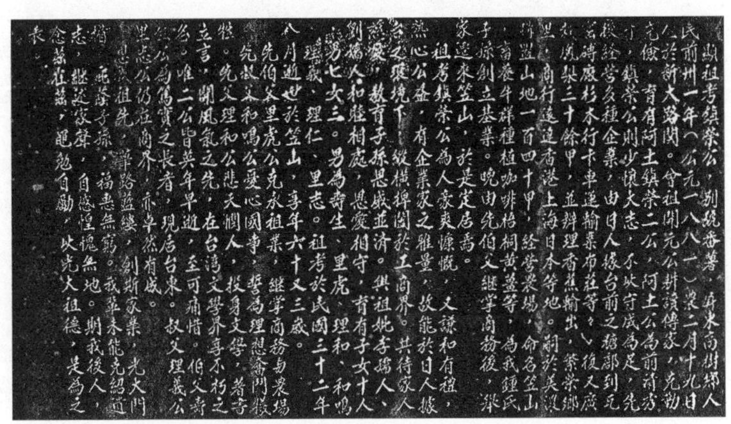

顯祖考鎮榮公，別號番薯，原東高樹鄉人，民前卅一年（公元一八八一）農二月十九日生於新大路關。曾祖開元公耕讀傳家，克勤克儉，育有阿土鎮榮二公，阿土公為前清秀才，鎮榮公則少懷大志，不以守成為足，先後經營多種企業，由日人據台前之糖廍到瓦窯磚廠杉木行卡車運輸棗布莊等等，復又廣植鳳梨三十餘甲，並辦理香蕉輸出，繁榮鄉里，商行遠達香港上海日本等地。嗣於美濃購置山地一百四十甲，經營農場，命名笠山，畜養牛群種植咖啡梧桐黃薑等，為我鍾氏子孫創立基業。晚由先伯父繼掌商務後，舉家遷來笠山，於是定居焉。

祖考鎮榮公為人豪爽慷慨，又謙和有禮，熱心公益，有企業家之雅量，故能於日人據台之環境下，縱橫捭闔於工商界。其待家人慈愛，教育子孫恩威並濟。與祖妣李孺人、劉孺人和睦相處，恩愛相守，育有子女十人，男七女三。男為壽生、里虎、理和、和鳴、理義、理仁、里志。祖考於民國三十二年八月逝世於笠山，享年六十又三歲。

先伯父里虎公克承祖業，繼掌商務與農場，先叔父和鳴公憂心國事，誓為理想奮鬥犧牲。先父理和公悲天憫人，投身文學，著書立言，開風氣之先，在台灣文學界享不朽之名。唯二公皆英年早逝，至可痛惜。伯父壽生公為篤實之長者，現居台東。叔父理義公里志公仍在商界，亦卓然有成。

思我祖先，篳路藍縷，創斯家業，光大門楣，庇蔭子孫，福惠無窮。我輩未能克紹遺志，繼述家聲，自感惶愧無地。期我後人，念茲在茲，黽勉自勵，以光大祖德，是為之表。

1981 年锺铁民在家墓立的“镇荣公”行谊

锺理和：他人微胖，红润的脸孔，眼睛奕奕有神，右颊有颗大大黑黑的痣，声音洪亮……只是很多痰，并且随便乱吐。还有，爱吃狗肉，尤其是乳狗。那时村里几乎家家都养狗，要吃狗肉是极随便的。因此不到两年，他的身体更胖了，脸色更红了，但痰更多了。

他在我们村里教了三年书，后来脖上长了一个大疮，百方医治无效，便卷了行李走了。但据说后来死在船上，尸首被抛进海里。村人都说他吃狗肉吃得太多了，才生那个疮的。不过他教学有方，且又认真，是个好先生，因而村里人都很以为惜。

锺里义：两年期间，阿谢背书，都可从头到尾流利背诵，并且不漏一字。有一回，阿谢不小心漏背了一个字。坐在一旁监书的刘先生，立刻以手中的黄藤条，用力抽打阿谢的屁股。怎知，阿谢却回头，把拿在手上的书，对准刘先生甩了过去，愤愤地说：“两年来，我背书从来没有漏过字，为什么现在不小心漏背一字，你就要打我。”阿谢这么说，刘先生也没因此再处罚他。当天晚上，刘先生还特地去面会父亲，告诉父亲说：“锺先生，你这个子弟十分天才。日后，你即使再困难，也一

殖民当局在芝山岩为被杀的日本学官立碑

殖民地台湾学生上课情景

定要卖光财产，供给他读书，好好栽培。”从此，父亲才开始注意到小时候长得并不起眼的阿谢哥，非常重视他的教育。

汪知亭：一八九五年六月十七日，攻占台北城的日军举行了始政式。九月廿日，日本殖民者的总督府学务部在台北市近郊士林芝山岩设立学堂，先后招收廿一名台胞为日本语练习生。从此展开殖民地台湾的“国民”教育。

一八九六年元旦，这所全台唯一的学堂被义民捣毁，学校业务停摆。到了四月，总督府公布直辖学校官制，又在全台各重要城市设“国语”传习所，支付经费，扩大办理殖民地台湾的“国民”教育。起初，由于台湾“人民不忘怀祖国，各地治安不良，芝山岩之变，以及唯恐入学后被征为士兵”等因素，招生非常困难。

一八九八年七月廿八日，总督府公布公学校令，将各“国语”传习所改为公学校，费用改由街庄社负担。八月，再公布公学校规则，规定：就学年龄为八岁以上，十四岁以下。修学期限六年。教学科目包括：修身、国语（日语）、作文、读书、写字、算术、唱歌、体操。

日本帝国从此建立了在殖民地台湾发展“国民”教育的基础。一九一九年一月，总督府公布台湾教育令。一九二二年三月再公布新台湾教育令，确定公学校修业年限为六年，就学年龄提前至六岁，并且增加日本历史及手工实业等科目。

锺里义：就在一九二二年，在私塾读了两年的汉诗文后，和鸣与理和一同进入盐埔公学校，读日本书。

民族歧视的殖民教育

汪知亭：当时的公学校教育充满军国主义色彩。不但在教学方式上采取着眼于整齐和严肃的机械注入法，在训导上采用严厉体罚的消极手段，而且通过学唱日本歌，培养儿童勇敢、好胜和斗狠、蛮干的体育教学等课程，灌输台湾学童皇民意识。

锺理和：到公学校五六年级，开始上地理课；日本老师时常把“支那”的事情说给我们听。两年之间，我们的耳朵装满了“支那”“支那人”“支那兵”各种名词和故事。这些名词都有它所代表的意义：支那代表衰老破败；支那人代表鸦片鬼，卑

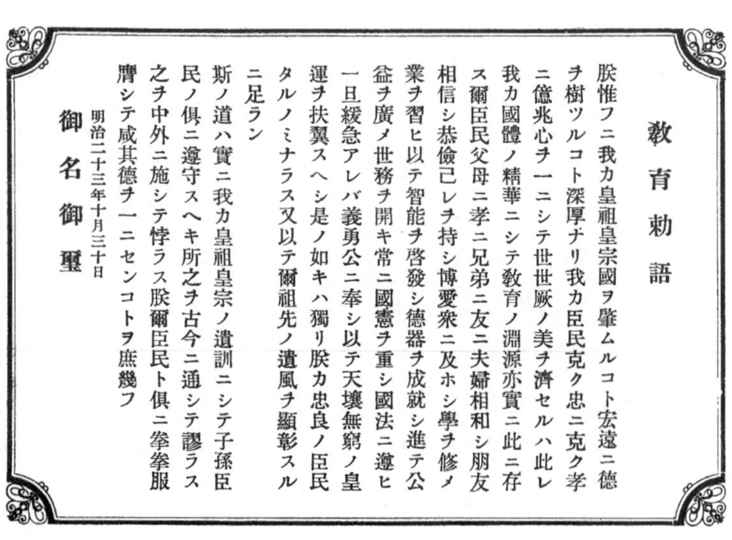
教育勅語

朕惟フニ我カ皇祖皇宗國ヲ肇ムルコト宏遠ニ德ヲ樹ツルコト深厚ナリ我カ臣民克ク忠ニ克ク孝ニ億兆心ヲ一ニシテ世世厥ノ美ヲ濟セルハ此レ我カ國體ノ精華ニシテ教育ノ淵源亦實ニ此ニ存ス爾臣民父母ニ孝ニ兄弟ニ友ニ夫婦相和シ朋友相信シ恭儉己レヲ持シ博愛衆ニ及ホシ學ヲ修メ業ヲ習ヒ以テ智能ヲ啓發シ德器ヲ成就シ進テ公益ヲ廣メ世務ヲ開キ常ニ國憲ヲ重シ國法ニ遵ヒ一旦緩急アレバ義勇公ニ奉シ以テ天壤無窮ノ皇運ヲ扶翼スヘシ是ノ如キハ獨リ朕カ忠良ノ臣民タルノミナラス又以テ爾祖先ノ遺風ヲ顯彰スルニ足ラン

斯ノ道ハ實ニ我カ皇祖皇宗ノ遺訓ニシテ子孫臣民ノ倶ニ遵守スヘキ所之ヲ古今ニ通シテ謬ラス之ヲ中外ニ施シテ悖ラス朕爾臣民ト倶ニ拳拳服膺シテ咸其德ヲ一ニセンコトヲ庶幾フ

明治二十三年十月三十日

御名御璽

明治天皇的教育敕语

锺理和及弟弟锺里义（右一）
与姑表邱连球（左一）

晚年的蒋碧玉在长治公学校高等科旧址（蓝博洲摄影）

鄙肮脏的人种；支那兵代表怯懦，不负责，等等。

锺里义：公学校毕业后，和鸣经校方推荐，不必经过考试即可保送长治公学校高等科。但日本人之所以设立二年制的高等科，其实暗含着“歧视教育”的用意。首先，它想利用“高等”的美名来笼络台湾人民，使其不求上进；其次，高等科完全是简易的职业教育，与上级学校缺少联络，对于有志升学的台湾人子弟设定了极大的限制。因此，和鸣拒绝保送，相偕与童年好友——邱连球、锺九河及同年的异母兄弟理和，一起参加高雄中学的入学考试。结果，其他三个人都金榜题名，只有理和兄因体检不通过而落第。这事很刺伤理和，但也因此使他日后成为一个作家。

汪知亭：在表面上，殖民地台湾的“国民”教育似乎比以前有所进步了。实质上，它却存在着民族歧视下的差别待遇。在台日儿童不能共学的差别教育下，日本学童进的是修业年限八年的小学校，不论是课本程度、师资和学校设备都远远超过公学校。因此，小学校毕业生的升学率也大大胜过公学校毕业生。

素朴的祖国情怀

汪知亭：日本帝国在殖民地台湾的男子中学教育始于一八九七年四月设立的国语学校语学部国语（日语）科，修业年限三年，后来改为四年；还是比日本人进的五年制寻常中学科少了一年。

到了一九一五年，在本省中部士绅联名请求下，为台湾青年单独设置的台中公立学校（台中一中）才正式成立。但是，它无论在修业年限、入学资格及学习内容上，仍然与日本人所进的中学校有极大的差别待遇。

一九一九年，台湾教育令针对台湾人的中学教育做了三种改变。首先，为了与日本人的中学校有所区别，台湾人的男子中学校改称高等普通学校。其次，入学资格从“限十三岁以上，修满公学校第四年或同等学力者”，提高到“六年公学校卒业或同等学力者”。最后，允许台湾人的男子中学校“得设一年制的师范科，以培养公学校的师资”。然而，不变的是，修业年限（四年）及教学课程着重日语和实业科目。

一九二二年，新台湾教育令规定中等以上学校实行“内（日）台共学”制。从此以后，在殖民地台湾，表面上，日台学生之间在教育政策上的差别待遇，大致撤除。但是，因为日台人新生录取名额的差异，入学考试考题完全取自日人小学使用的教科书，以及主持所谓“录取会议”日语口试的校长和教员大多数是日本人等原因，台湾学生能够进入中等以上学校的机会，还是远远不及日本学生。

萧道应：我是锺浩东的雄中同学。一九一六年出生于屏东佳冬，一九二二年刚满六岁便进入佳冬公学校就读，然后循序由公学校、公学校高等科，而于一九二九年考进高雄州立第一中学校。根据台湾总督府的统计，那年，台湾一共有十所中学校，其中，教员人数共计二百廿三人，台湾人却只有四名；学生共计四千五百九十七人，台湾人也只有

雄中时期的萧道应（第一排右一）

一千八百七十五人。

我认为，日本帝国主义对台湾人的教育，无非是为了改变我们的心智，使得我们能够更为有效地受它统治。我跟锺浩东，基本上就是日本帝国主义通过麻醉教育，刻意要培养成为“皇民意识发扬”的一代人之一。

我出身抗日世家，民族意识强烈，就读公学校期间也痛恨充满军国主义色彩的皇民教育，可年幼的我却只能在内心咒骂来维持精神的独立。到了中学时代，我开始自觉地抵抗日本的同化教育了。殖民当局非常注意中学校学生的生活管理与同化工作。我就故意违反学校规定，在入学一个月后，仍然一直穿着传统的台湾衫上学。因为这样的表现，我当然受到了校方严厉的处罚。但是，也因为这样的抵抗姿态，我结识了同样具有强烈民族意识的客籍同学锺和鸣，日后并同赴大陆，投入祖国的抗日战争。

锺理和：年事渐长，我自父亲的谈话中得知原乡本叫作“中国”，原乡人叫作“中国人”；中国有十八省，我们便是由中国广东省嘉应州迁来的。后来，我又查出嘉应州是清制，如今已叫梅县了。

父亲和二哥自不同的方向影响我。但真正启发我对中国发生思想和感情的人，是我二哥（和鸣）。我这位二哥，少时即有一种可说是与生俱来的强烈倾向——倾慕祖国大陆。在高雄中学时，曾为“思想不稳”——反抗日本老师，及阅读“不良书籍”《三民主义》，而受到两次记过处分，并累及父亲被召至学校接受警告。

锺里义：在雄中时，和鸣依旧喜欢和日籍老师辩论，那些日本人常常被他质问得无力回答。那时候，和鸣已经在偷偷阅读《三民主义》了。有一回，和鸣在课堂上偷阅大陆作家的作品被老师当场抓到而遭到辱骂。和鸣不甘示弱地替自己辩护道：“做一个中国人，为什么不能读中文书。”日籍老师恼羞成怒，举鞭抽打和鸣，大骂道："无礼！清国奴！"和鸣不堪其辱骂，随手抓起桌上的书，掷向那日籍老师。

事后，校方通知家长到校约谈。父亲不理会日本人，就由里虎大哥前去。到了学校，里虎大哥直截了当地告诉校方管理人员，说子弟既然送给学校教育了，好坏都是学校的事，与我家无关。

经过这次事件的刺激，再加上平日阅读《三民主义》及"五四"时代的作品的影响，和鸣因此产生憧憬祖国的情愫。这情愫并且感染了理和，致使理和在后来带着台妹，私奔中国东北。

中学校二年级时，和鸣即向父亲提出欲赴大陆留学的计划。父亲不赞成。因为做生意的关系，父亲每年都会到大陆一趟，对大陆的情况比较了解。

锺理和：父亲正在大陆做生意，每年都要去巡视一趟。他的足迹遍及沿海各省，上自青岛、胶州湾，下至海南岛。他对中国的见闻很广，这些见闻有得自阅读，有得自亲身经历。村人们喜欢听父亲叙述中国的事情。原乡怎样怎样，是他们百听不厌的话题。父亲叙述中国时，那口吻就像一个人在叙述从前显赫而今没落的舅舅家，带了两分嘲笑，三分尊敬，五分叹息。因而这里就有不满，有骄傲，有伤感。他们衷心愿见舅舅家强盛，但现实的舅舅家却令他们伤心，我常常听见他们叹息："原乡！原乡！"

锺里义：父亲劝阻和鸣，说大陆的教育并不比台湾发达，要他还是在台湾念吧！和鸣不以为然，说父亲所看到的是几年前的大陆，何况，现在国家正需要青年投入，才会进步、发达。父亲劝不过和鸣，于是就让他去了。他从大陆游历归来后同父亲说："的确！你说得一点没错。目前，大陆的教育事业是不比台湾发达。"

锺理和：中学毕业那年，二哥终于请准父亲的许可，偿了他"看看中国”的心愿。他在南京、上海等地畅游了一个多月，回来时带了一部留声机和苏州、西湖等许多名胜古迹的照片。那天夜里，我家来了一庭子人。我把唱机搬上庭心，开给他们听，让他们尽情享受“原乡”的歌曲。唱片有：梅兰芳的《霸王别姬》《廉锦枫》《玉堂春》和马连良、荀慧生的一些片子。还有粤曲：《小桃红》《昭君怨》；此外不多的流行歌。粤曲使我着迷；它所有的那低回激荡、缠绵悱恻的情调听得我如醉如痴，不知己身之何在。这些曲子，再加上那赏心悦目的名胜风景，大大地触发了我的想象，加深了我对海峡对岸的向往。

锺里义：和鸣前往大陆并没有向学校请假，或办休学手续。校方原本欲以“行为不正”的理由，给他退学处分。然而，因为和鸣的成绩一直都维持在一至五名之内，校方觉得像他成绩这样好，却让他退学，实在可惜。于是，经过协商后，放弃退学处分，改以那个学期全班最后一名的成绩处罚他。

第二乐章　战云下的恋歌

知道了浩东的计划后，我立即对他这项兼具严肃的民族主义与浪漫的革命情怀的行动，感到莫名地向往。有一天，他终于也来招募我了。

“你和棠华怎么样了？”他先是装作无心地问说。

“什么怎么样？”我回他说，“大家都是好朋友嘛！”

“我是不打算结婚的。”他突兀地说。

“笑话！”听他这样说，我忍不住不高兴地回他说，“我又没有说要嫁你！也不是因为这样我才拒绝他们的。”

浩东没说什么，只是静静地看着我，然后严肃地对我说：

“跟我一起到大陆奋斗吧！”

——蒋碧玉（一九八八年三月十九日，台北市宁夏路）

戴白线帽的青年

锺里义：读完雄中四年级，和鸣即以同等学力的资格，越级考上台北高校。第二年，和鸣的好友锺九河也保送台北高校。邱连球则考上屏东农业学校畜产科。

萧道应：一九三三年，修完高雄中学校四年课程后，我通过竞争激烈的入学考试，进入台北高等学校高等科第九届理科乙类。浩东因为到大陆游览考察的关系，比我晚了一年才进来。

杨基铨：一九三四年四月，我以台中一中四年肄业的资格，考入台北

锺和鸣（左脱帽者）与台北高校同学

高校第十届文科乙类。同班共有三十名学生，其中日本人学生廿七名；台湾人学生三名，即锺和鸣、林道生和我，其中我与锺和鸣较有交情。

汪知亭：当时，日本全国共有卅八所高等学校，其中一所在台湾，叫作台北高等学校。一九二二年四月，它以台湾总督府台北高等学校（简称台北高校）之名创设，为大学预备教育机关，设寻常科，修业年限四年。

一九二五年继设高等科，分文、理两科。文科学生的出路是进入大学的文学、法学、经济学及商学等学部。理科则进入大学的医学、理学、工学、农学等学部。各科均分甲、乙两类。甲类以英文为第一外国语言，德文为第二外国语言。乙类则以德文为第一外国语言，英文为第二外国语言，均是必修课目。修业年限三年（战时缩短为两年）。入学资格为该校寻常科毕业或中学校修业四年者。考试科目与日本本土的高等学校大致相同。每年只招考应收新生人数（大约一百三十名）的一半，另外一半则由寻常科毕业生

台北高校学生

戴白线帽的锺和鸣（以灯柱算起右四）与台北高校同学

台北高校学生上课情景

四十名和各公立中学校长推荐应届毕业或四年肄业的优秀学生约十名免试入学。

萧道应：因为台北高校及各中学的校长都是日本人，所以日本学生进入台北高校的机会自然远远超过台湾学生。高等学校又是当时进入日本八所帝国大学的唯一途径；非高等学校毕业生无法进入其中的任何一校。所以，高等学校是中学校学生最仰慕的学校。

蒋蕴瑜：高校生戴的帽子，有两条环绕帽徽的白线；戴上那顶帽子是很不容易的，尤其是台湾人。因此，那也是当时少女崇拜的对象。浩东与萧道应、锺九河等从南部来的客家青年的租所，就叫白线寮。

白衣少女

锺里义：高校二年级时，和鸣写信回家，说是患了肺病，住进台北医院（今台大医院）。父亲非常痛惜这个儿子，生怕他病逝，竭尽心力要把他治好，买了好多名贵的药材寄给他。幸好，九河回乡时告诉父亲，和鸣并没有罹患肺病。父亲这才放心。九河告诉父亲，说和鸣在台北几乎总是夜读到深夜一两点，早上五六点又爬起来读书，因为用功过度，患了轻微的精神衰弱症，受了凉，咳嗽不止，就疑心自己患了肺病。父亲于是要和鸣办休学，住院，静养半年才出院。也就在住院期间，和鸣认识了碧玉嫂。

蒋蕴瑜：我记得，我跟浩东是在战争低气压笼罩的时期认识的。那年，我才十六岁，在台北医院看护妇养成所学习两年后，按规定留院义务服务一年。那时，就读台北高校的浩东，因为读书过于用功，患有精神衰弱症而住院疗养。

我还记得，我们认识那天的情景。

我依例到各个病房，探顾病人的状况。当我巡看浩东的病房

1898 年 7 月完工的台湾总督府台北医院

台湾光复后，原台北帝大附属医院改称台湾大学医学院附属医院

时，他突然与我寒暄。

“你也姓锺吗？”浩东先是用日文问我。

“是的。”因为锺和蒋的日文发音相同，我于是回答他说，“我姓蒋，蒋介石的蒋。您呢？”

“我姓锺，不姓蒋。”他笑了笑，改口用闽南话回答我，“不过，你应该说是蒋渭水的蒋。”

“没错！我就是蒋渭水的女儿。”

我略显骄傲地打断他。然后向他解释说，我并不是渭水先生的亲生女儿。蒋渭水原本是我舅舅，因为他的二老婆阿甜（陈精文）喜欢我，就过继给他做女儿。我听说，生父戴旺枝是渭水先生非常要好的朋友，家里很有钱，把自己几乎所有的财产都拿来支持渭水先生，从事抗日运动。渭水先生也一手促成他和么妹（也就是我母亲）的婚姻。

这样，我和浩东有了初步的认识。

萧道应：蒋渭水（1891—1931）在台湾总督府医学校就学期间就非常关心祖国的革命运动。一九一六年袁世凯称帝，他和同学翁俊明与杜聪明就谋赴北平行刺未果。毕业后在台北市太平町二丁目（今延平北路二段）开设大安医院，以仁术济世，并参与台湾议会请愿运动，奔走四方，筹组台湾反日统一战线的团体。

一九二一年十月十七日，由台湾知识分子组织启蒙会改组的新民会，联合台湾其他进步团体和个人，在静修女学校正式成立台湾文化协会，推举林献堂为总理，蒋渭水为专务理事，从此展开台湾抗日民族解放运动的文化斗争。

一九二七年一月，台湾文化协会左右分裂；左派取得领导权。蒋渭水与代表地主资产阶级利益的林献堂等人另创台

医学校时代的蒋渭水

蒋渭水与陈甜（左一、二）

湾民众党，主张确立民主政治建设、合理经济组织、革除社会不良制度。

一九三一年二月民众党改组，反对总督统治、宣传阶级斗争；随即遭到台湾总督府禁止结社的处分。同年八月，蒋渭水不幸病逝于台北医院，遗嘱交代："台湾社会运动已进入第三期，无产阶级的胜利迫在眉睫。凡我青年同志须极力奋斗，旧同志要加倍团结，积极援助青年同志，期望为同胞之解放而努力。"

蒋蕴瑜： 台北医院看护妇养成所规定，我们在义务服务期间，如果交男朋友，被查到，便会遭到退学处罚，还得偿还学费。浩东知道我是一九二一年在大安医院出生的，就说他比我大六岁，两人日文发音又是同姓，于是认我作妹妹。

在那天的谈话中，我还记得，浩东告诉我，先父渭水先生逝世时，他刚好赴大陆了解祖国的社会状况。噩报传到上海，各界人士殊为惋惜，各大报馆都有发表消息，并介绍他从事解放运动的概要。在台籍前辈石焕长、张月澄、庄希泉等人发起的追悼会上，浩东说，他当场痛哭了好久。

基于殖民地青年共有的民族意识，相识以后，我们也就相交更加密切而深刻。浩东出院后，我经常利用下班时间到古亭町白线寮，找浩东与萧道应、锺九河等从南部来的客家青年。他们民族意识很强，规定在白线寮不准讲日语。我不是客家人，不会听、讲客家话，所以例外。因锺、萧、蒋的日语发音通通都是"秀"，于是经常听到有人叫"秀"，就是不知道叫哪一个"秀"。

在那里，我跟着浩东与他那些当时女孩子最为爱慕的、戴白线帽的高校青年读书、讨论、听古典音乐。假日，我们则相约去郊游、爬山。有一次，我们一群人去草山，我与浩东脱队，结果迷路了。当我们走到山里的旅馆时，天已经暗了。由于没有路灯，下山危险。他就订了一个房间，打算休息一

横滨台湾人会欢迎台湾议会设置请愿团

蒋渭水与台湾文化协会干部：蔡培火、蔡式穀、陈逢源、林呈禄、黄呈聪、黄朝琴、蔡惠如（左起）

蒋渭水（坐右二）与台湾民众党的同志们

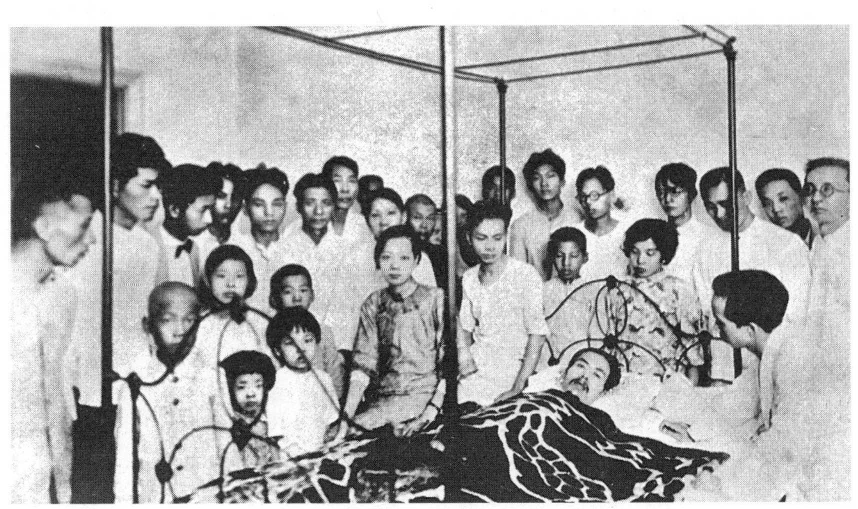

蒋渭水临终前与亲友同志于台北医院

1921 年 1 月 10 日，蒋碧玉在大安医院二楼出生

蒋碧玉（右一）与殖民地台湾的“南丁格尔”

晚，明天天一亮就下山。因为累了，我一躺下来就要睡着了。可浩东躺了一会就爬起来。

“起来。”他一边摇我一边说，“不管怎样，我们今晚一定要下山。不然会出事的……”

我听不懂浩东话里的意思，不肯起来。他不管我如何撒赖，非要我起来不可。最后，我只好爬起来，跟着他摸黑走下山。怎知，那时候对男女情爱犹浑然不解的少女的我，不知什么时候起，竟不自禁地爱上浩东而不自知。

锺九河的爱与死

萧道应：一九三七年，殖民地台湾的“皇民化运动”进一步展开。台湾总督府规定：四月一日起，一切学校、商业机关都不准使用汉文，台湾各报章杂志的汉文版也一律撤废。七月七日，日本帝国主义发动卢沟桥事变，全面侵略中国。八月十日起，台北实施灯火管制；十五日，日本帝国台湾军司令部宣布：全台湾进入战时体制。

蒋蕴瑜：我后来才知道，浩东因为决心投入抗战的行列，早就抱着独身主义的决心了。因而，他一直暗中撮合我与他的同乡好友锺九河之间的爱情。

九河先生是个优秀的台湾青年。他曾经对我说，他在听贝多芬的《田园交响曲》时，脑海中自然会浮现穿着白衣的我从花园中走出来的画面，非常漂亮。

也许是我已不自觉地爱上浩东之故吧！我终究不曾对九河有过男女爱恋之意。九河知我对他没什么意思，非常难过。因为这样，身体不好，患有肾脏病而不能喝酒的他，竟然在高校毕业那天，喝了好多的酒。

锺润生：我们家三兄弟，我是老大。九河是老三，从小长得好，念公学校时，日本人校长还夸他是美男子。他在雄中读书时喜欢划船。因为运动过度，腰子受了内伤。乡下医生诊断错误，拖延医治，就变成慢性的肾脏炎了。这种病，没药医，就是要注意忌口，不能吃咸。和鸣这些人也很照顾他。我记得，九河读台北高校时，跟和鸣他们住一起。我曾经到台北看过他。他们虽然请了一个欧巴桑煮饭，却吃得很清淡。客家人的口味一般都比较吃咸。为了九河的健康，他们的菜都不放盐；要吃咸，就另外蘸酱油。年轻人重吃，和鸣他们能做到这样，真是难得。

蒋蕴瑜：因为大陆的战事关系，日本帝国台湾总督府发布命令，说要挑选一批派赴广东战区的军夫，这当中，通广东话的客家青年是优先考虑征调的对象。尚未完成高校学业的浩东于是离开台湾，前往日本，并以同等学力的资格考上明治大学，攻读政治、经济。出国前，他看我与九河之间的感情并没有进展的可能，又撮合我与另外一个好友锺棠华。当然，棠华也是个优秀有志的台湾青年。

就读台北高校的锺九河

浩东在日本时常常给我写信，谈学问、分析中国的战局等等。我也一如以往，常到古亭町找棠华、九河等人，读书、讨论，或者郊游、爬山。

锺润生与二弟（蓝博洲摄影）

晚年的蒋碧玉与锺九河的二哥在长治乡（蓝博洲摄影）

可我并没有想到男女情爱之事。

有一回，棠华邀我到南部老家玩。我因为没去过南部，就跟着去了。我记得，锺家的妇人家还笑我，说这个台北小姐，连大锅盖都打不开。我不知道他们这些玩笑话背后有什么特别的意思。后来，我说给浩东听。浩东就笑我，说我去给人家看新娘还不知道。

锺里义：和鸣到日本留学后，九河兄就因肾炎病故了。他留下自己常年戴着的手表，说要给和鸣作纪念。临死前，他还特别向里虎哥要求道："和鸣以后若缺钱用，希望里虎兄一定要给予援助。"我们家的财务向来是里虎哥在管。中学时代，和鸣每月的生活费都必须经过里虎哥之手申请，而里虎哥总是要七折八扣后才给他。九河兄因此经常援助和鸣。我想，九河兄如果不早逝，日后必定也会与和鸣走上同样的路的。

蒋蕴瑜：后来，九河有点气浩东。浩东从日本回来，一定都会去找九河。可是他却从没告诉九河，我们要去大陆参加抗战的计划。浩东那人很会考虑东，考虑西。他怕九河难过，所以没有告诉他。

锺润生：高校毕业后，九河本来要去读京都帝大法学部，因为病了，就没过去。那时，台北帝大农学部第三届毕业的二弟也刚好生病。九河病逝后，接连的厄运就让父亲相信家里的地理、

锺九河告别式

风水不好，于是听从风水师建议，把九河葬在母亲的风水里头。九河没有结婚、生子，父亲说，这样，他以后就不会没人祭拜而变成孤魂野鬼了。

筹组抗战医疗服务团

杨基铨：锺（和鸣）君有浓厚的民族意识，为人热情，意识形态略偏左倾，他对于前一辈的人士所做的民族社会运动，相当有认识。有一次，他问起我当时担任台湾地方自治联盟之负责人，而向日本政府争取地方自治的堂叔杨肇嘉的思想。锺君关心台湾关怀社会实在难能可贵。

萧道应：一九三〇年八月，台湾民众党内林献堂、杨肇嘉等一部分地主资产阶级利益的代表，因为不同意蒋渭水一派重视劳工运动的倾向，于台中市醉月楼正式成立以“确立台湾地方自治”为目的的台湾地方自治联盟，并选出顾问林献堂、常务理事杨肇嘉等主要干部。杨肇嘉出身清水（旧称牛骂头）首屈一指的大地主家庭，前后主持台湾地方自治联盟六年，曾经两次携带改革台湾地方制度建议书，上东京请愿。

一九三五年十一月十二日，殖民地台湾举行改正地方自治制度第一次选举，杨肇嘉领导联盟在各地积极参选；选后并于

1935 年的台湾地方自治联盟理事会成员：林献堂（左四）、杨肇嘉（右四）（台湾民众文化工作室收藏）

台中市乐舞台召开选举报告演讲会，颇呈盛况。但自此以后，自治联盟的存在就似有似无，竟不闻有任何活动消息了。

杨基铨：锺和鸣于二年级暑假后就突然失踪，不再来校，我虽感意外，但由他个性来看，我想必有其原因。

黄素贞：我是汐止人。四五岁时，随养父迁居福州。中日战争爆发后，日本当局强制台湾人撤出福州。我们一家五口只好于一九三七年八月十九日搭船返台。当时，学北京话竟然成为台北的风尚。我于是通过一位朋友介绍，成为几个台北高等学校和帝国大学医学部学生的北京话老师。这些学生包括在日本留学回来度暑假的锺和鸣，以及锺九河、萧道应等客家人；另外，还有不是客家人的许强。他们的民族意识强烈，热爱祖国。

萧道应：许强是台南佳里人，先后毕业于台南二中、台北高等学校，然后与我同时进入台北帝大医学部第一届。台湾光复后，担任台大医学院副教授兼台大医院第三内科主任。一九五〇年五月被捕，十一月廿八日被枪决。

蒋蕴瑜："七七事变"后，通过在白线寮认识的许强的分析，我知道了日本帝国主义侵略中国的战争真相。有一次，我们一起

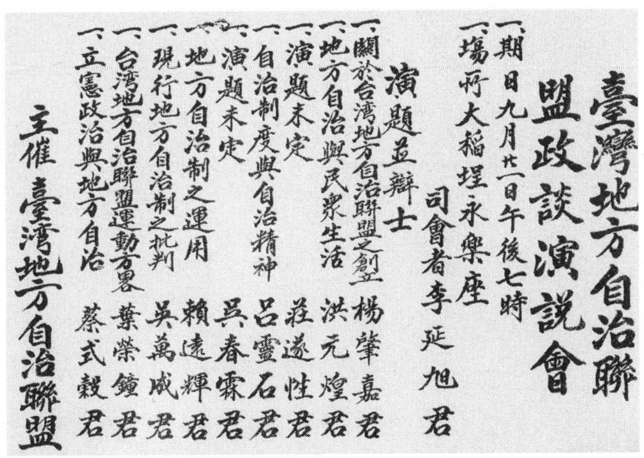

臺灣地方自治聯盟政談演說會

一、期日九月廿一日午後七時
一、場所大稻埕永樂座
司會者李延旭君

演題並辯士

一、關於台灣地方自治聯盟之創立 楊肇嘉君
一、地方自治與民衆生活 洪元煌君
一、演題未定 莊遂性君
一、自治制度與自治精神 呂靈石君
一、演題未定 吳春霖君
一、地方自治制之運用 賴遠輝君
一、現行地方自治制之批判 吳萬成君
一、台灣地方自治聯盟運動方畧 葉榮鐘君
一、立憲政治與地方自治 蔡式穀君

主催 臺灣地方自治聯盟

自治联盟报告演讲会的节目表（台湾民众文化工作室收藏）

参加不得不参加的庆祝“胜利”的提灯游行，当队伍走到西门町圆环时，他指着喷水池中四个喷水的水牛铜像对我说：“你看，我们台湾人民就像那四只水牛。”我不解地问怎么说呢？他就说，我们辛勤劳动的收获，像水一样，在日本帝国主义的压榨剥削下，统统都吐出来了。当队伍经过总督府时，他又故意让灯烧掉，以示抗议。我也跟着这样做。

黄素贞：我除了教他们北京话之外，也教他们唱《总理纪念歌》，以及抗战歌曲，例如田汉作词、聂耳作曲的《义勇军进行曲》，这是电影《风云儿女》的主题歌，描写“九一八”事变后大批革命青年流亡到上海和全国各地，从事抗日救亡运动。因为大家年纪差不多，下了课，大家就会讨论思想问题，以及中日战争的最新局势。

萧道应：那时候，我们在认识事物的观念上都认为：观察世上的一切事物与现象要采取“运动”的观点——因为今日之我并非明日之我，今日之友并非明日之友；世界上没有一概不动、一成不变的事物。任何事物都有发生、发展和灭亡的历史，都要经历一个运动过程。运动是物质的存在形式和根本属性，静止则是物质运动的特殊形态。世界上没有绝对静止的东西，任何事物都在变。“变”是绝对的、永恒的、无条件的，而“静止”则是相对的、暂时的、有条件的。

我们日常所讨论的主要思想问题包括：如何通过互相排除“排外的动物本能”，而摒弃闽客之间狭窄的族群意识。

在迷信、命运、家庭和宗教的问题上，“反迷信”和“反宗教”都只是形式，本质是要反对封建意识。

在反对日本殖民统治的课题上，我们一致反对一切以“改良主义”手段或“争取台湾人权利”为名的合法斗争。

在民族的身份认同上，我们都认为自己是中国人，是华侨，不是日本人。在台湾的日本人都认为台湾是他们的，所以自称“内地人”，台湾人则是“本岛人”。对此，我们最消极的态度就是称他们为“日本人”，绝不称呼“内地人”。当我们跟他们对话，不得不提到“日本人”时，都改用“你们”来称呼；提到“台湾人”时，就用“我们”来称呼。这些虽然只是生活上无关紧要的小节，可我们却很认真地对待。整个问题的重点是，不要忘了“我们是中国人”的事实。

这样的思想认识，自然就规定了我们以后必走的反帝、反封建的正确道路。

黄素贞：他们认为，这次的中日战争实质就是关系着中华民族生死存

黄素贞（1917—2005）

许强（1913—1950）

亡之战，与其在台湾这样活下去，不如回大陆参加抗战。这也是他们学北京话的目的。后来，大家决议：既然大部分人是学医的，那么，就干脆组个医疗服务团。

锺理和： 父亲在大陆的生意失败后，转而至屏东经商；二哥也远赴日本留学去了。第二年，“七七事变”发生，日本举国骚然；未几，我被编入防卫团……

战事愈演愈烈，防卫团的活动范围愈来愈广：送出征军人、提灯游行、防空演习、交通管制。四个月间，北平、天津、太原，相继沦陷，屏东的日本人欢喜若狂，夜间灯火满街飞，欢呼之声通宵不歇。

就在这时候，二哥自日本匆匆回来了。看上去，他昂奋而紧张，眼睛充血，好像不曾好好睡觉。他因何返台，父亲不解，他也没有说明。他每日东奔西走，异常忙碌，几置寝食于不顾。有一次，他领我到乡下一家人家，有十几个年轻人聚在一间屋子里，好像预先有过约定。屋里有一张大床铺，大家随便坐着；除开表兄（邱连球）一个，全与我面生。

他们用流利的日语彼此辩论着，他们时常提起文化协会、六十三条、中国、民族、殖民地等名词。这些名词一直是我不感兴趣的，因而，这时听起来半懂不懂。两小时后讨论会

天津日本租界
旧明信片

毫无所获而散。二哥似乎很失望。

萧道应：所谓六十三条，应该是指日本帝国主义占领台湾之后，于一八九六年三月卅一日对殖民地台湾施行的特别法令；也就是以法律第六十三号委任立法权于台湾总督之手的所谓“六三法”。法律第六十三号第一条规定：“台湾总督于其管辖区域内，得发布与法律同等效力之命令”；第三条规定：“台湾总督于临时紧急必要之时……得即时发布第一条之命令”。这就是说，台湾总督在台湾所发的紧急命令，与日本天皇公布的紧急敕令，有同等效力。

锺理和：同日晚上，二哥邀父亲在我隔壁父亲卧室中谈话。起初两人的谈话听起来似乎还和谐融洽，但是越谈两人的声音越高，后来终于变成争论。我听得见二哥激昂而热情的话声。然后争执戛然而止。二哥出来时怏怏不乐，两只眼睛仿佛两把烈火。是夜，我睡了一觉醒来，还看见二哥一个人伏在桌上写东西。

数日后，二哥便回日本去了。临行，父亲谆谆叮嘱：你读书人只管读书，不要管国家大事。父亲的口气带有愧歉和安慰的成分。但二哥情思悄然，对父亲的话，充耳不闻。

李南锋：我是锺浩东的表弟，他母亲是我的大姑妈。一九一九年，我出生于高雄州屏东郡高树庄大路关。我爸是个汉文老师。公学校毕业后，我就进入村里的私塾，跟随我爸和另外请的老师读四书五经之类的汉文。在私塾学习汉文的这两年，我的反日民族意识和热爱祖国的情怀也被启发而觉醒了。我和浩东是一起长大的玩伴。他的民族意识比我还强，读台北高校时，经常跟日本学生打架。后来，他去日本留学，只要放假回来，我们都会聚在一起，东南西北地聊。

锺理和：二哥再度自日本回来时，人已平静、安详，不再像前一次的激动了。这时国民政府已迁至重庆，时局渐呈胶着状态。二哥说日本人已在做久远的打算；中国也似决意抗战到底，战事将拖延下去。他已决定要去大陆。很奇怪的，父亲也不再固执己见了，但也不表高兴。

李南锋：那时候，浩东考虑到，日本帝国主义正疯狂地侵略中国，在台湾已经很难从事反日运动了。所以他有意招募医疗团，到中国内地，为抗战服务。后来，这个计划因为参加的医学生太少，无法成行。他就找我、就读帝大医学部的萧道应、黄素贞和蒋碧玉，另外组团，到大陆参加抗战。

李南锋（1919—2012，何经泰摄影）

我是不打算结婚的！

锺理和：我和表兄（邱连球）送二哥到高雄；他已和北部的伙伴约好在台北碰头。一路上都有新兵的送行行列。新兵肩系红巾，频频向人们点首微笑。送行的人一齐拉长了脖子在唱陆军进行曲：

替天讨伐不义，我三军忠勇无比……

二哥深深地埋身车座里，表情严肃，缄默不语。我平日钦仰二哥，此时更意识到他的轩昂超越。我告诉他我也要去大陆。二哥微露笑意，静静低低地说：好，好，我欢迎你来。

锺润生：我因为跟锺番薯合股做生意的关系，跟和鸣几个兄弟也算熟。就我所知，锺里虎开布店所赚的钱都被他小姨控制，不容易拿。所以，和鸣去大陆的钱都找我帮他打理。

“润生哥，”临行前，和鸣来向我辞行，“我什么东西都弄好了。我要走了……可是我有一件事不知怎么办？”

“我帮得上忙吗？”我直接问他。

“我不孝。”和鸣自责地说，“我不放心母亲。如果她已过世，也就算了。可是她还在。我放心不下……”

训练后就要到战场当炮灰的台湾人日本兵

“你放心走吧！”我立刻向他保证，“我会给你看着的。”

后来，和鸣的母亲果然思子成疾，经常失神地在路上走，见了熟人，就问人家知道和鸣去哪了吗。我于是专程去找她谈话。我一边安慰她，说和鸣不会有事，很快就会回来看她；同时一边劝解她，多去老潭头（屏东长治乡潭头村）大女儿家，或大路关娘家，走走。她就说她晓得听了。

蒋蕴瑜：寒假期间，浩东回台省亲。我跟他谈到有关卢沟桥事变的真相等种种事情。浩东听了惊讶地问说：“谁告诉你这些事的？”我回答说是许强。浩东于是感慨地说：“他为什么现在就让你知道这些事呢？我还希望能让你多快乐一两年呢！”这时候，浩东才向我透露他准备的计划：暂停学业，积极招募同志，一起奔赴祖国大陆，投入抗日战争。

知道了浩东的计划后，我立即对他这项兼具严肃的民族主义与浪漫的革命情怀的行动，感到莫名地向往。有一天，他终于也来招募我了。

“你和棠华怎么样了？”他先是装作无心地问说。

“什么怎么样？”我回他说，“大家都是好朋友嘛。”

“我是不打算结婚的。”他突兀地说。

“笑话！”听他这样说，我忍不住不高兴地回他说，“我又没有说要嫁你！也不是因为这样我才拒绝他们的。”

浩东没说什么，只是静静地看着我，然后严肃地对我说：

“跟我一起到大陆奋斗吧！”

当下，我竟毫不考虑就答应他了。然后就回家向生父戴旺枝禀报。

“你知道人家要走的是什么路吗？”父亲先是以一种过来人的语气问我，然后才又说，“一个女孩子，没有订婚，没有做饼，怎可就跟着他过大陆？”

我于是把这个意见告知浩东。

“要做饼就做嘛！”浩东笑了笑说，“看要做多少？拿钱去做就是了。”

原本为了革命志业而抱独身主义的浩东，为了我，竟在传统的压力下，放弃原则，同我们家下聘。

我还记得，饼做好时，浩东特地委请他的表兄弟邱连球及弟弟理和，代表锺家，亲自送到我的生身父母面前。这样，我们就算是订了婚。

当天，戴家父母还特地办了两桌酒席，宴请亲朋。一方面算是喜酒，一方面则算是给我们饯行。

电影《好男好女》中蒋碧玉向生父禀报要去参加抗战的剧照（蔡正泰摄影）

第三乐章　原乡人的血

我不是爱国主义者，但是原乡人的血必须流返原乡，才会停止沸腾！

二哥如此，我亦未能例外。

——锺理和：《原乡人》（一九五九年一月）

在上海

蒋蕴瑜：一九四〇年元月，浩东带领他的表弟李南锋和我，三人先行赴上海。我们听说，一九二七年与渭水先生共组台湾民众党，任该党秘书长兼机关报《台湾民报》主笔的谢春木先生，在一九三一年被台湾殖民当局列为“要犯”后逃到上海。浩东认为，找到谢先生，应该就可以找到参加抗战的路。

锺理和：二哥走后不久，宪兵和特务时常来家盘查他的消息。他们追究二哥到哪里去及做什么事。我们一概答以不知。事实上二哥去后杳无音信，我们连他是否到了大陆也不知道。

蒋蕴瑜：到了上海，我们一方面探寻到内陆参加抗日组织的路线，一方面等待萧道应夫妇。就读帝大医学部的老萧，四月才能毕业。

黄素贞：一九三九年春天，管区警察强要我去报考台湾广播电台的对华广播员。老萧担心我不自觉地成了日本帝国主义的帮凶，于是建议我以“即将结婚，不方便到外头工作”的理由推辞。我跟父母商量。他们也觉得老萧的建议可行。为了取信管区警察，老萧和锺九河便搬入大龙峒我家，跟我们共同租屋生活。一段时间以后，我和老萧便顺理成章由“同居”而结婚了。

蒋蕴瑜：浩东希望老萧能够筹组医疗队来大陆。可是，到了四月，应该前来会合的老萧夫妇，不知为什么竟迟迟未到。

临行前，为了筹措经费，我们曾经几次前往瑞芳九份买黄金。那时候，日本殖民政府不但禁止黄金买卖，而且出境时所能带的现金，也有严苛的限额。黄金买来后，我们听从老萧的意见，把黄金烧熔成细条状，然后让浩东、南锋及老萧三位男同志塞入肛门，先后夹带出境。然而，我们总不能在上海时就把带来的黄金所变卖的钱花光。浩东于是想到与日本人做生意，买米来转卖给日本人开的工厂。他说要赚日本人的钱来维持生活。可他还是有原则的，那就是，绝对不到租界买米，只到虹口沦陷区买；以免造成租界区的米粮短缺。这个生意，一直做到我们离开上海时才停止。那时，我觉得放弃可惜，就同浩东提议，要他转交经常往来海峡两岸做生意的公公接管。浩东不但不采纳我的意见，还痛骂我一顿，说我们是为了生活，不得已才和日本人做这种生意。爸爸和我们不同，怎么可以让他来做这种事呢？

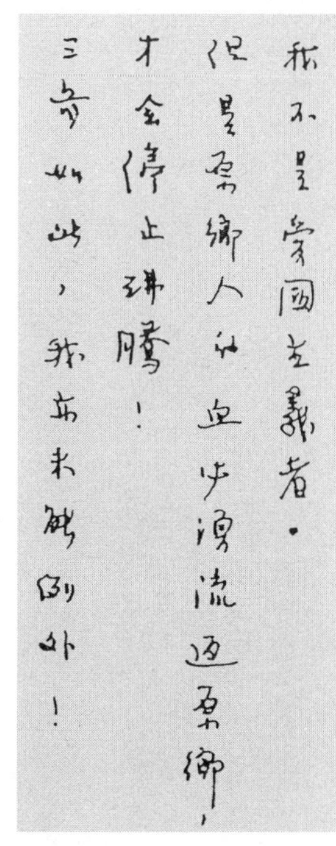
我不是爱国主义者。
但是原乡人的血必须流返原乡，
才会停止沸腾！
三哥如此，我亦未能例外！

锺理和手迹

黄素贞：因为种种原因，那个抗战医疗服务团没有组成。老萧台北帝大医学部毕业后，我们随即以“毕业后考察”为名，办理赴大陆旅行的护照。但是台北北署的刑事警察百般刁难，我们送了半打葡萄酒之后才打通关节。临行前，南部家乡却传来老萧的老

1990 年蒋碧玉重返上海

谢春木（1902—1969）

1940 年的上海外滩

祖母病危的消息。我们只好延期出发，赶回佳冬探视。

老祖母脱离险境后，我仍留在老家照顾她。老萧回台北，到河石教授主持的第二外科，学习外科医术，以备战地之需要。他同时利用每个星期假日，徒步到草山或淡水，积极为即将投入的抗战锻炼身体。

蒋蕴瑜： 五月，我们三人在日本占领区已待不下去了，于是就搬到英租界。同时更积极地找寻和重庆的中央政府联络的关系。但是，始终一点门路也没有。

七月，日本占领区越来越大了。这时候，欲进入内陆，只有绕道香港，从广东进去了。然而，老萧夫妇仍然不见人影。浩东急了，于是决定自己一个人先到香港。他要我与南锋待在上海，等老萧夫妇。

“如果一星期之内，老萧俩人还不来的话，你们两个就回台湾吧！”临行前，浩东特别交代我们。“我打算一个人进去内地。”

我知道，浩东是一个坚定的爱国民族主义者，如若不能回到祖国参加抗战，他是活不下去的。所以，浩东这样说，我也不敢和他争论。可我内心却痛苦地想，事情要真的演变到这

就读帝大医学部的萧道应与同学

萧道应于台北帝大医学部第一届毕业

种地步的话，我与浩东就不知何时才能再见面。甚至，就将从此永别了。

还好，浩东走后，两三天不到，老萧夫妇终于来了。

黄素贞：七月前后，老萧收到老锺的来信。信上说，日本占领区越来越大，通往重庆的路，也封锁得更加严密了。他要我们在八月一日前赶到上海。老萧和我心里清楚，情势紧迫，不容再延迟了。这时，老祖母的病情也已稳定下来了。我们于是决心立即前往上海。

我们在基隆上船，航行三天后，平安抵达上海。下了船，我们看到只有碧玉和南锋前来迎接。

从港九到惠阳

蒋蕴瑜：浩东走后，我就茶饭不思，频频想吐。我原先以为是身体病了，不舒服。一直要到老萧来了，帮我检查以后，我才知道是怀孕，害喜。

我们四人然后就化装成客家华侨，马上动身，搭船前往香港。为了表示回国抗日的决心，在船上，我们把身上的日本护照都丢到大海里头。

船到香港时，天已经黑了。我们依浩东的约定，住进中华旅馆。到了旅馆，我们却找不到浩东的身影。真是叫人焦急万分。如果真找不到他，在这人地生疏的地方，我们真不知如何是好。

我们只好终夜等待。

我彻夜不眠，熬到天亮，忧心忡忡，怔怔盼望着浩东会突然奇迹般出现。

“锺先生刚来电话，问上海有没有信来？”九点多钟时，旅馆的服务生告诉我们，“他说，他的行李已搬到回上海的船上，准备回去看个究竟。我们告诉他，你们已到香港了。他就说，要你们到九龙，跟他会合。”

真是谢天谢地。这劫难终究没铸成。

当晚，我们就带着行李，到九龙与浩东会合，准备进入我们日夜思念的祖国大陆。

第二天，我们搭乘广九铁路线的火车进入广东，然后一路北上，一直到沙奂村小站。下了火车，我们开始步行。沿途，触目所见的景象，尽是被日机轰炸得破破烂烂的乡村房舍。这才使我真正体会到战争的残酷。我们走了好几个钟头，赶在天黑前，走到淡水，过夜。

锺和鸣等人走在祖国土地上的电影剧照（蔡正泰摄影）

李南锋：我记得，我们从九龙到淡水，是搭船，不是坐火车。但是，事隔太久了，我不敢说我一定对。我的记性向来不顶好，也许是我的记忆有问题吧。我记得，从香港到内地，浩东所能找到的只是一条走私的路。在不得已的情势下，我们五人在九龙会合后，于是雇用一艘走私船，经由大鹏湾，到达惠州淡水。当晚就在淡水过夜。我还是搞不懂，这段路，蒋碧玉的记忆为什么会跟我的出入那么大？

蒋蕴瑜：第二天，我们改搭一艘大约可容纳两三百人的木船，沿着举世闻名的广东航运主干珠江的支流——东江，前往惠阳。东江的江面宽广。一路上，大约二三十名船夫，以大绳索套在肩膀上，沿着江边，咿呀咿呀，节奏有致地哼着船歌，拉着木船，一步一步地向前走。船到惠阳，天已经黑了。刚下船，马上就有士兵前来，要求检查我们的身份证。我们当然没有身份证。浩东同他们解释，说我们为了参加抗战，从台湾回来。请他们带我们到国民党县党部。

黄素贞：我们热血澎湃，却不了解国内复杂的政治环境。我们仅有的线索是前台湾民众党主要干部谢春木到了重庆。其他，我们只知道：国民党的蒋介石在领导抗日。在路上，我们又听

惠阳前线指挥所的电影剧照（蔡正泰摄影）

说国民党县党部在惠阳，于是天真地想着：到了惠阳，就可以通过党部安排，前往重庆。然而，当我们抵达一座大祠堂时，却因为没有良民证，身份不明，而被扣押下来。

蒋蕴瑜：那是驻防广东的第四战区第十二集团军所属惠淡指挥所营部所在。身份检查过后，其中一人就说，这么晚了，就在指挥所过夜，明天再带我们到县党部。我们于是很高兴地雇了挑夫，把所带的五个大皮箱及行李挑到指挥所。指挥所黑洞洞的，看起来，是一座大庙或大祠堂。我们叫了饭菜，吃了就睡。在蒙眬的睡梦中，我总觉得外面好像有人，背着枪，走来走去。第二天醒来才知道，我们已被扣留，失去自由了。

白薯的悲哀

蒋蕴瑜：我们被扣留了三天，前后有三名军官审问。无论我们如何表明我们的动机、身份及救国的热情，他们都没有接受；一口认定我们是日本派来的间谍、汉奸，硬要把我们枪毙。我情绪激愤地想到，我们五个台湾青年，满怀热情，千里迢迢，从台湾到上海，再经香港而进入大陆，拎着五只皮箱及其他行李，在祖国的土地上寻找抗日组织，竟会被当成“日谍”看待！可笑的是，岂有像我们这种装扮的间谍？

黄素贞：他们审问的内容主要是：哪里人？为何回国？有何企图？有何希望？台湾家人的情形，等等。审问的军官先用广东话问，然后通过翻译，用北京话译给我们听。我们用北京话回答，再由翻译用广东话译给法官听。这样一来一往，语言的沟通有一定困难。所以，无论我们如何表白，法官都认为我们的“口供不一致”，无法采信，最后便一口咬定我们五人是“日谍”“汉奸”，硬要枪决我们。老萧听了不服，当场就大声抗议说：“爱国有罪吗？”

萧道应：后来，通过东区服务队一些老队员的告知，以及阅读了一些

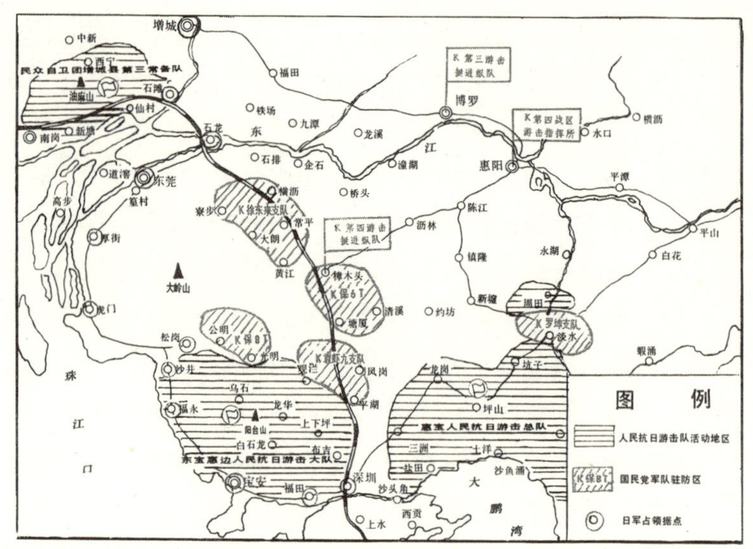

1938 年 10 月至 1940 年 3 月的东江政治形势示意图

相关史料，我才逐渐了解当时的历史背景。

一九三八年十月，日军侵占广州（廿一日）、武汉（廿七日）之后，全国的抗日战争进入“战略相持阶段”。中共领导的敌后游击的开展和抗日根据地的迅速扩大，严重威胁日军的后方。日军不得不暂停对国民党正面战场的战略进攻，改以主要力量对付共产党领导的人民抗日武装，并且将战争初期对国民党“军事打击为主、政治诱降为辅”的策略，改变为“政治诱降为主、军事打击为辅”的策略，加紧对国民党诱降。

国民党于是在日本诱降、英美劝降之下，开始从“国共合作、共同抗日”，走向“消极抗日、积极反共”的道路。

一九三九年一月，国民党第五届五中全会制定“溶共、防共、限共、反共”的方针，随即在各地制造一系列的反共事件，掀起抗日战争期间的第一次反共高潮。

反共高潮从北南来，东江地区的形势也随着全国形势的变化而变化着。日军退出惠阳、博罗以后，东江地区出现了安定的局面。国民党于是向共产党人开刀。

就在国共合作破裂的局势下，我们几个却天真地闯入国共党争的战场。我想，他们是因为没有足够的证据指称我们是“共产党”，于是就给我们扣上“日谍”的罪名吧。

黄素贞：不久，我们便被押到指挥所的牢房。他们还用一条大约有一丈多长的大木头，中间挖洞，再把他们三个男人的脚闸到里头。我们就这样莫名其妙地变成待决的死刑犯了。

在三天的监禁生活中，我们遇到一批青年男女，其中，好几位患了疟疾，发高烧而呻吟着。老萧是医生，除了给他们一些建议，还送他们一些我们从台湾带来的药品。他们由南洋的新加坡、马来西亚、菲律宾结队回国，组成东江华侨回乡服务团，宣传抗日。但是，春节前后，他们也因为入国手续不清楚，而被以“共产党嫌疑”罪名拘留。这时，我们才知道，中国国情的复杂。原来，中国神圣抗战中还有两党的摩擦斗争，许多无辜的人也为着党争而白白牺牲，不为人知。

蒋蕴瑜：后来，我才听说，在前线抓到日本鬼子或汉奸，可以领取一笔巨额的赏金。也许，这些军官就是为了这笔赏金，而毫不珍惜我们的抗日救国之心吧！我想。

幸好，指挥所有一位陈姓军法官，觉得我们五个怎么看也不像间谍，坚持必须慎重调查，然后才能决定枪决与否。刚巧，丘念台先生走了两天的路，从前线驻地到惠阳领军饷。陈军法官知道丘先生和台湾的关系很深，比较了解台湾，就把我们的事告诉丘先生。丘先生于是请求闽赣粤边区总司令香翰屏，让他跟我们见面谈话。

黄素贞：我们五个人又被叫了出去，并被吩咐去挑回行李。当初，我们双手反绑，被押到指挥所牢房。可是这次却没有，只是要我们跟着走。我们被带进一间屋子。进门后，我看到桌上摆着一只手表。卫兵命令我们在桌旁的椅子上坐下，随后就一

丘念台（1894—1967）

个个被带进另一个房间，单独受讯。那位审问长身穿褪色的黑裤唐装，单眼，留着一脸胡须。后来，我们由站守在旁的侍卫口中得知，原来他是少将参议丘念台，在罗浮山区领导东区服务队。当天，我们先后被审讯两次。一次是上午，个别审问。一次在下午，集体问话。这两次，丘先生与我们之间的问答都用北京话。我们总算能好好表达自己的意思了。

蒋蕴瑜： 见到丘先生，我们都坚决表示不是替日本工作，并各自述说爱慕祖国的热诚挚意。丘先生不只认识先父蒋渭水，也认识浩东的父亲和老萧的伯父。于是，他叫我们各写一份陈情书，呈送上级，并替我们请求暂免执行枪决，解往后方，察看侦审。这样，丘先生就救了我们五人七命，因为我和萧太太都怀孕了。

念台先生离开惠阳前，特别勉励我们，说我们贸然回国参加抗战，热情虽然可嘉，但有几点要好好考虑：第一，入国手续不清楚。第二，不谙国情，不认识任何人。第三，他虽然认识我们的家长，却不认识我们，怎么能替我们担保？他又说，还好，他虽然不能完全保我们，至少我们已没有生命的危险了。他强调，他将请求政府给我们表现的机会，我们也必须以行动来证明的确是要来参加抗战。接着，他又转口问我们，说中国的抗战是长期的、艰苦的，你们能吃苦吗？他不等我们回答，又暗示我们，如果有任何困难，可以写信给"黄复"，寄第七战区转达。他向我们一一握手，说后会有期，然后挥挥手，又回罗浮山区去了。

从惠阳押解到桂林

蒋蕴瑜：丘先生走后，我们在惠阳又被关了一个多月，才由军士解送桂林军事委员会。一路上，有时坐船，有时坐货车，但走路的时候较多。晚上，通常在当地监牢过夜。有时候，和普通犯人关在一起。有时候，却让我们五人睡一个房间。地上偶尔铺上稻草，就算是最优待的了。那时的牢狱生活，想来真是活地狱：对犯人刻薄，吃的又都是拌有很多沙石的糙米饭。对已怀孕的我们来说，这饭实在难以下咽。

黄素贞：我们从惠阳经河源，连平县忠信、忠信坝、连平，一站交一站，解送到广东战时省会韶关，然后便被关押在一座石板建筑的庙。那是国民党第十二集团军军法处的芙蓉山监狱。十几天后，我们被叫去听训。他们勉励我们不要灰心，说中央一定会给我们安排工作。然后我们又被移送到在乡下的宪兵队。那里背山依水，风景优雅。我们的吃住都不错，而且可以自由出入，打球运动。我们想，这可能是我们获得自由的先声吧。

十二月初，我们又在宪兵队一名副官的押解下，搭乘火车，经由长沙，最后，终于在薄暮中抵达山水迷蒙的桂林。

蒋蕴瑜：我们忍着一站一站的煎熬，终于被押到桂林军事委员会。在桂林，我们又被看管了一个月。他们派了一个农村出身的勤务兵给我们。我们心里清楚，他实际上是为了调查我们的思想。可是，我们却始终装糊涂，仍然热心教他读书识字。后来，他刻意向浩东暗示，说你知不知道，你们身边有一只老虎？浩东笑笑，说知道。他就一脸讶异，问说你知道？浩东说就是你，然后笑得更大声。他的脸立刻红了起来，不断地搔头，不知如何自处。后来，他跟我们的距离又更近一步了。当我们要离开桂林时，他还要求跟我们一起走呢。

黄素贞：在桂林军事委员会，我们被安排住在两个大房间，男女分开。每人有一张铺有软垫的铁床可睡，还有一床棉被。在那里的一个月期间，虽然不能外出，但起居自由，三餐也很丰盛。我们的身体于是因为充分休息与营养而逐渐复原。每天，我们都在屋里练字，或读《三民主义》之类的书。在安静等待的学习生活中，躲空袭警报，就算是生活中的唯一点缀了。

蒋蕴瑜：监狱可以说是最好的社会大学了。在桂林军事委员会，我竟然遇到一个姓林的邻居。他家住我戴家生父的隔壁又隔壁。他是台北中学校（今泰北高中）的太保学生，经常在路上拦我。他还向我弟弟戴传李说，若娶不到我做老婆，一定自杀。我那时候还小，老是被他吓哭。戴家生父带我去他家，跟他爸爸讲，还是一样。没想到，在那里又再碰到他。可他已经转大人了，起初我并没有认出他。他告诉我们，他跟一个重庆派去的女人结婚，结果被那个女人出卖，于是被当作“日本间谍”抓起来。他向我们说，他是台湾人，但是并没有承认。他也不跟我明讲他是谁，总是“绕”我的话。他问我住在台北哪里，我说日新公学校附近。他立刻向我表示亲近，

1990 年 4 月蒋碧玉重回桂林军事委员会旧址（蓝博洲摄影）

说他有一个阿伯也住在那一带，他曾经去住过一段时间。他停顿了一会，然后又像忽然想起似的问说，你有一个阿姐嫁给有钱人对吗……跟从前比起来，他的样子已经变了很多。他不明讲，我也不会怀疑他就是以前那个太保学生。

一直要到后来，我才知道他真正的身份。那时，浩东在韶关民运工作队受训后分发到电台，对大陆的台湾人广播。有一天，浩东突然收到一封听众来信。信上说，他在桂林军事委员会跟我们一起关过，浩东还曾经借钱给他；我们离开不久后，他也被释放了……最后，他强调他是我家隔壁林才的儿子，现在又被捕了；他问浩东能不能帮忙把他弄出去。浩东立刻写信到南雄陆军医院，向我求证。我这才知道，自己竟被那家伙瞒骗了那么一段时间。

黄素贞：我们在以餐馆、公务员和来往旅客“三多”闻名的繁华的桂林，度过了一九四一年的新年。这是我们离家以后的第一次新年，也是一个冷清寂寞的年。年后不久，快要过旧历年的时候，我们又被叫去谈话；说是我们的问题已经解决了，要

1939 年 3 月日新公学校第十九届毕业生，蒋碧玉的弟弟戴传李（第三排左二）与李苍降的弟弟李苍土（第四排右一）（台湾民众文化工作室收藏）

我们准备到韶关，有工作在等待我们。当天晚上，我们就抱着一偿夙愿的兴奋心情，坐上开往韶关的夜行火车。

送　子

蒋蕴瑜：我们被送回广东韶关后，浩东与南锋被分发到民运工作队受训。因为老萧和我都是念医科、护校的，所以，我和老萧夫妇被分发到南雄的陆军总医院服务。这时已是农历年尾了。

黄素贞：南雄陆军总医院是用木头、竹子和茅草等搭建的临时野战医院，包括内科、外科、眼科、皮肤科和为一般老百姓服务的门诊部。此外，也设有一间克难式的手术房。

老萧是上尉医官，分配有一间单人房的宿舍。他为了切磋医务、讨论国事和人生问题的方便，后来就搬去跟一位上海同济医学院毕业的张医师同住。通过张医师的介绍，我们对祖国有了进一步的认识，尤其是对国共之争的历史，也有了更加深刻的理解。

我和碧玉，起初的军阶都是上士护士，不久又一同升为准尉护士。那些从前线回来的阿兵哥，身上大多长了疥疮。我们的工作主要就是把他们脱下来的衣服，以及绷带、纱布等卫生材料，清洗，然后煮过消毒，同时为他们擦硫黄膏，治疗。我和碧玉一同住在村子里医院租借的宿舍。那是一栋木造的二层楼民房，一间住十人。我们住在二楼，一面在卫生材料处工作，一面待产。

蒋蕴瑜：一九四一年，过了农历新年（一月廿七日），也就是二月初，我的长子继坚出世。那天早上七点多，羊水就破了。待产期间，任性的我，一直吵着要老萧“叫哥哥来”。向来脾气不好的老萧一反常态，耐心地安慰我，说好啦，已经去叫了。我一直痛到下午两点多，孩子才生出来。孩子不会哭，护士抓起来打屁股，才哭。

当年蒋碧玉就住在村子里医院租借的宿舍（何经泰摄影）

黄素贞：碧玉生了一个男孩。没多久，好像是二月廿八日吧，我也生了一个男孩。然而，在物资匮乏的战地，养育小孩，毕竟是件辛苦的事。

蒋蕴瑜：有一个晚上，已经三个月大的孩子，不知为什么终夜哭个不停。小孩哭，我也跟着哭，不知如何是好。第二天一早，邻居的老妇人就来告诉我，说蒋姑娘，你恐怕是奶水不够，孩子吃不饱，才会这样哭个不停。她说要煮点米糕给小孩吃，于是就帮我磨起米来，然后把米粉放进锅里，再加点糖，煮成米糕。小孩吃了米糕，也就不再哭闹，安静入睡了。

在南雄的陆军医院，我整天忙着为那些伤病的军士们服务，看着孩子一天一天地长大，日子也过得充实而有意义。

九月，院长把念台先生的信转给我们。丘先生听到我们五人被释放，调回曲江县韶关，立即呈请七战区，把我们派到他领导的东区服务队。在信上，他要我们到前线参加工作，并且强调必须五个人整体行动，缺一不可，但小孩不能带去。

我们五人于是见面讨论。

这时，浩东透露说，前些时候，他在报上看到重庆有一位谢南光先生的消息，就写信问他是不是谢春木先生，同时也向他报告我们五人的事情。谢南光先生回信说，没错，他就是谢春木先生；又说，我还很小的时候，他就认识我了。他并且表示欢迎我们去重庆。

讨论以后，我们决定去前线的东区服务队。大家认为，我们回来，原本就是要参加抗战，如果到后方的话，就没什么意思了。但是，要去东区服务队，我们马上又得面对一个重大的难题，那就是必须割舍母子亲情，把孩子送人抚养。

黄素贞：我因为在台湾时已经堕过一次胎，心里总是舍不得再扔掉这个孩子，所以一直在犹豫着。我原先想，他们四个人去就好了，我一个人留下来，照顾小孩吧。在那段犹豫期间，老萧就劝我，说当初我们既然愿意放弃家庭，牺牲一切，回到国内参加抗战，如今怎能为了小孩而前功尽弃呢？他希望我能好好考虑，自己决定。对我来讲，这个决定的确非常困难。

1990年4月，蒋碧玉与长子和长孙在始兴街头（蓝博洲摄影）

我实在很舍不得小孩，可我又想到，我们五个人原本就是为了抗战而一起回到祖国，若是为了我一个人而耽误大家到前线工作，也是不对的。既然工作上需要，我也只能切断母子之情，把孩子送人抚养了。想到这里，我于是决心把孩子送人，然后前往东区服务队，为抗日战争贡献一份心力。

蒋蕴瑜：我们虽然心中痛苦，却也不得不如此。在一个偶然的机会，我们认识了四战区张发奎司令的妹妹张三姑。她听了我们的遭遇与决心，很受感动，说她一定帮我们找到妥当的人，领养我们的孩子。

我与萧太太痛哭了两天三夜，终于下定决心，把孩子送到始兴张三姑家。那天下午，送了孩子，我们回到始兴的客栈休息。晚上，我和浩东听到萧太太又在隔房哭。浩东于是轻声警告我，说你比较坚强，不可以哭；你要是哭，她会哭得更伤心。

依照当地风俗，人家既然领养了我们的儿子，我们就要和孩子断绝关系。因此，我只知道领养我儿子的人家姓萧，至于什么名字和他家地址，他都不让我知道。

这次别离，不知何时母子才能见面。

想起来，真是痛苦。

第四乐章　战歌

我的心充满了对二哥的怀念，我不知道他是不是到了重庆，此刻在做什么。失去二哥，我的生活宛如被抽去内容，一切都显得空虚而没有意义。我觉得我是应该跟去的；我好像觉得他一直在什么地方等候我。

“欢迎你来！欢迎你来！”二哥的声音在我耳畔一直萦绕不绝。

其后不久，我就走了——到大陆去。

——锺理和：《原乡人》（一九五九年一月）

在罗浮山区

蒋蕴瑜：孩子送走了，我们便把伤心事抛到一边，背起包袱，勇敢地踏上征途，前往丘念台的东区服务队。

九月的天气很爽朗。我们每天徒步赶个五六十公里路，还不是什么难事。天黑时，就找个小旅社过夜。我们一路走得非常辛苦。到后来，鞋子破了，脚也起泡了。路，越来越难走了。还好，到了东江下游，就有船可坐了。这样，熬过了十二天的水陆行程，终于在天就要黑的黄昏时分，到达位于罗浮山山脚的东区服务队驻地——博罗县福田乡徐福田村。

丘念台：民国廿七年十月上旬，武汉会战，情势不利。在这紧急关头，广东也发生了战事。先期集结于台湾的四万日军，于十月十二日在南海大亚湾的澳头附近，用敌舰数十艘及飞机百余架掩护，强行登陆。淡水、惠阳、博罗、增城、石龙等地先后失陷，广州成为日军的主攻目标。

在广州弃守的前夕，即十月廿日夜间，驻防广东的国军十二集团军副总司令香翰屏突然约我去总部，商议军务，转达余汉谋总司令的意旨，叫我担任惠（州）、潮（州）、梅（州）所属廿五县的民众组训工作，即日出发，并发给筹备费毫洋二千元，指定归广东民众自卫团统率委员会指挥。

第二天早晨，广州已陷于混乱状态。我立即集合全部工作人员十二位，轻装到黄沙，雇艇过佛山，再赴四会，向民众自卫团团长黄任寰请示工作方针。他遵照余总司令的意旨，指定我去惠、潮、梅所属廿五个县区组训民众，参加抗战工作，并定名为东区服务队。工作方面，首先号召各地热心抗日的知识青年，加以组织训练，使能积极协助政府动员民众，进行长期抗日战争。

丘继英：我是广东蕉岭人。一九三八年初，中山大学教授丘念台从广东到陕北考察。我和卓扬等几个在陕北公学学习的客家青年，一道去延安城内中央招待所会见了这位同乡。他对我们说了很多，最后强调：经过考察以后，他认为共产党对日作战是很坚决的，而且有一套办法，最根本的是相信群众和依靠群

东区服务队队部旧址——三星书室（蓝博洲摄影）

1995 年 1 月丘继英于广东蕉岭（蓝博洲摄影）

众，这是国民党做不到的，是值得学习的。夏初，他返广东，向第十二集团军总司令余汉谋活动，弄到该司令部少将参议的职衔，筹建抗日救亡团体。我和林启周等人在陕北公学毕业后，也回到广东，在他身边，团结进步青年，发动群众，进行抗日宣传的工作。十月下旬，广州沦陷后，我们撤退到梅县；东区服务队正式成立，并取得国民党承认的公开活动的合法地位。

丘念台：我们把十月廿一日广州陷敌的那一天，作为东区服务队立队的纪念日。我还亲自写词，作了一首反映工作内容与任务的队歌：

南海风波恶，
惠、博、增、从落，
白云山下倭兵着！
步行二千里，东区服务队，动员民众自卫！
团结，严厉，自省，奋斗，牺牲！
岭外三州作根据，除人民疾苦，善人民生计。
大家齐奋起，老幼男女，
必收复失地。

蒋蕴瑜：罗浮山西距广州二百余里，东至惠州约百来里；位于增城县之东，河源县之西，博罗县之北，龙门县之南，横跨四个县境，蜿蜒数百里，联合罗山与浮山合称为罗浮山脉。

当时，东服队的队部借驻徐福田当地的徐氏祠堂。所有队员都打地铺。每人分发一床军毯和一条三四尺见方的包袱巾。这包袱巾用处可大了。睡觉时，把它铺在地上，可以稍稍挡挡潮气。一旦行动时，则用它来包衣服、书籍等，叠成长方形，然后用绳子扎好，背到背上，就可行动了。冬天，天气冷，我们就同老百姓要来稻草，垫在包袱巾下面。另外，只盖一床军毯，不够暖和，我们便把装米的麻袋洗净、晾干，然后把两个麻袋缝成一条来盖。除此之外，每人还分到一双筷子和一个漱口杯。漱口杯当然也是万能的，既可以用来漱口、洗脸，又可以用来喝开水、吃饭。每人每个月虽然有三元零用钱，却只能买到一块肥皂。大体上，东服队的生活条件，就是这样。

黎明华：我是广东梅县客家人。一九四二年冬天，我到丘念台领导的东区服务队应聘教师，认识了锺浩东、蒋蕴瑜、李南锋和萧道应、黄素贞五位台湾青年。

东区服务队同当时所有军队一样，一天吃两餐：上午九点与下午四点。吃的是带有许多沙粒，而且差不多都被虫蛀过

1995年1月黎明华与老母亲在老家（蓝博洲摄影）

的糙米。我刚到的第一天，当真是不习惯，下午二三点钟就觉得饿了。我们这些新到的应聘教师无不替东服队员感到委屈。但他们倒好像习惯成自然了，说如果一切都如意，还谈什么社会改造。炊事，由队员轮流担任，所以每个人都学会煮大锅饭、炒菜。副食费很少，平日就只是青菜、豆腐、咸菜和出名的惠州梅菜。一个星期加菜一次，才见得到肉、鱼、蛋之类。吃饭并没有用碗，每人都用自己的漱口杯。

丘念台先生也同大家一样生活。他大概近五十岁，大家都叫他“老头子”。其实，他除有长者之风外，精神矍铄，一点也不显得老。只是牙齿坏了很多，吃起饭来，慢吞吞的。看来，在这方面，他倒是很辛苦的。

黄素贞：丘念台先生曾往陕北延安特区考察青年组训、民众运动及游击战术。因此，东区服务队的学习生活也采取“自治、自觉、自省、自立”并重的原则。我们每天的作息大致是：早上五点半起床，整理内务，跑步、运动，歌唱练习。七点，开晨课会及检讨会；分配值日伙头两人，负责买菜做饭。九点，开饭。饭后，外出工作或拜访，或者自习。下午五点，晚餐。饭后，自由活动；外出探访民众，或办妇女夜间补习班。晚上八点开会，会议内容包括：工作计划、工作检讨、生活检讨、时事讨论以及学习讨论。星期日晚上则开联欢会。晚上十点，准时就寝。

蒋蕴瑜：东服队原有的骨干只有十来位。我们加入时已增加到二十多人，其中女队员有五人。队员的教育程度参差不齐，正式大学毕业者，只有二三个。其他都是高中、初中，甚至有小学程度的。但，大家的爱国心都是一样的，所以很热诚而团结。团体的学习生活使我进步很快。在台湾受日本奴化教育，对中文和普通话都不太通的我，通过自觉地辛苦学习，一段时间后，已经能讲能写，也能读队部里数量不少的各种中文藏书了。

我们入队后的主要工作是协助审问日本俘虏。由于我们通晓日语，兼用温和态度对待日俘，所以能够问出许多富有情报价值的话。此外，我们还在罗浮山周遭半沦陷区的三不管地带，从事街头宣传、组织民众，做敌前敌后的政治工作。

黎明华：我到东区服务队一个时期以后才看得更清楚，它根本就是因人而设的机构。它由丘念台先生领衔率领，名称叫作东区服务队，意思是第七战区东部地区——即潮州、梅州、惠州——的服务队。但服务些什么，却很笼统。它既不是战地工作团，也不是政治工作的部队。它虽高高在上，直属战区长官部，却没有一定的具体任务。它要做什么，全由丘念台先生个人自己去想。想的结果，大概就是我们所看到的：在接近战区的地方，做一些群众工作，包括排难解纷、办学、探访民情，以及做一些宣教工作。这类工作又全靠丘先生个人的威望来进行。因为东服队本身毫无权力。它不像战地工作团或部队的政治工作队，具有强制性的权力，可以编组、动员民众。东服队不能。

妇女夜校

蒋蕴瑜：东区服务队后来奉命调离罗浮山徐福田，转赴惠州以东的横坜镇。此地距离前线较远，文化落后，文盲众多，工作便以安政教民为目标。东服队计划以横坜为中心，逐渐向周围发展，每保办一间战时小学。半年期间，先后在惠阳、博罗、紫金、河源等四五个县区，办了四十五间小学。我们也都做了无薪给的临时教师。男队员分担各学校的日间教学，女队员则主持各校的妇女夜校。

我在当地看到的客家社会，基本上是一个非常封建的、男女不平等的社会。在那里，一般家庭无论生活再怎么苦，也要培养男孩子读书，然后到海外发展。他们赚了钱，就回家乡，盖大屋。很多客家女人没看过丈夫，只凭着走私的人把照片带去，就跟在南洋的客家男人结婚。女人为了吃饭，就得帮男方家下田，而且做得很辛苦。一般男人则不太下田做事。否则，两个女人吵架时，就会有人被骂，说连一个丈夫都养不起，还要他帮忙做事。还有，男人吃干饭，女人吃稀饭，而且不能上桌，只能在厨房吃，经常是边喂小孩边吃。女人如果自己没有生育男孩，一定要帮老公找小老婆。一般有钱人都娶小老婆，但她们都得帮忙做事。有一次，天空突然下雨，我就亲眼看到：某家男人出来收晾晒的衣服，但只收男人与小孩的。女人的衣服就让它继续淋雨。

我刚认识浩东时曾经问他：为什么女人就非得嫁鸡随鸡呢？浩东分析给我听，说这是经济问题，传统封建社会的女人因为没有独立的经济能力，所以就无法跟男人处于平等地位。浩东又说，妇女问题其实是社会构造不平等的一环，只有改造不平等的社会构造，妇女才有可能真正与男性平等。

我们知道，一时间无法改变当地妇女的地位，只能通过妇女夜校，教她们识字、读书。我们希望，这样，能够让她们自觉地面对自己的问题。虽然大家都很忙，却忙得很充实，很有意义。

黎明华：大概是一九四三年六月底，我正式加入东区服务队。这时，东服队多数人已到罗浮山了。有一天，我和几名队员陪念台先生，从惠州西湖边的东服队联络站荔晴园出发，前往罗浮山。我们经由博罗城，走了一百二十华里，在晚上九点多，好不容易到了罗浮山山脚的长宁乡公所。东服队的李南锋等人已做好晚饭相候。大家卸下行装，就先吃个饱，然后累得澡也不洗，各自倒在办公桌椅上睡了。虽然蚊子多，不得不点上几支蚊香，熏得很难受，但我们还是像死猪一样，一觉到天亮。

我们在长宁停留了一天。白天，分头到接近前线的各个大村庄，寻求当地士绅支持办学的锺浩东、萧道应和古培灵，各自来到长宁，向老先生报告筹设罗浮中学和白鹤补校的工作进度。我没事，也在一旁听。念台先生的构想是：在冲虚观设立罗浮中学，在白鹤观设立补习学校。因为博罗、增城、东莞都曾受战火蹂躏，一所中学也没有，而罗浮山又是一个最适当的办校地点。所以念台先生此议一出，即刻获得博罗县长等当地许多有力人士的热烈支持，不少人还当场认捐。念台先生听过报告后，立即指定由徐森源负责筹备事宜，锺浩东、萧道应、古培灵则继续负责对外联络。

蒋蕴瑜：后来，东服队又再调回前线，在罗浮山的冲虚观积极筹办一所罗浮中学，收容附近小学毕业的学生。因为政府无能力给予经费补助，罗浮中学采取“取之于民，用之于民”的办校原则，按部就班地工作着，终于在“教育上前线”的口号下顺利开办了。校长自然是丘念台先生。

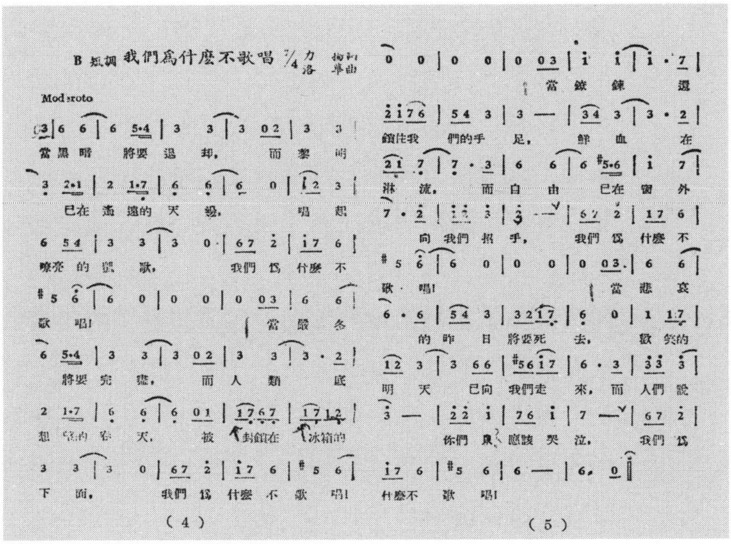

东服队唱的歌曲之一（何经泰摄影）

旅店生子

蒋蕴瑜：在冲虚观时期，我又意外怀孕了。为了不影响工作，我想尽办法要把肚里的胎儿打掉。可是在医药缺乏的战地，我只能服用一般民间配制的草药秘方来打胎。那药很苦，吃下去，就吐出来。有一次，一只大概饿慌的狗上前舔食地上的秽物，结果，当场毙命。尽管药性如此强烈，胎儿还是打不掉。

就在此时，丘念台向我们表示，他要结束东区服务队队务，投入国民党的台湾党务工作。

丘念台：民国卅二年春间，为适应抗战新形势的需要，（中国国民党）台湾直属党部在福建漳州正式成立，翁俊明出任主任委员，我也谬承派充执行委员。但国民党中央党部给我的派令，是由四川重庆邮寄江西泰和，转递广东蕉岭县，再转博罗县的前线防地，至当年冬季我才收到，同时也接到了翁主委给我的信，距台湾党部成立已经好几个月了。

我决定献身台湾党务工作后，即向七战区长官部请求结束东区服务队的队务，余汉谋长官甚感欣慰。他坦率地对我说："你的东服队，重庆方面常说闲话，现在全队解散专办党务好了。你的队员过去很努力，如果愿意的话，本部政治部也可想法安置。"但当政治部主任叫我们的队员加入各部队政工队工作时，他们都不肯去，宁愿留在惠州自办的中学和在各保的国民学校任教，想等候时机，跟我做台湾方面的工作。

民国卅三年正月，正打算动程去漳州时，忽接到翁俊明主委被人暗杀的消息，使我感到十分惊异！

翁主委去世后，国民党中央指派王泉笙继任主任委员，他是福建泉州的旅菲华侨领袖。党部部址奉命自漳州迁往福建临时省会所在地的永安。

萧道应：翁俊明是台南市人，就读台湾总督府台北医学校时加入同

中國國民黨中央執行委員會任用書
任用翁俊明同志
爲直屬台灣黨部執
行委員會主任委員
總裁　蔣中正
中華民
三月八日
核對呂介人
翁俊明先生任臺灣黨部主任委員任用書

1943年台南人翁俊明出任中国国民党台湾直属党部主委

盟会，成为该会第一位台籍会员。听说，他与同学杜聪明曾经密谋以细菌倒袁而前往北京，惜未成功。台北医学校毕业后，他举家迁居大陆，先后在厦门、上海开设俊明医院，暗中支持反日运动。一九三八年五月厦门沦陷。他偕眷避居香港，仍以行医为名，掩护革命工作。一九四〇年春，中国国民党中央组织部直属台湾党部筹备处正式成立于香港，任命他为筹备处主任。一九四二年秋，国民党中央在江西泰和开办战地党务训练班，对外名为韶关战地服务训练班，对内则是台湾党务工作人员训练班，由他兼班主任。一九四三年四月，国民党台湾党部改称中国国民党直属台湾执行委员会，正式成立于漳州，翁俊明任主委。十一月十八日，他却于福建龙溪遭人下毒而亡。

李南锋：一九四三年十一月廿六日，中、美、英三国领袖在开罗会议后发表联合宣言，说明盟国对日战争的政策，其中并确定台湾在战后回复祖国地位。我们因此对台湾的未来抱着一片乐观的期待。第二年二月，丘先生便带着浩东、老萧和我三位台籍队员，由广东惠州出发，步行二十天，到福建永安述职。

蒋蕴瑜：浩东他们离开队部以后不久，三月，我的第二胎的预产期也到了。我时时感到即将临盆的阵痛，但在罗浮山区的队部却找不到生产的地方。一名男同志于是陪我走了几乎整天的路，再坐二三个钟头的船到惠阳。我在惠阳住了几天，仍然找不到生产的地方。这时候，身体感到更不舒服了。因为萧太太还在离横坜镇半个钟头步程的里东小学教书，我又走去里东找她。但，当地乡下人的习俗是不让生人在家里生产的。萧太太找不到房子给我生产。我只好又回到横坜住旅舍。刚巧，投宿的客人中有一名助产士，于是就由她接生，在旅舍产下一名男婴。

产后几天，横坜一带闹水灾。水退后，我身上也剩没多少钱了，于是又踩着泥淖，走回罗浮山区。回到队部，我整整一个月都吃麻油煮鸭蛋，勉强算是坐月子。然后，我才收到从横坜旅舍转来的浩东的信。他信上说，他知道我一定会冲动地回队部。他要我不要急着回去，先安下心坐月子。他马上会寄钱给我。

二三个月后，日军完全占领惠阳、博罗两县。我和另外两名教员就带着学生逃到山村，继续在野外上课。到了年底，由于歉收，东江地区面临严重的粮荒。日军到处抢粮，实行以战养战的政策。有一次，日军半夜来抢米，村民们纷纷逃躲。在紧张中，我忘了带厚重的衣服，就只带了尿布，抱着小孩，逃到野外，在树下过了两夜。村民们后来也都拿这事来笑我。这段时间，村民打猎回来，我才有机会吃到肉。

策反台侨

丘念台：在永安，我和党部主持人商定了几项关于台湾党务发展的工作计划：一、派人深入厦、汕、穗、港，联系留驻各地的台胞，尤其要争取日人所用的台胞来建立工作站。二、在福建东山岛也要设立工作站，准备运用远海渔船的船员，潜入台澎调查内情，沟通消息。我为了准备实行后一计划，曾特别绕道漳浦、云霄、诏安回粤，趁便亲到东山岛去踏实勘察，停驻约一周间，觉得环境十分适合。

关于推进工作的组织，我也和台党部书记长商定成立两个机构：一为闽南工作团；一为粤东工作团；俾能分头工作，运用华南各省沦陷区的台湾侨民渗入台岛工作。

当时，台北人李友邦在龙岩县虽组有台湾义勇队，但它属于三民主义青年团；嘉义人刘启光在江西成立的台湾工作团，则属于三战区长官部的，而且都只做战地工作，没有担负渗入沦陷区台侨和台湾本岛的任务。所以粤东工作团团长决定由我担任，因为我在广东惠、博两县拥有前东服队的干部四十余名，可以担任广东沿海敌前和敌后的工作。至于闽南工作团团长的人选，拟请当时驻在漳、龙、永各地的台党部执委担任，如无人接办，则待粤东工作团稳定基础后，再由我来兼任。

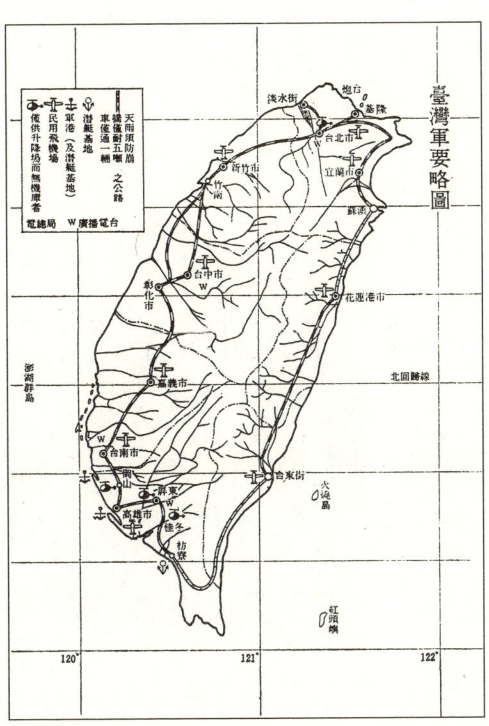

抗战末期，丘念台提供给国民党中央的日军情报之一

萧道应：我们跟丘念台到福建永安述职，回来时又到漳州、龙岩，和台湾三民主义青年团的李友邦联系，分别取得国民党台湾党部粤东工作团和台湾三青团粤东工作队的招牌。

据我所知，刘启光就是与简吉、赵港同为日据时期台湾农民运动三大领袖之一的侯朝宗，逃回祖国后经常改名易姓，继续在上海、福州、厦门等地纠集台湾青年，从事反对日本帝国主义及收复台湾的活动。抗战期间，他进入重庆军事委员会政治部，主持对敌宣传工作。后来，他介入接收台湾的工作，建议国民党中央成立台湾党部筹备处。再后来，他又奉蒋介石命令，担任军事委员会台湾工作团主任，训练台湾青年，准备配合盟军登陆。

李友邦则是台北芦洲人，就读台北师范时，因夜袭日警派出所遭到退学，潜逃大陆，进行革命活动，曾经被捕入狱两年多。抗日战争爆发后，他提出“保卫祖国”“收复台湾”两大口号，号召散居全国各地的台湾同胞，共同参加中华民族

李友邦（1906—1952）
（严秀峰女士提供）

刘启光（1905—1968）（台湾民众文化工作室收藏）

抗日战争的救亡运动。一九三九年，重庆军事委员会在浙江金华组成直属的台湾义勇队和台湾少年团，以对敌、医疗、生产报国、巡回宣慰等为主要工作。他被正式电委为台湾义勇队队长兼台湾少年团团长。一九四二年，台湾义勇队在金华沦陷前转进福建龙岩，并于同年夏天，奉上级命，成立三民主义青年团中央直属台湾义勇队分团部。三民主义青年团，简称三青团，一九三八年七月正式成立于武昌，蒋介石亲任团长，陈诚任书记长，是国民党以抗战之名和共产党争夺青年的团体。

丘念台：我在永安和漳州居留约两个月，始回广东惠阳驻地。我觉得抗战已进入接近胜利的艰苦阶段，必须把握时机，积极推展工作。所以立即成立台湾省党部粤东工作团，把原有在各学校的队员全部加入党部工作，仍以罗浮山区的惠阳、博罗各县为根据地。在取得当地驻军及地方主管谅解后，随即分派团员伪装商旅，深入香港及广州各地，用种种方法秘密通信，最常用者，乃以名片纸书写密语藏于香肠内，俾便掩护传递。

这些渗入工作，进行不到三四个月，就发生很大的效果，各地的台侨都联络上了，只待我们加以妥密运用。

李南锋：那年秋天，国民党情报人员侦悉：在石龙日军检查站，一名年二十四五岁的男子和日军悄悄说了几句话，便放行通过，不必接受检查。情报人员于是跟监这名男子。这个可疑男子到惠阳后便住进旅社。经过调查，情报人员得悉这人名叫陈明，是台湾人。因为一时未能取得确凿的材料，不能立刻逮捕，就以“敌嫌”对待监视。

国民党方面把这条情报告诉丘念台，并要他帮忙调查此事。丘念台就派浩东、老萧和我三个台籍队员去做这项工作。

我们住进陈明下榻的旅社，然后以认同乡、拉关系的方法，很快和他混熟了，并探悉他奉日军情报机关派到惠阳，专门侦察英军服务团情况。我们这才知道，香港沦陷后，有一个英军服务团撤退到惠阳郊区。

丘念台于是约谈陈明，晓以大义，并说服他回广州，帮忙提供日军情报和策动台侨起义。他满口答应了。

丘念台向国民党当局讲明情况后便放陈明回广州。两天后，他又派浩东和我，以及另外两名大陆籍队员徐森源和邓慧，以浩东为组长，前去广州。

邓 慧：我以丘念台秘书的名义前往。丘念台采取封官爵的方式去笼络台侨，如任命某某为起义军司令，某某为台湾某市、县长等等，但名字却空着，还用他印有官衔的名片写介绍信去接头。他把这些文件交给我带去。

我知道带这些文件是危险的，想来想去想出一个办法：从惠阳邮局买来包邮票的薄膜，又到市场买来八斤腊肠和五斤罗浮山菜干，然后用筷子在腊肠上捅一个洞，将文件扭成一条，用薄膜包好，塞在里面，并做上记号。

我们头戴毡帽，扮成做生意的人，从惠阳坐船到石龙登岸，约定在一家兴宁人开的笔店里住宿。但登岸后必须经过检查站，接受日本宪兵和汪伪军检查。伪军随便检查一下锺浩东、李南锋、徐森源三人便放行了，唯独把我留住不放。日本宪兵令汪伪军认真检查我，从头到脚都搜遍了，查不到什么可疑的东西。日本宪兵又瞪眼对我虎视，看我并不惊恐，然后才把我放了。

锺浩东、李南锋、徐森源三人认为我必被抓去了，正在和笔店店主商量，想通过一个当日军翻译的兴宁人去打听并设法营救。正在这时，我突然回到店里，三人为之愕然。

“老邓啊！你知道他们为什么特别留难你吗？”懂日语的锺浩东慨然地对我说：“你一登岸，日本宪兵就指着你说，你这人既不像乡下佬，也不像做生意的人，值得怀疑。”我才恍然而悟，原来我化装得不好所引起的。

台湾义勇队（严秀峰女士提供）

台湾少年团（严秀峰女士提供）

第二天早晨，我们又乘日轮去广州。

在广州找到陈明后，他把锺浩东和我安置在惠爱路禺山旅社居住，把徐森源和李南锋安置在河南一家理发铺的楼上居住。第二天晚上，盟机（美机）来炸广州，实行灯火管制。大约一个钟头后，日本宪兵突然出现在我们的房门口临检……

第二天，锺浩东把情况告诉陈明后，他便带我们到太平南路一家日本人开的大酒店去住。这里出入很方便，也没有检查过。

就在太平南路口一家日本人开的咖啡馆的厅房里，通过陈明找来了约三十位台胞，开了个座谈会……把当前形势说了一遍后，鼓励他们认清形势，组织起来起义，如有愿意到内地去的，也极欢迎等等。

我们在广州住了六天，把存下的文件交给陈明就回来了。

到原乡走了一趟

丘念台：民国卅四年的二月，美国十四航空队到兴宁设立办事处，打算招募台湾人士做登陆台湾的向导。闽赣粤边区总司令香翰屏，打电报到惠阳横坜镇，要我带领原属东服队的台党部粤工团团员前往兴宁；此时适惠州再度失陷，我就率领全团由惠阳移驻梅县的南口圩。

蒋蕴瑜：浩东的原乡在梅县嵩山，离南口圩不算远。浩东想去看看却又犹疑，说是怕被丘先生骂。我鼓励他去。两人于是偷偷离队，在嵩山的这里那里看看，走走，然后在当地小客栈住了一晚，才回队部。

丘念台：因为我率领的台党部粤东工作团，在穗（广州）、港（香港）、汕（汕头）都已和台侨联络上了，乃于民国卅四年七月，由广东梅县到福建永安，向台党部报告一年间的工作经过，并打算建立起台党部的闽南工作团，向厦门和附近滨海地区展

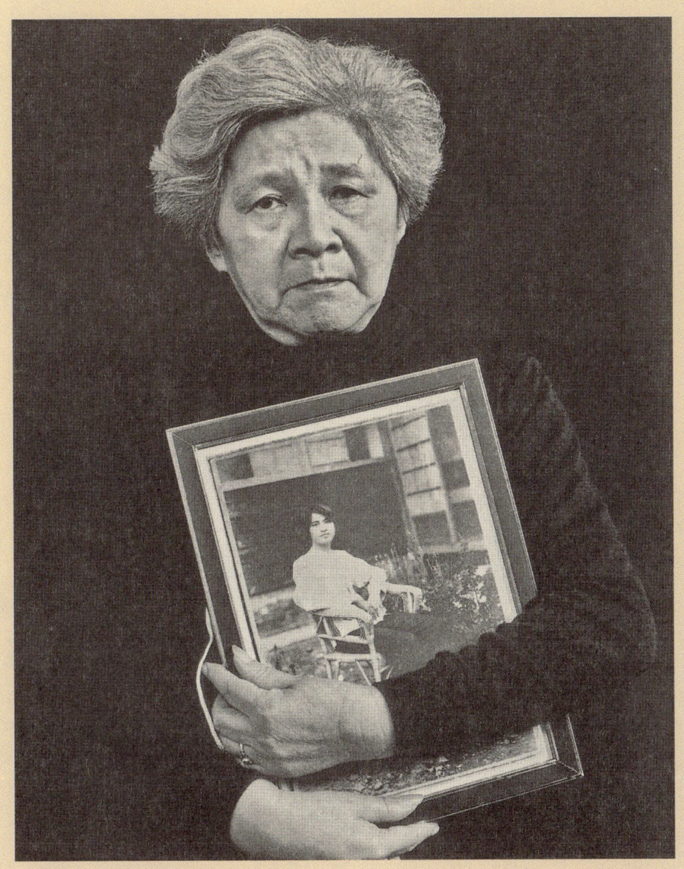

1990 年的蒋碧玉与 1935 年的锺和鸣（何经泰摄影）

就读护士学校的蒋碧玉（左）与同学

蒋碧玉与锺和鸣爬面天山

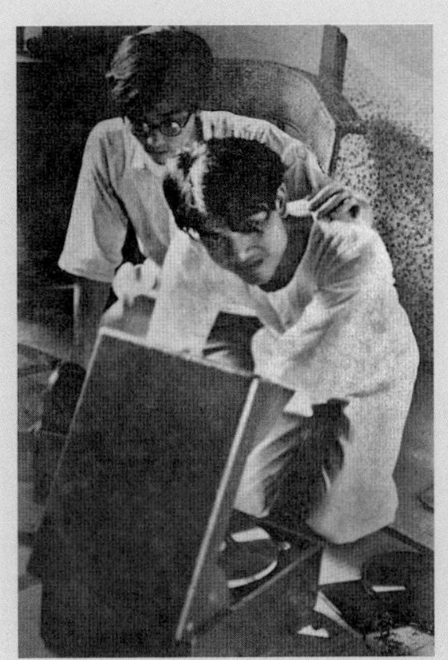

聆赏古典音乐的白线寮青年

蒋碧玉与锺九河（戴白线帽者）等人去郊游

病后初愈的青年锺和鸣

初识锺和鸣的少女护士蒋碧玉

蒋碧玉保存的聂耳作曲的《义勇军进行曲》手抄本

筹组抗战医疗服务团的萧道应、锺九河、许灿煌、锺和鸣与吴文华（左起）

锺和鸣（右一，林强饰）、蒋碧玉（右二，伊能静饰）、萧道应（左一，蓝博洲饰）等人在九龙会合的电影剧照（蔡正泰摄影）

电影《好男好女》的审讯剧照（蔡正泰摄影）

电影《好男好女》的扣押剧照（蔡正泰摄影）

电影《好男好女》的押解剧照（蔡正泰摄影）

时隔半个世纪，物是人非。蒋碧玉终于通过一块被村民当作垫脚石的某病逝医官的墓碑确认了医院旧址（何经泰摄影）

1990 年 4 月，蒋碧玉由长子和长孙陪同，重访广东南雄陆军总医院旧地（何经泰摄影）

丘念台（立右三）与东区服务队队员们

1990年4月，蒋碧玉与老同志重返罗浮山（何经泰摄影）

开工作。

不料，日本天皇于八月十五日颁下敕令，正式宣布投降，结束其强暴侵略的罪行！

我自永安闻讯后，深感情势的急变，对于我们的工作队伍，和广东沿海各地的几万台侨，都不能不做急速的处置。所以即日匆匆离闽赶回梅县，会同商决自率一部分团员直趋惠州，转赴广州；另派一部分团员前往汕头联络。

抗战胜利后锺浩东在广州中山公园

因为当时我们粤东工作团，在广州已建立了两个工作站，两个游动站；香港有一个工作站；汕头、潮州也有一个工作站，两个游动站。我们不能不速去收拾和协助展开接收工作；而且数万台侨和当地军民早有种种误解，如果不给予好好安抚，他们固感痛苦，而演变的结果，也必然会影响收复台湾故土的前途。

蒋蕴瑜：浩东奉丘先生之命，率领另一部分团员前往汕头工作站，协助接收与安抚台胞。

丘念台：九月，张发奎和孙立人部队（新一军）已陆续赶赴广州。我带了六位工作人员，由梅县经兴宁、五华、紫金而至惠州，转赴广州。

蒋蕴瑜：这时候，老萧夫妇和南锋已经离开丘先生所属的工作团，径赴广州。丘先生于是也对浩东和我说老萧和南锋他们都离开了，你们也走吧。然后拿了一封信给浩东，说这是李友邦给我们的信，我们可以去找他。看了信后，我们才发现，丘先

1990 年 4 月蒋碧玉与长子重返广州中山公园

对未来感到非常迷惘的女护士
（台湾民众文化工作室收藏）

生因为怕我们过早离开，工作会停顿下来，所以一直扣着李友邦给我们的信。

浩东于是带我去见李友邦，然后，以台湾三民主义青年团第三分团的名义，在广州惠爱路（今中山四路）设置办事处，协助旅居广州的台胞返乡。当时，旅居广州及其近郊的台胞约有两万人，其中包括原属日本部队正规军一千六百人。他们都是被日本殖民政府强征到大陆和国军作战的。日本战败投降后，他们这批人就被移交广东军方；其中三百名是女护士。他们对自己所处的地位与未来的前途，都感到非常迷惘。尤其是女护士们，初接收时，有许多人还因为惶惑不安而自杀。我和其他女性工作人员于是用闽南语或日语，同她们解释台湾历史的演变，以及回归祖国怀抱后所有台胞均恢复为中国国民的事实。这样，才渐渐把她们的情绪安定下来。

第五乐章　归乡

发广播信箱。重庆台湾革命同志（盟）会锺和鸣。仿佛觉得与另一个世界、一个不但是地理上的隔膜——杳不可即，并且是有着生活感觉的距离的另一世界，通着难于相信的问讯。与人以一种隔世之慨。

——《锺理和日记》（一九四五年九月廿八日，北平）

归　乡

蒋蕴瑜：一九四六年四月，浩东向广东省政府租了一条货轮——沙班轮，把那些台胞分成三批送回台湾。我带着在横坜惠安旅社出生，才两岁大的老二锺惠东，与萧太太及李南锋等，坐第一批船，先行返台。浩东自己则跟随第三批返台。这样，我们结束了在祖国土地上五年来的抗日岁月，准备投入重建台湾的工作行列。

锺里义：浩东的个性，自幼即大方而好交游。记得他念高校时，有一回，他刚出院不久吧，父亲特地北上，去古亭町的宿舍看他。据父亲说，当他和浩东聊天时，恰好有朋友来找浩东，同他借点钱用，浩东毫不考虑便说钱放在吊在衣架上的衣袋里，要多少，自己去拿吧。父亲说完，然后既欣慰又自得地说："哈！人家都说我锺番薯肚量大。可是，我再大，还是输给我这个儿子太多了。我向他投降。"因为这样

生不得·死不得！

廣東臺胞歸來呼籲無門

·本報記者特寫

這是一幕生之哀歌

四方呼籲疲於奔命

血淚之書不忍卒讀

沙班號開往廣州！

蒋碧玉出生地太平町一带住民庆祝台湾光复的街景

1946 年 4 月，锺浩东向广东省政府租了一条货轮——沙班轮，把滞留台胞分成三批送回台湾

的性格，浩东是不贪财的。战争结束时，他在广州担任接收委员，不但没有为自己积蓄什么财产，还打电报回来，要家里给他汇三千银元过去，说是要租船，让在当地的台胞返乡。等到他回来时，身上却一点钱也没有。我以为，包公的清廉，也不曾强过浩东吧。

李南锋：我们搭的那艘货船，是向广东省政府租的一艘日本人留下来的旧船。船在台南安平登陆。上岸后，触目所见，只能用

“满目凄凉”四个字来形容。战争末期，台湾老百姓生活的困苦，是不难理解的。

锺理和：我于民国卅五年春返台。当时台湾在久战之后，元气丧尽。加之，连年风雨失调：先有潦患，潦没田禾；后有旱灾，二季不得下莳。尤以后者灾情之重，为本省过去所罕见。天灾人祸，地方不宁，民不聊生，谣言四起。

丧子之痛

蒋蕴瑜：我回到台湾后，在台北广播电台上班，负责办理业务。浩东回来后，希望能够从事教育工作，办学校。那时候，政府的官员，市长级以上的有小包车代步。校长只能乘坐人力车。有一回，浩东半开玩笑地问我，要坐小包车，还是人力车？我当然理解浩东的志趣啊。

当时，丘念台先生已推荐了三名在东服队待得更久的队员，不方便再引荐浩东。可是，丘先生还是写了封介绍信，要我们去找一位锺姓长辈。我于是就拿着丘先生的介绍信，登门拜访这位锺姓长辈。他看了信，立刻就给我写了介绍信，并且替我以“蒋渭水的女儿”的名义，安排与教育处长范寿康见面。

范寿康是浙江人，东京帝大毕业。不久，他的回音来了，说是要浩东到法商学院任教。可浩东并不只是志在教书而已，他希望能够办学校，于是亲自拜见范寿康，表明拒绝任教的意愿与真正想法。范寿康向浩东解释说，这不是他的意思，是丘先生的意思。他说他问过丘先生的意见，丘先生认为浩东没有行政能力，不适合当校长。

浩东不相信丘先生对他会有这种偏见，于是又去拜访丘先生。后来，丘先生打电话到家里，说是支持浩东当校长，只是台北已经没有缺了，要浩东接掌台北郊外的基隆中学。

八月，浩东开始接掌包含高中与初中两部的基隆中学。他上任那天，在惠阳旅舍出生的老二刚好发烧，身体不舒服。我不敢到电台上班，请假在家，看顾他。因为我服用打胎草药的关系，这孩子刚出生时长得很丑，体质也不好，容易生病。在东服队时，包括我在内，差不多一半以上的人都患有疟疾。通常，只要在病发时，泡个姜汤喝即可。我想，小孩大概也是一样吧，于是就泡姜汤给他喝，可他却一直不见退烧。我慌了，急忙把他送到台大医院急诊，同时托人到基隆中学通知浩东。

因为是急性疟疾，服用奎宁也无效。浩东赶到医院之前，孩子就因为已经烧到脑部，无法救治而死了。

这个小孩平常很黏浩东。有一回，我在帮他擦屁股，浩东正好回来，他马上就要给浩东抱。浩东一时无法接受小孩已死的事实。他责怪我，说你就是跪下来，也要求医生，把孩子救活啊。第二天，因为心情难过，他在床上躺了一天，爬不

光复初期基中运动场旁中央入口的校舍

起来。后来，他就把孩子的骨灰坛摆放在校长室日据时期校长摆置日本天皇照片的位置。他还把孩子火化后的头颅摆在办公桌上，思念时，就拿起来抚摸一番。

这时候，我正怀着第三胎。想着因为抗战的关系，老大不得不送给人家抚育；如今，历尽艰辛才生下来的老二，却又因自己一时疏忽而早夭。我心中难过，觉得对不起浩东，决心要好好抚育这即将出世的老三，以尽人母之责。

朴实求才的校长

锺里义：浩东做校长时，有个同乡的读书人北上办事，顺道到基隆中学找他。回乡后，他却因为浩东朴实的穿着感到惊讶而告诉地方父老，说这个锺和鸣，都做校长了，还是那么老实，连一件像样的衣服也没得穿。有些地方父老并不相信，于是也利用北上时，亲自到基隆中学拜访浩东，这才相信的确如此。回乡后，大家都纷纷议论锺浩东这个老实得像是老农一样的校长。这样，六堆一带的客家庄，上抵美浓，下达内埔，几乎无人不知朴实的锺浩东校长。

陈德潜：我是基隆中学第十六届的学生，曾在校内担任班长及全校学生联盟代表。

锺校长是个非常有人情味的人，对学生很好，十分疼爱。遇有家境贫困的学生，他总是自掏腰包垫付学费；自己和家人却住在学校后山简陋的木屋中。

锺校长的思想与教学都很先进，同时多才多艺，曾网罗不少一流教师至基中任教。

李南锋：归乡后，我随即又上台北，与蒋碧玉一同进入台北广播电台上班，负责办理业务。电台台长是林忠先生。在福建的时候，我和浩东就认识他了。那时他是国民党直属台湾党部的书记。九月开学前，我便把电台工作辞掉，到基隆中学办教

锺浩东校长（坐右二）与六堆旅北客家乡亲们

育。我的职务是训导处管理组长。我想，浩东大概是希望我把东服队的工作经验拿到台湾来，好好教育年青的一代吧。

李清增：战后第二年，也就是一九四六年，二月底，我从日本回到屏东长治的家乡，在屏东工业学校做教员，同时也与同乡的邱连球联手，打击地方上倚仗日本人势力作恶的不肖分子。暑假，有一天，我终于在连球家见到锺浩东。早在日据时代，我已经久仰浩东的大名了。他和锺九河、萧道应，一直被公认为六堆一带客家庄最优秀的青年。我记得，当天，浩东问我想不想到基隆中学一起办学校。我回答他说我学的是机械，我想，我还是进糖厂做事，比较适合。回想起来，浩东在基隆中学开学之前，一定已经在全省各地奔波，广招良师了。此后，只要浩东有事回南部，我们几个人一定在一起聚会、讨论。

李旺辉：一九二二年，我出生于高雄美浓一个贫穷的佃农家庭。一九四一年三月在日本宫崎县宫崎工业学校毕业，之后到东京鹿岛组株式会社工作。一年多后，我存了点钱，又考进东京研数专门学校。日本投降后，我于一九四六年三月回到台湾。

光复后，台湾的经济萧条，求职不易，当个老师都要送红包，走后门，才行得通。可锺浩东校长掌舵的基隆中学，这一套却行不通。校长的作风是：只要听到哪里有好老师，一定立即亲自登门邀聘。我就是因为基隆中学欠缺专业的数、理、化老师，而由锺校长亲自邀请，到基隆中学任教。

那年四月，我先进入高雄中学教数学。因为看不惯学校里头的贪污风气，到了十月，我就转往美浓同乡较多的高雄工业学校任教。可我没想到，工业学校的风气也好不到哪里，甚至可以说贪污得更厉害。我觉得，整个社会好像都在堕落腐化；对未来也感到苦闷。就在这个时候，寒假期间，锺浩东校长在他的表兄弟邱连球陪同下来找我。邱连球当时也在基隆中学总务处担任事务组长之职，他岳父就住在我家附近。可我和他们两人并不认识。

锺校长说，他是听他弟弟锺里志谈起，美浓有个李旺辉，在高雄中学和工业学校教数学，而且教得不错，因此专程来找我。我虽然认识锺里志，但并不很熟，可我有一些朋友和他熟。我想，他也许就是从那些朋友打听到我，然后又把我介绍给锺校长吧。我因为对高雄工业学校的风气早已不满，再加上对锺校长的印象很好，当下就答应他到基隆中学教数学。农历年过后，学校开学，我就北上，前往基隆中学任教。

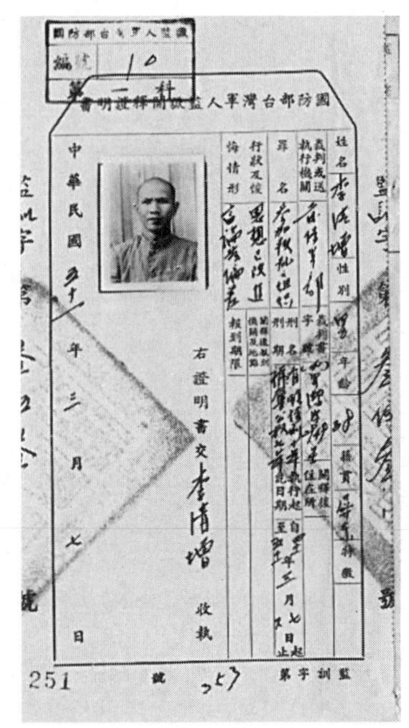
國防部台灣軍人監獄開釋證明書

編號 10

姓名 李清增
性別 男
年齡 48
籍貫
判決或送執行機關
罪名
執行及悛悔情形
刑名
刑期
右證明書交 李清增 收執
中華民國 年 三 月 七 日
監訓字第 257 號
251

李清增的开释证

锺里志：锺浩东是我的异母哥哥。我和锺理和都是小母亲生的。浩东到基隆中学当校长后，我也应邀到基中总务处，担任出纳组长。据我所知，住在我隔壁宿舍的蓝明谷老师，是我哥锺理和在北京就已经认识的文艺青年；返台以后，他先在教育会任职，然后通过理和兄介绍，到基隆中学教国文。

锺铁民：民国卅六年春，叔叔和鸣在基隆中学任校长，父亲在南台湾的屏东内埔任教，叔叔多次招请他去基隆，他就一个人先北去看望兄弟。住在学校宿舍，那是日本人留下来的日式住宅，榻榻米地板，许多纸门隔间。父亲睡一间四叠榻榻米的精致小房间。那时他常常失眠，有时睁着眼到天亮。事情发生时父亲说他很清醒。隔壁客厅中的大挂钟正敲十二点，在钟声中，父亲觉得两脚开始麻痹……到最后他发觉除了眼球以外，全身都已僵直。这时他感到身边有人，用眼球往下瞄，依稀有一白衣女子坐在蚊帐里，紧紧依在他的腰侧，他看不清她的年龄与面貌，感觉中应该是一个少女，长长的头发披在肩后。静静地坐着一动也不动。父亲……因为一向是无神论者，所以心中一点也不害怕，只是目不转睛地盯着身侧的女子看，一心想要看清她究竟是什么长相。时间并不很长，忽然他感到僵直的身体又恢复知觉可以动弹了，就在这

1955 年锺里志（左一）与锺理和（右二）等亲友（锺铁民提供）

修字第柒玖號

國立臺灣大學修業證明書

學生戴傳李現年貳柒歲臺灣省臺北縣市人於中華民國三十五年十月考入本校法學院政治學系　年級第　學期肄業至三十八年七月止修畢叁年級第貳學期課程其入學資格經奉教育部　年　月　字第　號令核准備案合給修業證明書以資證明此證

附註　該生以休學期限已逾二年猶未復學經令退學在案

校長錢思亮

中華民國肆拾壹年玖月拾柒日

戴传李的台大修业证明书
（台湾民众文化工作室收藏）

样的恍惚之间，身边的女子已经不见。灯光依然，好像什么也没有发生过。

第二天，父亲告诉与叔叔一同生活的祖母，祖母吓得要他立刻换一间房子，因为祖母知道曾有女学生在那儿服毒自杀。可是父亲执意不搬，因为他决然不相信鬼。那天晚上祖母就睡在隔房，只隔一扇纸门，要父亲一有动静就呼唤……情形与前一夜完全一样，十二点的钟声一响起来，他又感到身体开始僵直，然后白衣女子一模一样地坐在身侧。他想发问却无法开口，在片刻之后，一切就又消失了。

第三天，父亲就离开基隆回屏东来。弟弟当校长，自己去当教师，这是一种心理上的结，他不打算到基隆去……但在他从基隆回来后不到一个月就肺疾发作，吐血住院。

戴传李：锺浩东是我的姐夫。他去基隆中学当校长时，我正在读台大政治系一年级。他邀我去教书。我于是以台北高等学校毕业证书当文凭，到基隆中学教高一的英文和数学。当时我刚刚年满二十岁，只比学生大一两岁。我的课安排在台大刚好没课的星期一、三、六，每日六小时，每周一共十八小时。其他时间，我还是在台大当学生。

杨基铨：台湾光复，随着国民政府官员陆续来台，我台北高校同班的台湾人同学锺和鸣，在高校二年级暑假失踪的十二年后，突然出现在我的面前，这时已改名锺浩东，被派任省立基隆中学校长。我与他见过几次面，但没有机会深谈。我受他之托，推荐一位东京帝国大学的后辈张国雄，担任基隆中学的英文教师。

张国雄是台中县人，他入东大法学部不久，因病休学，并回台疗养，直到台湾光复才病愈，唯不再回东大，也不转入台湾大学继续念书。此时台北市长黄朝琴需要英文人才，而张君的英文程度相当不错，乃经市政府招考，以优秀成绩录取，进入台北市政府服务。后因黄市长离开市政府，张君无法发挥才能，遂由我介绍转至基隆中学教书。

我始终没有料想到，锺和鸣与张国雄两人，竟然都在二十世纪五十年代初期的白色恐怖时期，以“匪谍”名义，被治安单位拘捕、枪决。我每想到此事，心中就非常痛苦，尤其对张国雄更有“我不杀伯仁，伯仁却因我而死”之感。

黎明华：一九四四年年初，我转入东江纵队。日本投降后，我因部队主力北撤而归乡。后来，我听说，锺浩东当了基隆中学校长，东区服务队的一些大陆籍队员也跟着他到基隆中学服务。我于是辗转和在基隆中学担任训导主任的徐森源联络，并写信向他表示，我想到台湾找事做。信寄出去后不到十天，我就收到徐森源的回信。他在信上说，欢迎我去台湾，职业问题，到了再说。我于是同母亲商量。她不但一口答应，还卖了一块地，给我做路费。

一九四六年十一月十五日，我在家乡松口搭渡船到汕头，然后再经厦门，一个星期以后抵达基隆。上岸以后，我便搭火车到八堵，来到基隆中学，见到了锺浩东与蒋蕴瑜夫妇、徐森源、李南锋、锺国员、黄素贞、锺国辉夫妇及徐新杰等东区服务队的老朋友。因为学校已经开学好久，锺浩东校长暂

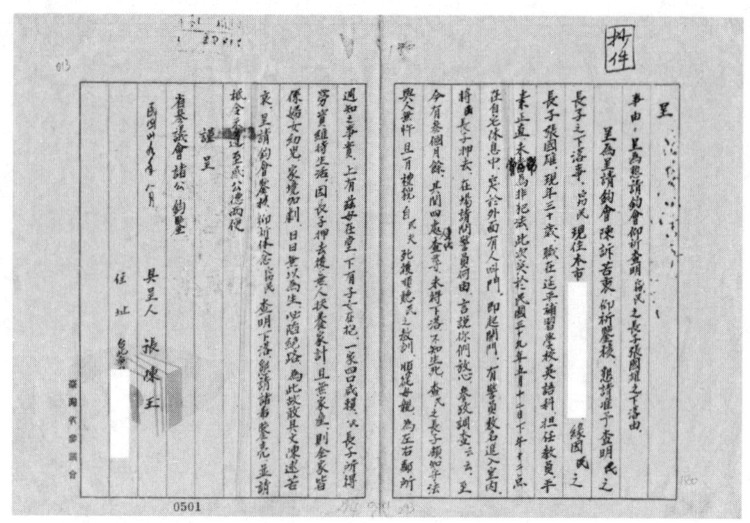
抄件

呈

事由：呈為懇請鈞會仰祈查明氏之長子張國雄之下落由。

呈為呈請鈞會陳訴苦衷，仰祈鑒核，懇請准予查明氏之長子之下落事。窃氏現住本市[illegible]綠岡氏之長子張國雄，現年三十歲，職在延平補習學校英語科，担任教員，平素正直，未曾為非犯法。此次於民國三十九年五月十二日下午十二點在自宅休息中，突於外面有人叫門，即起開門，有警員數名進入室內，將氏長子押去，在場請問警員何由，言說你們放心，參政調查云云。至今有叁個月餘，其間四處查尋，未得下落，不知生死。查氏之長子頗知守法，與人無忤，且有穩銳，自氏夫死後，頂聽氏之教訓，順從母親，為左右鄰所週知之事實。上有孀母在堂，下有子女在抱，一家四口咸賴以長子所得勞資維持生活。因長子押去後，無人扶養家計，且無家產，則全家皆係婦女幼兒，家境困難，日日無以為生，幾陷絕路。為此故敢具文陳述苦衷，呈請鈞會鑒核，仰祈體念氏民，查明下落，懇請諸看鑒亮，並請祗令呈遞至咸公德兩便

謹呈

省參議會諸公 鈞鑒

具呈人 張陳玉

住址 [illegible]

民國卅九年八月

臺灣省參議會

0501

基隆中学英文教师张国雄母亲的陈情书

时没法替我安插工作，外头的工作又不好找，我就暂时住在基隆中学的老师宿舍。

一九四七年，“二二八”后的三月下旬，我才在锺浩东校长的安排下，正式担任基隆中学训导处干事。

民主刻苦的校园

李旺辉：基隆中学的校风和我先前待过的两所学校完全不同。我到基中任教之后的最大感受，首先就是它的民主气氛很浓厚。虽然校长本人可以全权处理教务主任、训导主任及老师的聘任，但是，教务主任和训导主任却是在校务会议上通过选举而产生的。这应该是全省独一的。

记得，我在基中三年期间的教务主任，一直是一名年轻的、会讲客家话的外省人方弢。他太太张奕明则是学校职员。两人育有一个小孩。后来，夫妇俩先后遭到枪决。

学校的老师原本要选我当训导主任，我因为国语还不太会

讲，必须用日文上课而推辞，于是就改选年纪才廿八岁的外省老师陈仲豪当主任。

可以说，整个基隆中学，上自校长下到校工，都是完全为学生设想，不争权夺利。因为这样，教职员之间都和睦相处，不分派系。学生的民主风气也很盛。学生只要通过班会讨论，反映给教务处，希望由哪个老师教哪门课，教务处马上就会设法排课。

王春长：我是基隆中学第十六届毕业生，毕业于一九四八年。台湾光复后，基隆中学首任校长是吴剑青先生。一九四六年八月，吴校长去职，由锺浩东校长接任。那时，他才三十出头。我们都认为，他那么年轻就能当校长，实在优秀。

锺校长的领导方式十分民主。在我的印象中，在他任内的基隆中学是没有军训课的，但每星期仍得有周会；学生们可以蓄发，甚至打领带上学。他自己则除了西装外，经常穿中山装。另外，锺校长很喜欢运动，硬式网球打得很好。因为这样，我们学生大多也很喜欢打网球。

王亿超：我是基隆中学第十七届毕业生，毕业于一九四九年。锺浩东校长在任时，基隆中学的学风较为自由。例如，一般来说，当时每所中学早晨都要升旗唱国歌，但在我的印象中，锺校长任内把这个仪式都省略了。

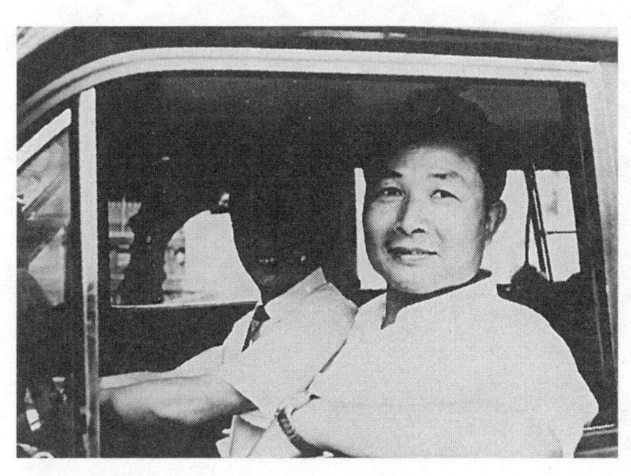

1948 年毕业于基隆中学高中部的王春长

郭进钦：我也是基隆中学第十七届毕业生。高三那年，我担任全校风纪队（即今之纠察队）总队长，锺校长曾经找我去问话。

锺校长询问："为何你所指定的风纪队员半数是一些坏学生？""校长，"我答道，"我们要抓的不就是这几位学生而已吗？如果把他们几位都任命为风纪队员，作模范给全校同学看；这样，校园的风纪不就立刻可以变好吗！"

锺校长想了一下，然后说："在理论上，你讲的似乎很有道理；但在实际执行上，也可能会有很大的问题。"

我请校长给我三个月的时间试试，如果有效便继续执行；若不行，再请校长处分那几位坏学生。锺校长也应允了。

王亿超：我们学校位于八堵车站附近，车站对面有一家撞球场。当时，几乎全班同学都到那里打撞球，或是在撞球场隔壁的店家吃冰。记得，有一回，教育厅督察来校视察；锺校长立即

锺校长很喜欢运动。因为这样，基中的运动风气很好

骑着脚踏车到撞球场。

“快点，快点，大家赶快回去。”锺校长叫我们说，“教育厅督察到学校来视察了。”

锺校长就是这样一个容易亲近的人，从来不对我们摆校长架子，始终跟我们打成一片。对学校里的教职员，他也总是把他们当成自己的兄弟手足般看待。

何文章：我也是基隆中学第十七届毕业生。当时的校长还是锺浩东。锺校长从不给予学生压力，我总觉得在他任内的基中回忆，是一段很舒适悠闲的岁月，日子很好过，老师与学生也总是打成一片。

那时，从大陆来的老师们，物质生活都过得很辛苦；他们在基隆并没有自己的房子，全都住在校方安排的空间十分拥挤狭小的宿舍。基隆是个多雨的地方，校舍设有放置雨具的衣帽间；有些老师在衣帽间里隔起一小块地方，就居住下来。

吕镇川：我是基隆中学第十八届毕业生，毕业于一九五〇年。我们看到老师们住在校内的学寮里，空间确实十分拥挤狭小，只是用布幕隔成一小间，甚至有些老师就在音乐教室或骑楼走廊下隔间，把校园当成住家，一家人就住在里面。我们每天都可以看到他们的生活，真的十分刻苦。

何文章：尽管如此，老师们并不以此为苦，仍然接受学生邀请，热情参与当地诸如“迎妈祖”等传统的节庆活动。在我高二时，每日下课后，我们总是看见担任我们班导师的方弢主任前往菜市场买菜。这在我们看来是很稀奇的！因为在家里，我们不曾见到自己的父亲做过家事，所以，这些由大陆来的老师给我们的感觉是比较民主化。

陈仲豪：方弢是广东省惠来县人。北平中国大学国学系毕业。一九三五年由平返粤，历任普宁、梅县等几所小学和中学的校长、教员、教导主任等职。一九四一年春赴广西，历任桂省几所中小学的教员。一九四六年八月担任基隆中学教员。一九四七年春转任教务主任。

王春长：锺校长曾在大陆待过一段时间，加上老家在高雄美浓，所以他聘请的老师大部分是广东或南部的客家人。虽然如此，我们也可以用闽南话跟锺校长谈话。他有时也讲客家话，但主持会议时一定讲国语。

何文章：当时，老师们上课讲的话都是国语。然而，日据时代大家学的都是日语，台湾光复后便听不懂国语。记得，某次期中考的考题要学生默写中华民国国歌，有趣的是，竟没有一位同学能写得完整。老师们为加强我们在中文方面的学习，时常推荐我们阅读课外书籍。《观察》《展望》等杂志都是当时老师们推荐的读物。

戴传李：《观察》和《展望》等杂志都是老师们经常传阅的读物。《观察》是一九四六年九月在上海创刊的政治时事性周刊。前身为一九四五年十一月至一九四六年四月在重庆出版的《客观》杂志。储安平主编。主要撰稿人有张东荪、傅雷、吴晗、费孝通等。它声称代表一般自由思想分子，对国内各政党不偏不袒；强调以民主、自由、进步、理性为原则；主要栏目有专论、外论选译、观察通信、文艺、读者投书等；对当时的政局、战局和经济、文化、社会等各方面进行广泛的评论。它出有华北、台湾航空版，据说最高发行量达十万份；在国统区的知识分子读者中有较大影响。但一九四八年十二月下旬却被查禁。《展望》则是中华职业教育社一九四八年五月在上海创刊出版的周刊；经常揭露国民党军事上的失败和政治上玩弄“和平谈判”

觀察
第五卷第二期
論政府大捕學生
從幾個世運選手拒絕回國說起
民主主義與社會主義補義　張東蓀
紅帽子在美國
文明在生死之間　Arnold Toynbee
最完整的人格
燕京被搜在場談話
北平大拘捕
南京大拘捕
關中搶糧戰
鄧錫候遲不赴任的原因
何其芳的轉變

储安平主编，出有台湾航空版的《观察》周刊

的阴谋；其中，“军事一周”专栏每期都有对战局的精彩报导和分析，很受读者欢迎。据说它的最高发行量达五万三千多份；曾经多次受到国民党当局警告，南京方面负责人因此被捕；一九四九年三月也被查封。

吕镇川：蓝明谷先生曾教过我们中文。光复初期因为大家只懂日文，不懂普通话，所以蓝明谷先生曾经把鲁迅的短篇小说《故乡》翻译成日文，以此教导我们阅读中国小说。

老师们总是教导我们：“如果国文要进步，就要多看课外书籍。”

我们问老师：“要看什么课外书籍呢？”

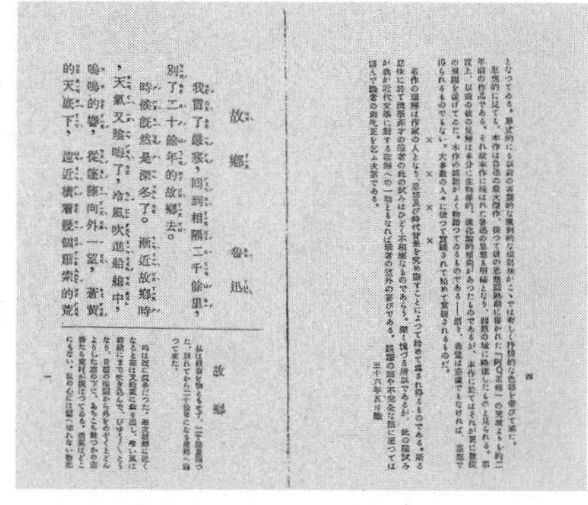

故鄉　魯迅

我冒了嚴寒，回到相隔二千餘里，別了二十餘年的故鄉去。

時候既然是深冬了；漸近故鄉時，天氣又陰晦了，冷風吹進船艙中，嗚嗚的響，從篷隙向外一望，蒼黃的天底下，遠近橫着幾個蕭索的荒

《故乡》内文首页

鲁迅《故乡》译本的封面

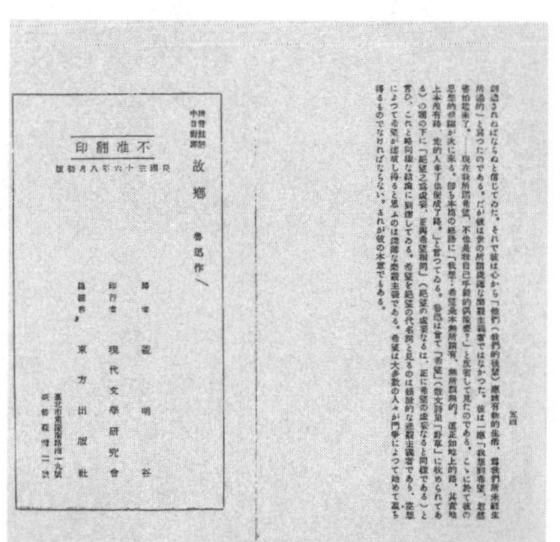

不准翻印

拼音註解中日對譯　故鄉　魯迅作

譯者　藍明谷

印行者　現代文學研究會

總經售　東方出版社

《故乡》版权页

老师们便介绍一些鲁迅、巴金、茅盾等人的著作。当时国共正在和谈，所以这些左倾书籍在市面上仍买得到。

连世贵：光复后，我在基隆省中读书才开始学国语。十分讽刺的是，我在学国语时所学的第一首国语歌曲，即是如今中华人民共和国的国歌——《义勇军进行曲》；它还是学校教官教我们唱的。

"二二八"事件那年，我念初三，在学校担任学生自治会的学术股长，负责管理自治会图书室里的所有图书。自治会图书室里收藏的绝大多数都是"红书"。我本来就很喜欢看书，在学校成绩也算不错，但我书看得愈多，思想便愈加左倾。

第六乐章　“二二八”

三时吃完牛奶后走出大门口。在放射线科的南边的过道上放着一具刚由五六个学生抬进来的少年死尸。少年可能十五六岁，躺在一只绿帆布的担架上。面如蜡苍白，唇紫。一手放在小肚上像在深睡。脸部颊鼻额处略有尘土，黑中山服的上衣，草色裤子。被撩起着的腹部，有几道很薄的血迹，模糊不清。子弹由左胸乳边入，左胁出。入口有很深的、看着就像一个黑洞的伤口，出口则拖出一颗小肉团贴在那里，像一个少女的乳头。

——《锺理和日记》（一九四七年二月廿八日，台大医院）

接上关系

蒋蕴瑜：一九四六年十二月，我们的第三个儿子出世了。因为上班的关系，校长住在学校宿舍的时候多，我则住在仁爱路的一幢日式房子。孩子满月那天，浩东还特地从基隆赶回家来，并且邀请了许多抗日前辈来吃满月酒。之后，来家里走动的人也就日渐频繁了。记得，有一位记者，姓詹，本省人，常来家里找浩东。后来，我才知道他是吴克泰。

吴克泰：我的本名是詹世平，一九二五年出生于宜兰三星乡佃农家庭。就读台北二中（今成功中学）期间，通过低我一级的学弟戴传李得知，他姐姐蒋碧玉、姐夫锺和鸣与台北帝大医学

青年吴克泰

部第一届毕业生萧道应等五名台湾青年，自行组团到大陆参加抗战。我就有了起而效法的念头。

一九四三年九月廿三日，日本政府公布：自第二年起，把征兵制度适用于台湾；凡年满二十岁的台湾青年男子，都同日本青年一样要去当兵。我恰恰是头一批被征调的对象。我想，与其被抓去当日本兵，跟美国拼命；倒不如回祖国，跟日本帝国主义拼命。

一九四四年八月上旬，我取得去大陆当日军翻译的资格。于是九月初，放弃只念了一年多的台北高校学业，出走上海，寻找蒋碧玉与锺和鸣等人。可是我始终打听不到他们的行踪。

一九四六年三月中旬，我从上海回到台湾，然后一面回台大念书，一面在报社当记者。四月下旬，我终于通过张志忠先生和台湾的地下党联系上了，从此在校园和舆论界积极地展开活动。

“安全局”：中共中央于民国卅四年八月，派蔡孝乾为台湾省工作委员会书记，蔡于同年九月由延安出发，间道潜行三个月，于同年十二月始抵江苏淮安，向华东局（原称华中局）书记张鼎丞，组织部长曾山，洽调来台干部。民国卅五年二月，蔡率干部张志忠等，分批到沪，与华东局驻沪人员会商，并学习一个月，同年四月，首批干部先由张志忠率领由沪搭船潜入基隆、台北开始活动。蔡于同年七月，始潜台领导组织。并正式成立“台湾省工作委员会”，由蔡本人任书记……张志忠任委员兼武工部部长，领导海山、桃园、新竹等地区工作。

吴克泰：蔡孝乾，日据时期的一九〇八年出生于彰化花坛，曾任台湾大众时报社记者、台湾共产党中央委员兼宣传部长、江西苏区红军第一军团政治部《战士报》编辑、中华苏维埃临时中央政府委员与内务部长、中共中央白军工作部北线工作委员会书记、解放区野战军政治部敌工部部长等职。张志忠（1910—1954）原籍嘉义新港，曾在八路军一二九师冀南军区敌工部从事对敌宣传工作。

就在这段时间，改名为锺浩东的碧玉姐的先生从香港回来了。此时，他显得很苦闷。我找他谈了几次话，他的情绪便

1990 年 4 月，蒋碧玉与吴克泰在北京台盟中央重逢

匪台灣省工作委員會叛亂案

偵破時間：三十八年十月三十一日至三十九年二月十六日

地點：台北、台中、高雄、基隆等地

匪諜及處理情形

姓名	年齡	籍貫	處刑	姓名	年齡	籍貫	處刑	姓名	年齡	籍貫	處刑
蔡孝乾	四六	台中	自新	陳定中	二六	廣東	自新	林青	二六	廣東	刑十五年
陳澤民	四二	福建	自新	陳克鳴	二七	廣東	自新	張世藩	二九	廣東	刑十五年
洪幼樵	三五	廣東	自新	馬雯鵑	一七	江蘇	自新	李振芳	四七	台北	刑十五年
許敏蘭	二五	安徽	自新	張志忠	四四	嘉義	死刑	楊克村	三八	彰化	刑十五年
蔡寄天	三二	廣東	自新	謝富	四六	台中	死刑	林坤西	四四	台中	刑三年

判決文號及日期：一、國防部四十年三月三十日則副字〇四一九號代電及四十三年三月十二日清澈字七五一號令核定。

死刑執行日期：二、四十年四月三日及四十三年三月十六日分別執行

案情摘要

共匪中央於三十四年八月，派蔡孝乾爲台灣省工作委員會書記，蔡匪於同年九月由延安出發，間道潛行三個月，於同年十二月始抵江蘇淮安，向匪華東局（原稱華中局）書記張鼎丞，組織部長曾山，洽調來台幹部。三十五年二月，蔡匪率幹部張志忠等，分批到滬，與匪華東局駐滬人員會商，幷學習一個月，同年四月，首批幹部先由張志忠率領由滬搭船潛入基隆，台北開始活動。蔡匪於同年七月，始潛台領導組織。幷正式成立，「台灣省工作委員會」，由蔡本人任書記，直接領導「台灣學生工委會」，「基隆市工委會」，「台灣省山地工委會」，「台灣郵電職工工委會」，「蘭陽地區工委會」，「台北市工委會」，「北峯地區工委會」等機構工作（後交由徐懋德統一領導）。先後幷以陳澤民任副書記兼組織部長，領導台南、高雄、屏東等地區工作。洪幼樵任委員兼宣傳部長，領導台中、南投等地區工作。（後交由張伯哲領導）張志忠任委員兼武工部長，領導海山、桃園、新竹等地區工作（後交由陳福星領導）。案經保密局偵悉破獲。

“安全局”关于台湾省工作委员会的机密档案

完全不同了。他谈到当初回国参加丘念台领导的东区服务队的曲折经过。他又说，后来同附近的共产党东江纵队联系上，快要入党的时候，日本投降，东江纵队按照国共两党协议北撤。他按照指示，去香港找中共领导的爱国统一战线报纸《华商报》联系，但始终接不上关系，只好先回台湾。

他思考问题比较深刻，经常边揪头发边想，因此有些秃顶。他回台湾后并不像其他要官、要肥缺的“半山”，而是选择办教育。我很快就发展他入党，经张志忠批准后，由我单线联系。他也是我发展的第一个党员。

“安全局”：抗战胜利后，锺浩东随政府返台，任台湾省基隆中学校长。民国卅五年七月间，经潜台分子詹世平介绍，正式加入共产党。

这些队员都到哪去了

蒋蕴瑜：浩东年轻时候非常崇拜蒋介石。在他的认识上，蒋介石是孙中山先生的信徒，更是领导全中国人民抗日的英明领袖。我曾经听他弟弟说，西安事变发生时，浩东还因此痛哭不已。浩东的父亲只好把报纸藏起来，以免他过于伤心。

在雄中时代，浩东即因阅读简明版的《资本论》而被日籍老师处罚过。此后，他几乎随身携带一本袖珍本的《资本论》，有空就拿出来翻读。一直到在惠阳被扣留时，警觉性高的浩东，才把口袋里那本《资本论》丢到茅坑里。

尽管这样，那时的浩东还只是个素朴的社会主义者吧。我想，是民族情感主要地决定了浩东带领我们奔赴祖国，参加抗战吧。一直要到抗战末期，对国民党的阶级属性有了更深刻的认识以后，浩东才日渐左倾吧。

在东区服务队，到过延安学习考察组训民众和游击战术的丘念台先生，采取延安的方式，让队里的上下老幼，生活、工

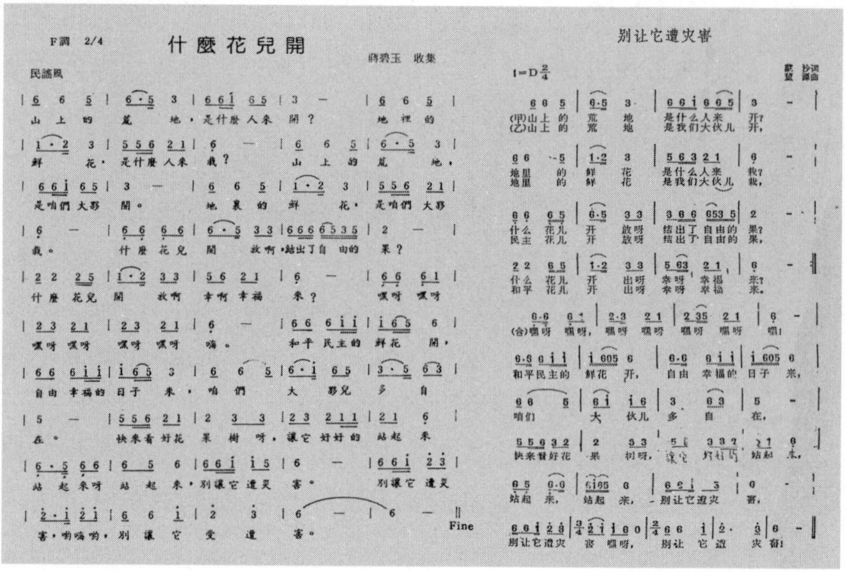

F調 2/4 什麼花兒開 蔣碧玉 收集

民謠風

别让它遭灾害

1=D $\frac{2}{4}$

蒋碧玉在东服队采集的民歌

作都在一起，通过唱歌、演戏、绘画、运动、写作等娱乐活动，接近民众，深入民众，把握民众。此外，丘先生还从延安带回来很多书。这些活动和书，自然对东服队的同志，造成一定程度的影响。

“安全局”：锺浩东于日据时代，因不满异族之专横统治，遂于民国廿九年元月，邀同其妻蒋蕴瑜与李南锋等五人赴上海，经香港转往内地，行至广东惠阳时，曾因汉奸嫌疑被捕。嗣经丘念台保释，即服务于我政府机构。

锺等到达内地后，因一切未如其理想，乃对政府之信仰降低。而于第七战区工作时常受共产党地下工作人员之诱惑并阅读共产党之书籍甚多，其思想遂趋反动。

黎明华：东区服务队有许多书刊，半数以上是左派作品：毛泽东的《论持久战》《论新阶段》《新民主主义论》，陈伯达的《新三民主义》，艾思奇的《大众哲学》和沈志远的《新经济学》。翻译作品，如《政治经济学教程》《辩证法唯物论》

《唯物辩证法》《历史唯物论》《联共（布）党史简明教程》和肖洛霍夫、高尔基的文学著作。甚至还有重庆《新华日报》的旧报纸。

据我所知，抗战初起一二年，许多地方都公开贩售共产党左派书刊，部队政治工作队也有左派书刊。但皖南新四军事件后就渐渐消失了。可东服队却仍然如故。不单如此，东服队同志们的言论、观点几乎个个都属当时所谓“前进”分子。丘念台先生以个人声望吸引这批年轻人，又能容忍他们的思想形态，倒是一件异数。这也许就是当时人们所称的开明人士的属性吧。

丘继英：在梅县时，东区服务队中共党支部很快就在当地党组织指导下成立，以卓扬为支部书记，我负责组织，直接由梅县中心县委领导。当时，党员和支部在队里是秘密的，学习和组织生活往往是散步到郊野进行。

蒋蕴瑜：抗战逐渐接近胜利的末期，我们和移驻梅县的粤东工作团的其他团员，看到后方城市的党员干部开始过着奢靡逸乐的生活，讲求物质享受，尤其以取得外国用品为无上荣耀。我们这些在前线过着刻苦生活的人，不但自己的长期劳苦毫无报酬，有时反而被社会所轻视。因为受到这样的刺激，我们发现陆陆续续地有人离队，不知去处。一直要到胜利后，我才知道，原来这些队员都加入了曾生领导的东江纵队。

那时候，东江纵队的人以为我们是丘念台的心腹，不敢与我们接触。一般的国民党员却认为，东服队的作风与共产党雷同，除了丘念台之外，都是一些左倾分子。我们就处在这样的尴尬处境下，找不到可以认同的党。当时，我们已经抱定了主意，不管什么主义，只要是站在人民立场，真正为老百姓做事的党，我们都可参加。

徐森源：一九四四年，在罗浮山当地地下党领导下，由我秘密吸收锺浩东等东服队队员，参加了党的外围组织——抗日民主同盟，并准备联系好地下党后，转移到东江纵队。

抗日民主同盟的前身是中国民主政团同盟。一九四一年三月十九日在重庆秘密成立的中间党派政治联盟。主要成员为民族资产阶级、上层小资产阶级和知识分子。同年九月，在香港创办机关报《光明日报》。十月刊登启事，宣告中国民主政团同盟已在重庆成立，公布“贯彻抗日主张、实践民主精神、加强国内团结”的成立宣言及纲领。一九四四年九月改组为中国民主同盟，加强了内部左派力量。

黎明华：一九三八年，日军占领南方第一大城广州时，沿途烧杀奸淫。东莞的王作尧，淡水的曾生，分别纠合一批义愤爱国的热血青年，成立武装自卫组织，后来合编为第四战区（七战区前身）第三游击纵队新编大队（曾生大队），成为叶挺新四军的组成部分。它在作战指挥系统上则受国民党四战区东江游击指挥所指挥，于是成为活动于惠阳的坪山、龙岗、淡水及惠宝沿海一带的合法抗日部队。

一九四〇年，国民党在各地进行反共摩擦，搞皖南事件，撤

山多田少的梅县（蓝博洲摄影）

销了新四军番号。四月间，东江游击指挥所主任香翰屏严令曾生大队集中惠阳整训。曾生担心这是企图消灭他们的阴谋，断然拒绝。丘念台居间协调不成。曾生部队于是撤离坪山驻地，后来折返进入广九路沿线的敌后活动，并改名惠东宝人民抗日游击队，活动范围也扩大到东江以北的博罗、增城、番禺、从化地区。一九四三年十二月，根据中共中央指示，改编为广东人民抗日游击队东江纵队，简称东江纵队，成为公开由中共领导的一支武装部队。

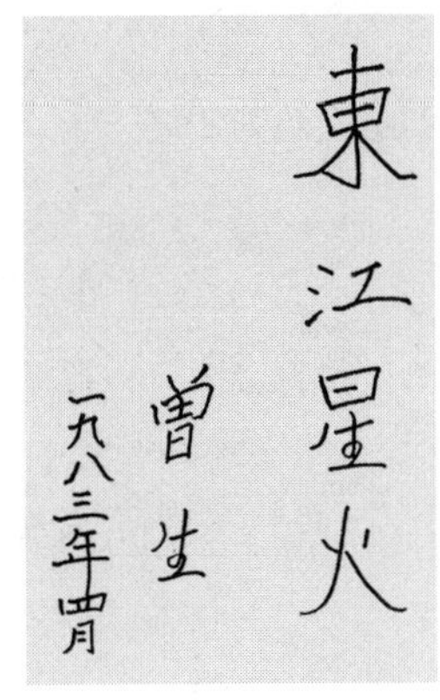

曾生手迹

徐森源：那年年底，丘念台要我和锺浩东、李南锋、邓慧三人深入广州沦陷区，去做策动台湾同胞反对日本人的工作。我们四人到广州后，完成了任务，又回到惠州。在这期间，锺浩东对各种抗日工作无不热情参加，全力以赴，对地下党要他转移，前往东江纵队，去参加抗日武装斗争，更表示衷心赞成。这表明锺浩东的政治觉悟有了很大的提高。

一九四五年年初，丘念台率领粤东工作团，由罗浮山区撤往惠州，再撤往梅县。我和锺浩东等准备按原计划转往东江纵队。我们一方面请罗浮山下长宁乡人的地下党员刘邹炽秘密回罗浮山，与设在冲虚观的东江纵队司令部联系。另一方面，又由锺浩东、李南锋两人去福建龙岩李友邦那里，搞了一个“三民主义青年团直属台湾第三分团”的名义回来，准备在去东江纵队时应付沿途国民党军警的盘查。

八月，刘邹炽从罗浮山回来，带来东江纵队政治部主任饶璜湘要我们去参加东纵的消息，也带来了我们去东纵的旅费。九月，我们就用“三青团台湾第三分团”的名义作掩护，去参加东纵。我们到达预定接头地点石龙镇后，原来预定接我们去罗浮山的刘邹标（刘邹炽的哥哥）告诉我们，由于国民党新一军（孙立人部队）包围罗浮山，东江纵队已经离开罗浮山，转移他处。迫不得已，我们只得暂时放弃参加东纵的计划，前往光复后的广州市，另想办法。我们到广州后，曾用“三青团台湾第三分团”的名义作掩护，在台湾青年中进行一些革命宣传活动。

一九四六年年初，由东江纵队疏散出来的锺国辉（台湾客家人），以及原东区服务队队员丘继英、锺浩东和我等几个商量，决定去台湾搞地下工作。当时并决定由锺浩东、刘邹炽两人陪同锺国辉，去香港和党组织联系。

锺国辉在香港找到了地下党领导人饶彰风。他很赞成我们这批人去台湾工作，并答应以后把我们的组织关系转到台湾。于是，我和丘继英等人于一九四六年四月先去台湾。接着，锺浩东、锺国辉等人也回到久别的故乡——台湾。

筹建民盟台湾省工作委员会

徐森源：一九四五年十月，中国民主同盟通过《中国民主同盟纲领》等文件，提出要将中国建成一个真正自由独立的民主国家。一九四六年初，中国民主同盟与中共合作，促成政治协商会议召开。

广东省民盟：台湾光复后，中国民主同盟的一批盟员先后来到台湾省，和中国共产党从事地下工作的同志并肩战斗，进行革命活动。最早来到台湾的是广东蕉岭籍的盟员黄德维同志。一九四六年初，他通过当时接管台湾的国民党六十二军军长黄涛的关系到了台北市工作。

同年四月，民盟南方总支部负责人陈柏麟同志派丘继英（蕉岭人）、徐森源（蕉岭人）、锺浩东、锺国辉等四位盟员（也是中共党员）到了台湾。这年夏天，杨奎章同志（梅县人）也受民盟南总的委派，赴台湾省工作。他们以黄德维同志家为据点，开展民盟的活动，首先是筹建民盟台湾省工作委员会。

徐森源：一九四六年五月，我应邀去基隆八堵基隆中学当事务主任。八月份，锺浩东由丘念台和李友邦推荐，接任基隆中学校长。我转任基中训导主任。锺国辉任基中事务主任。初期，我们以中共地下党员为核心，团结教职员中的积极分子和中国民主同盟的朋友，从事革命活动，主要是在教职员中秘密组织学习小组，阅读进步书籍，讨论时事和中国革命问题等。在这同时，我们也对学生进行了启蒙教育，并成立学生会，购买进步书报给学生阅读等。在校外，我们又联络台北等地的进步朋友，筹建“中国民主同盟台湾省临时工作委员会”，以便团结更多的进步分子，参加反对美蒋的斗争。

“二二八”

徐森源：大概是在一九四六年年底或一九四七年年初，丘念台在台北第一商业职业学校召开民建社社员大会。当天，参加的有几十人，除一部分原东区服务队老队员外，还有不少和丘念台有关系的人。结果丘念台被选为社长，并选丘继英、黄华、王致远（丘念台女婿）、锺浩东和我五人（除黄华外都是党

火烧专卖局总局现场（台湾民众文化工作室收藏）

员）协助他领导社务。丘念台搞民建社的目的主要是维系和培养干部，以便进一步扩展他在台湾的政治势力。我们则是为了争取丘念台，利用他的政治地位，取得公开职业，以掩护革命工作。

蒋蕴瑜：“二二八”发生前，蔡孝乾曾经到家里来找浩东。对他，我的第一印象就不好，总觉得他油头粉面，言行举止都像个生意人，不像是干革命工作的人。后来，我又听到外头传说他跟小姨子之间的关系暧昧。那时候，我很担心组织派他来台湾会误事。我想，他只是来台湾享受的吧。几天后，台北市延平路天马茶房附近查缉私烟的警民冲突点燃了“二二八”的烽火。

戴传李：二月廿八日傍晚，台北暴动的消息已传到基隆。当晚八点以后，基隆也发生暴动了。我在街上看到一队队三四个人一组的群众，徒手袭击各处的警察派出所，把派出所的枪缴下了一部分。各处欺压人民甚久的贪官污吏的宿舍，也都被民众捣毁。街头巷尾的亭仔脚或十字路口，到处都看得到有人在打“阿山”，尤其在高砂戏院及中央戏院看戏的所有“阿山”，几乎无一幸免。然而，校长整天都不见人影，不知去向。因为他身穿中山装，又在大陆待过好多年，神态看起来像外省人，大家都担心他会被当作“阿山”而挨揍。我在街上溜达，一面寻找校长，一面观察暴动的情况。夜深时，火车、汽车已停驶，一切交通都断绝了。到处都看得到站岗的宪兵与巡逻的武装警察，一路上都在临检。我找不到校长，于是着急地赶回学校宿舍。路上或远或近的枪声不绝于耳。一切都在兴奋与恐怖之中。

蒋蕴瑜：事变发生时，我人在基隆。廿八日晚上，有一群本省民众到学校，要求我们打开军械库，让他们把那些教学用的军训步枪拿走。校长不在。总务主任锺国辉因为罹患肺病，已经回屏东内埔的家乡养病。另外两名主任又都是外省人，不能出面。我只好出面处理。因为我不肯打开军械库，这些民众就骂我，说我也是本省人，为什么不开。“要枪，你们自己去开。”我处境为难，只好告诉他们，我不能把钥匙给他们。民众便破门而入，搬走所有的枪支。浩东从台北回来，听我说后，还夸我，说我处理得很好。

戴传李：三月一日早晨，基隆要塞司令部正式宣布戒严。基隆成了死城。街道上只有武装士兵巡逻。下午，基隆市参议会举行临时大会。我和蓝明谷老师也冒险前去旁听。会议由副议长杨元丁主持。参加者有参议员，也有民众代表。旁听的人非常拥挤而激昂。民众代表竞相上台，痛责陈仪暴政，要求解除戒严，并提出多项改革政治经济的草案。傍晚，我们从基隆欲回八堵，看到军方卡车在进入隧道时，先朝里头开了两枪，方才驶入。我们不敢冒险走入隧道，于是沿着铁道，走到瑞芳，在朋友家过了一晚。

锺理和：三月一日，一样时阴时晴……靠（台大）医院（第一内科病房）的砖墙望出外边。马路上行人稀少到可说没有踪影……二只斑鸠，从容不迫地在踱着方步。据今日的传闻，事件似乎北由基隆南至高雄，差不多波及了全省，火车连今天已有二日不走了。人心动摇而惶惶。上午佐富（堂侄）至，他是由学校为探问阿东的安全而特来台北的。因为阿东穿的是青色中山服，碧玉难放心……

下午不认识的一少年至。据他自己报名是锺枝水，润生兄（锺九河的大哥）的大儿子。他在数日前听见阿东叔（锺浩东）的话才知道我住在病院，今天有暇，所以特来看我……终日枪声频起，像进入战争状态，形势是越来越紧张了。

戴传李：三月二日，我们赶回学校，沿途看到几次民众跟宪警军队的冲突。下午六点，由于市参议会的要求，要塞司令部解除戒严。

吴克泰：三月一日起，台北的“二二八”斗争在两条战线上进行。一条是处理委员会的议会斗争，另一条战线是中共在台北的领导人廖瑞发领导和组织的武装斗争。当天下午，廖瑞发来通知我说，根据社会各界人士的强烈要求，我们已经组织了全岛性的武装斗争委员会。从此，我就白天联络、组织群众，设法寻找武器；晚上收听广播，编《广播快报》，报导各地人民的斗争消息。

这一期间，我没有特别布置锺浩东什么任务。我知道事变开始不久，他就写了一篇不太长的大字报，文字简练很有水平，让他的妻舅戴传李等人抄写了不少份，拿到街上去张贴。

戴传李：我看过一张署名台湾民主联盟的《二二八告同胞书》写道：

英勇的同胞们：

三天来我们表现了无比的英勇牺牲，四万万五千万中国人的绝大多数在全国范围内不分省域，正和反动封建独裁政府作殊死战，六百万同胞所受的痛苦与压迫，就是少数反动巨头的贪污枉法横暴所造成的。

同胞的血不是白流的，同胞们起来吧，高举着民主的旗帜，团结牺牲，继续前进，奋斗到底，对着我们此次忍不可忍的抵抗，不只六百万同胞热烈响应，四万万五千万全中国

二·二八告同胞书

英勇的同胞們：

三天來我們表現了無比的英勇犧牲，四萬萬五千萬中國人的絶大多數在全國範圍內不分省域，正和反動封建獨裁政府作殊死戰，六百萬同胞所受的痛苦與壓迫，就是少數反動巨頭的貪污枉法橫暴所造成的。

同胞的血不是白流的，同胞們起來吧，高舉着民主的旗幟，團結犧牲，繼續前進，奮鬥到底，對着我們此次忍不可忍的抵抗，不只六百萬同胞熱烈響應，四萬萬五千萬全中國同胞也一樣寄以熱烈的同情，我們必須認清對像，集中行動，減少無謂犧牲，不分皂白毆打外省來的低中下級公務人員的行動必須迅速停止，不要孤立，不要怕，繼續前進到底。

一．打倒獨裁的長官公署
二．打倒封建官僚資本，撤銷貿易局及專賣局
三．打倒分裂民族歧視台胞的政策
四．即時實施縣市長選舉及用本省人才
五．停止毆打無辜外省同胞
六．不分本省外省全體人民攜手爲政治民主奮鬥到底
七．民主台灣萬歲　民主中國萬歲

台灣民主聯盟敬啓

《二二八告同胞书》（台湾民众文化工作室收藏）

同胞也一样寄以热烈的同情，我们必须认清对象，集中行动，减少无谓牺牲，不分皂白殴打外省来的低中下级公务人员的行动必须迅速停止，不要孤立，不要怕，继续前进到底。

一、打倒独裁的长官公署

二、打倒封建官僚资本，撤销贸易局及专卖局

三、打倒分裂民族歧视台胞的政策

四、即时实施县市长选举及用本省人才

五、停止殴打无辜外省同胞

六、不分本省外省全体人民携手为政治民主奋斗到底

七、民主台湾万岁　民主中国万岁

钟理和：三月二日，夜雨，终日阴沉低压，乱云飞舞……晌午前蓝（明谷）先生至。他是由基隆搭载货车来的，但车在路上出了几回毛病，到了松山，不能走了，他们只好走过来。他说基隆情形严重并不减台北。又说他在中途遇见一辆载着满满的插着枪刀的一队兵的货车，车中还绑着一个高等学校学生。

“火车今天不走，我明天还来看你。”他临走时说，“但也许能多留几天。”

“学校呢！”我说，“不回去行吗？”

“都罢课了，他们！”他说着苦笑起来，“不过这倒好像和这次的事件没有关联，而是响应国内的罢课的！”

徐森源：起义开始，我们曾经在基隆中学召开师生大会，号召基中师生同情和支持台湾人民反对美蒋的斗争。但是，因为起义初期带有排斥外省人的性质，一切活动多由锺浩东等人出头。

连世贵：事件发生后，基隆市各校内均组织学生自治会，随后基隆中学与基隆女中、水产学校、家政学校共同组成学生自治会联合会，在基隆市区游行，以示抗议。学生们包围了基隆市宪兵队，宪兵队架了机枪对着我们，但大家仿佛都不害怕。

广东省民盟：“二二八”事件发生的时候，盟工委还未成立，但盟员

同志都积极参加了这一斗争。锺浩东、黄德维等同志还直接和起义总部取得联系，锺浩东和基隆中学一些盟员，在学生中进行教育和发动工作。后因起义过快被国民党反动派镇压下去，这些工作来不及更好展开。

李南锋：三月三日，我听说，一群码头工人袭击第十四号码头的军用仓库，但被武装部队击退，死伤多人，通通都被投入海中。第二天，市内秩序稍微恢复了，交通也逐渐开通了。傍晚，校长也回来了。他告诫我们：目前情势还不明朗，不要盲动。同时要求学生，尽力保护学校外省老师的安全。

徐森源：在“二二八”起义期间，锺浩东曾经几次去台北参加群众大会。当时，我们在基隆中学的地下党同志估计：“二二八”起义可能持久下去，必要时就上山打游击。因此决定把家属疏散到南部锺浩东家乡去，以便长期坚持打游击。

蒋蕴瑜：浩东考虑到，事态长期发展下去，一定会缺粮，学校的几名外省同事首先会饿死，于是决定安排他们到南部家乡。他同时考虑到，火车上会有带武士刀的台湾人盘查身份，于是就请会讲日文、担任事务课长的连球哥和南锋护送。然后，他就亲自送他们到车站，搭车南下。那天晚上，浩东还没回到学校，我就听到风声，说从大陆来的增援国军已经上岸了。

建于日据时期的基隆火车站

李南锋：事件爆发后的第四天，应该是三月四日吧，我和连球带领几名外省同事及其家属，从基隆搭火车到南部屏东。一路上，我看到的都是台湾青年和民兵在维持各地的治安与秩序。

戴传李：三月五日，国民党军队和宪兵将来台湾镇压暴动的风声四处流传，人心惶惶。

三月七日，市内各处出现各种传单标语，呼吁市民：“打倒陈仪！”“要求台湾自治！”“同胞们！国军要来杀我们，大家要准备抗战，不可使他们登岸！”同时，报告各地暴动情形的日文“速报”也大量流传。

三月八日，下午三点多，在宪兵第四团的保卫之下，闽台监察使杨亮功到达基隆。要塞司令部与宪兵开始夹攻市民。到处都听得到枪炮声。据说，直到晚上十点多，街上肃清，杨亮功一行才登岸，分乘军卡车，直驶台北；途中，仍有民众袭击。

三月九日，由上海开来的第二十一师抵达，一上岸就是一阵扫荡。警察也在石延汉市长指挥下到处抓人，然后把每三人或五人为一组，用铁丝穿过足踝，捆缚一起，投入海中。要塞司令史宏熹也率领部队，逐日展开大逮捕，并且割去廿名青年学生的耳鼻及生殖器后，再用刺刀戳死。最后，基隆参议会副议长杨元丁也被当成“奸匪”，刺死后投入海中。

杨奎章：到台湾后，我先在基隆要塞司令部军垦农场工作。“二二八”事变爆发后，锺浩东知道我曾在基隆要塞司令部军垦农场工作过，便和我商量深入司令部做策反工作。我选择了一位信奉佛教的军法官为策反对象进行工作。经过我的多次谈话，晓以大义，他思想已有触动，表示如果台湾人民的起义斗争能进一步发展下去的话，他将愿意领导一些军官持守中立或投靠人民。由于“二二八”起义被镇压下去，这一策反工作也就中断了。

事变之后

蒋蕴瑜：事变后，台北延平学校、建中等各校的学生都大量失踪，而基中的学生却一个也没出事。浩东于是故意问我说："你看，我教的学生好不好？他们都尽力照顾学校的外省老师，一点事也没有。"这时，我才体会他平时不让学生乱出风头的用心。正因为这样，事变后，有很多本省籍的中学校长被解聘了，浩东却能安然无事。有一回，浩东到教育处开会，人家就说，这个锺校长，穿得是最随便，可也是最厉害的角色啊！

李旺辉：如同绝大部分的台湾知识青年一般，事变后，我的思想陷于没有出路的苦闷。台湾往何处去？经历了这场反抗陈仪接收政权的民众蜂起后，我的民族主义和民族认同陷入了重大危机，台湾该往何处去呢？我一直苦苦地思索这个问题。就在此时，锺校长科学地为我们分析了"二二八"事变发生的原因。他认为，在本质上，它只是一场偶发事件，但由于陈仪接收体制的政治、经济剥削所提供的物质条件，于是迅速扩大蔓延。然而，终究由于台湾人民缺乏政治认识与正确的阶级立场，这一场民众自发的蜂起，就在国民党的武装镇压下，迅速溃灭。

后来，通过锺校长亲自主持的时事讨论会的小组学习，我原先对祖国认同的危机，也因为对于战后国内时局发展的认识，以及阶级立场的确立，自然纾解。

第七乐章　白与红

国共一边在重庆开政治协商，一边在全国各地进行龙虎斗，这叫作且战且谈。在这中间夹杂着国民的呻吟、呼号，而一般贪官污吏更站在这上头，一边吆喝着一边尽量把洋钱——国民的血与汗往里捞。这是胜利后的中国所有的一切。

——《锺理和日记》（一九四六年一月四日，北平）

地下组织

李旺辉：一九四七年四月至一九四八年六月，国共内战进入第二个年头，并且发生了一个根本的变化。共产党的人民解放军在南线和北线都由防御转入了进攻，国民党方面则不得不由进攻转入防御。战争主要已在国民党统治区内进行了。

与此同时，一九四七年九月，共产党在河北省平山县西柏坡村召开全国土地会议，制定中国土地法大纲，规定：在消除封建性和半封建性剥削的土地制度，实行耕者有其田的土地制度的原则下，按人口平均分配土地。

广东省民盟：“二二八”事件之后，台湾社会的各种矛盾空前尖锐。国民党反动派对“二二八”事件的血腥镇压更加激起台湾人民的强烈反抗。在这种形势下，南京民盟总部派吴今同志来台湾，不久，民盟台湾省工作委员会便在台北宣告成立。吴今为主任委员，锺国辉、何子陵（兴宁人）为组织委员，徐森源、黄德维为宣传委员。

一九四七年六七月间，民盟总部派黄若天同志到台湾协助开展民盟的活动。九月，台湾省盟工委在基隆中学召开会议，讨论如何开展工作。何子陵、徐森源、锺浩东、锺国辉、丘继英、黄德维等同志均参加会议。会议还补选黄若天为副主任委员，并指定黄负责与总部联系。

后来，台湾省盟工委的同志在中共台湾地下组织的支援、帮助下，以基隆中学、台南民教馆为据点，进行了一系列的斗争，发展了组织，壮大了队伍。

徐森源：除基隆中学外，通过丘念台的关系，我们先后以台北第一女子中学、新竹商校、苗栗区署、国民党台中县党部、国民党彰化市党部、台南民众教育馆等做据点。

刘茂常：我是广东人，和锺浩东、蒋蕴瑜夫妇是东区服务队的老同志。"二二八"事件后的五月，我从汕头搭船来到基隆，通过锺浩东的安排，先在丘继英当区长的苗栗区署当职员。七月廿三日，国民党任命丘念台担任

一月四日　十二月初二日　星期五　晴

国共一边在重庆开政治协商，一边在全国各地进行龙虎斗，边呼着且战且谈。在这中间，挟杂着国民的呻吟、呼号，而一般贪官污吏更在这上头一边吆喝着一边尽量把洋钱—国民的血与汗往里捞。这是胜利后的中国所有的一切。

锺理和手迹

省党部主任。可他想争取教育厅长的工作，坚决不就任。后来，因为争取不到，才于八月廿六日就任。这时，东区服务队老同志黄华（广东大埔人）担任省党部秘书长兼管省立台南民众教育馆。我于是转到台南民教馆任职，月薪一百二十元。我们对社会教育充满热情，想通过东区服务队“寓教于乐”的工作方式，让一般民众重新认识中国。

春天帶來了新的活力
本省黨團統一完成
丘主委强調發揮新的力量

1947 年 8 月 26 日丘念台就任国民党台湾省党部主任

“安全局”：民国卅六年九月，基隆中学支部成立，由台湾省工委会书记蔡孝乾领导。（锺浩东）同时受蔡之命，将内地来台之共产党人员，陆续安置于该校任职。

杨奎章：一九四七年十月，我转到基隆中学任教。这间中学是当时地下党和民盟活动的据点。地下党员、盟员锺浩东任校长，盟员锺国辉、徐森源、徐新杰、锺国员等亦在该校任教。这时，党盟同志并肩作战，患难与共，经常一起学习，共同讨论革命形势，研究如何对学生进行爱国主义教育，发展进步势力与反动势力作斗争。

徐森源：同年十月，国民党当局宣布中国民主同盟为非法团体；民盟总部被迫在上海宣布解散。与此同时，锺国辉和丘继英告诉我，组织关系已经接上，我的组织关系也很快可以接上。我听了很高兴。过没有几天，丘念台叫一名原东服队队员到基隆中学来，叫我到台北国民党台湾省党部去见他。丘念台要我到他的出生地台中，担任国民党台中县党部书记长，建立和巩固那里的群众关系。我因为未取得组织上的同意，不敢贸然答应，只得对丘念台说，让我考虑一个星期后再决复。我回基隆中学后，把这情况向锺国辉做了汇报。组织上研究后，极力赞成我去。我答复了丘念台，并于十一月到台中“走马上任”，搞“白皮红心”的工作。第二年一月，民盟又在香港恢复中央领导机构，明确宣布与中共携手合作，为彻底实现中国的民主、和平、独立和统一而奋斗。

“安全局”：民国卅七年秋季，因共产党人日渐增加，基隆中学支部划为校内、校外两支部，分别活动。

民国卅八年五月，正式成立“基隆市工作委员会”，锺浩东任书记，李苍降、蓝明谷二人为工委。下辖造船厂支部、汐止支部、妇女支部，并领导基隆要塞司令部、基隆市卫生院、水产公司等部门内个别党员与外围群众，秘密展开阴谋活动，积极建立基层组织，企图控制台湾之内外交通，并选派人员搜集情报，及进行“兵运”工作。

锺里志：“二二八”事件后，基隆的组织在浩东领导下发展起来了。我和同是冈山人的国文老师蓝明谷及基隆省立医院医师王荆树，三个人组成一个小组。组织没有名称。蓝明谷是我的上级，也是小组负责人。后来，他就叫我发展码头工人。

李旺辉：一九四八年九月，我由锺里志当介绍人加入了组织。一般而言，加入组织要先写自传，交代历史，经过一段候补期，再通过宣誓仪式，正式入党。当时，由于时空都不允许，所以没有宣誓。我个人的情况比较特殊，一进去便成为基隆中学支部三名支部委员之一。另外两名支

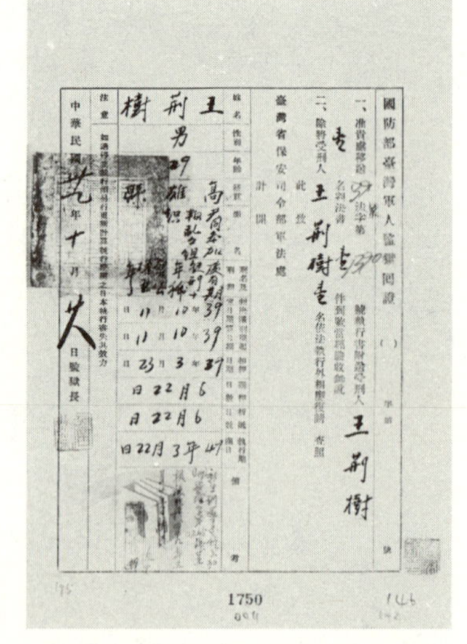
國防部臺灣軍人監獄回證
一、准貴處移送
二、除將受刑人　王荊樹
臺灣省保安司令部軍法處
姓名　王荊樹
性別　男
年齡　29
籍貫　雄
中華民國　年十月　日
1750

基隆省立医院医师王荆树在军监的档案

委分别是当时的训导主任陈仲豪，以及人事室主任兼国文老师陈少麟。我们三名支委再互选陈仲豪为支部书记。

陈仲豪：我第一次踏足宝岛土地，恰巧是“二二八”前夕的一九四七年二月廿六日。那时，我就读上海复旦大学。春节回汕头探亲后，我乘“中兴号”大轮船返沪，途经基隆港停泊，就随一批旅客上岸，到台北市区和北投胜地，观光了一整天。我感觉得到岛上弥漫着一股社会不安、官民对立、民怨深沉的不祥气氛。刚刚回到上海，我就得悉岛上发生暴乱，民众造反了。历史验证了我的预感。我于是写了一篇《台湾人民最需要诚与爱》，发表于《上海青年》杂志。

青年節感言　徐森源

1949 年 3 月 29 日台中《民声日报》

到了夏天，我在复旦大学毕业了。就读北大的女朋友在等着我。在广东揭阳韩山师范学校与我同窗三载的挚友张伯哲（1920 — 1950），也从海峡彼岸来信，要我到岛上去，说那里的工作很需要人。我想起我背诵过的匈牙利革命诗人裴多菲的诗句：“生命诚可贵，爱情价更高。若为自由故，二者皆可抛。”于是在九月一日乘“中兴号”轮船前往台湾。然后由张伯哲、谢汉光两人找了丘念台的女婿王致远，把我推荐给锺浩东校长，在基隆中学任教。

王致远：我是潮州人。一九四七年三月廿七日，因为“二二八”而暂时断绝的汕头与基隆的航运交通恢复，我就遵照岳父丘念台的电报指示，陪同岳母，搭乘复航后的第一班轮船，前往台湾，与他会合。

在此之前，我在普宁搞青抗会时认识的潮汕知名人物邱秉经，知道我将要去人地生疏的台湾，便介绍一位在台中林业试验所任职的朋友谢汉光，让我有需要时可以找他帮忙。我到台湾以后，由于在丘念台大家庭中生活，没有什么困难需要别人帮助，就没有去找他，只把邱秉经的信加注我的地址后，邮寄出去。

谢汉光接信后，曾与张伯哲到台北来与我晤谈。后来，他托我给上海复旦大学毕业要来台湾的同乡陈仲豪找工作。我便把陈仲豪介绍给东区服务队的老队友锺浩东，让他到基隆中学任教。

陈仲豪：锺浩东在我到校之前已略知我的经历和政治信仰，因此一见如故。我在台湾工作两年，不论是公开的教育工作，或者是秘密的地下革命工作，锺浩东一直是我的领导人。

初始，锺浩东是学校党支部书记，我和蓝明谷是支委。基隆市工委会成立，锺浩东调任工委书记。我接任学校地下党支部书记，支委是陈少麟和李旺辉。陈少麟早年参加潮汕青抗会，在粤北从事地下工作，后来转到韩江纵队，参加武装斗争，抗战胜利后到基隆中学任教，后由林英杰接上组织关系。

起初，我担任生物和国文两门课程的教学。不久，徐森源调到台中工作。我便接替他的职务，担任训导主任。我除了按原有课程安排教书之外，还接替回大陆的杨奎章教师，担任第二届高中毕业班班主任。

我经常以班主任身份进行家访。这样，既能与台湾民众接近，也使学校教育与家庭教育更好地结合起来，更使爱国主义教育延伸到社会，并渗透于生活之中。这也是地下党工作的一个重要内容。许多学生家住瑞芳煤矿地区，是矿工子弟。我曾经和锺校长多次到那里家访，并参观深一百多米的矿坑，了解矿工劳动的艰辛。

王春长：我记得有一次，锺校长亲自带我们到瑞芳侯硐的瑞三煤矿参观，深入位于地下一两百米的矿坑，实际了解了矿工劳动的艰苦。

陈仲豪：在生物课上，我带领学生开展课外活动，提倡动脑动手，制作蝴蝶标本。上国文时，我努力引导学生明白中国古典文化的精华，让他们潜移默化地传承祖国的优秀文化传统，并产生归属感、认同感，逐渐消除日据时期殖民化教育的思想痕迹。我又利用暑假，带领学生到日月潭、阿里山等名胜参观旅行。通过考察，我选择班上一些进步学生，组织读书会，指导他们阅读进步书刊，出版壁报，进而秘密成立“民主青年联盟”。我还接纳少数几个优秀学生参加地下党。

基隆中学第一届高中部毕业照（台湾民众文化工作室收藏）

连世贵：高一那年，我经同班同学邱文瑞的介绍，加入共产党。组织里直接指导我的老师是我当时的导师聂英。

陈仲豪：锺校长认为好教师才能教出好学生，所以，一开始便聘请了一些有革命实战经历的东区服务队队员，又物色一批从香港和广东兴梅客家地区来的，有教学经验的进步知识分子到校任职。后来，我与锺校长谈起这事，说这么多进步教师聚集在一起，恰似《水浒传》里的聚义厅，使学校不知不觉成为北部地区中共地下党活动的一个重要据点，这样是不是会惹人注意？锺校长回答说，刚刚接手办学，没有核心和骨干力量不行。事实上，这么多红色的教职员先后来到基隆中学，流动性很大，不少人任职一两个学期便走了。

《光明报》

李旺辉：一九四八年秋天，为了启蒙一般民众对祖国的政治认识，坚定站在工农立场的阶级意识，校长提议印地下刊物《光明报》，借此宣传国共内战的局势发展，进行反帝的阶级教育。

陈仲豪：据说，“二二八”事变后，一群热血的台湾青年自发组织的读书会，自印了一份研究马克思主义和研讨台湾时势的刊物《光明报》。一九四八年，台湾省工委重新部署该报，并于一九四九年年初转移到基隆中学，负责传播内战的确实消息和中共中央的声音。

蒋蕴瑜：学校开学后，浩东他们便开始刻钢版，油印《光明报》。为筹措印报的经费，浩东把我们的房子卖了，然后，拿这笔钱到屏东，在妈祖庙对面，经营一家名为“南台行”的地下钱庄。

邱连和：我是邱连球的堂哥。“南台行”主要是由浩东、连球、连球的弟弟连奇和我，四人合股开设的地下钱庄。浩东将“南台行”近三亿旧台币的资金，通过蒋碧玉的大姐夫，移转台北

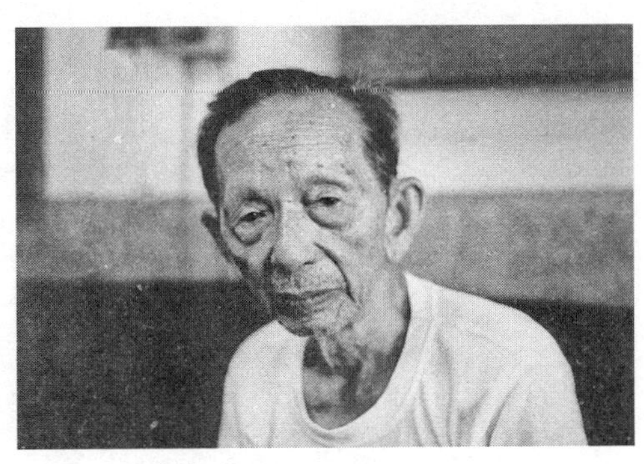
晚年的邱连和（蓝博洲摄影）

一家林外科医院生利息。

“安全局”：“基隆市工作委员会”将共产党在台之地下刊物《光明报》，交由张奕明（女）、锺国员（均在基隆中学任职）等，负责印刷出版，及传递转送各地散发，以扩大反动宣传。

何文章：我们都认识方主任的太太张奕明。每天下午四五点钟，下课后，总是看到方太太和陈仲豪老师一起在运动场上散步。当时我们年幼无知，只觉得方太太怎么老是和别的男人一起散步？一直到《光明报》案发后，大家才推测：他们那时可能正在交换情报。我听说，基隆中学里最高的组织领导人就是方太太。

陈仲豪：张奕明本名张瑞芝（1918—1949），是广东普宁县泥沟乡人，自幼便在家乡参加革命活动。她是丈夫方弢（本名方泽豪）在泥沟乡主持群众学校专修班的学生。在潮汕革命形势处于低潮的一九四一年，她把出生不久的孩子托付胞兄，随方弢到广西百色中学任教。日本投降的那年冬天，他们夫妇一起到了台湾，在基隆中学工作。我是就读广西大学时在桂林认识他们的。

一九四八年春节刚过，时值寒假，学校很安静。张奕明把我叫去他们的宿舍，说是张伯哲带了一个朋友来，要我过去坐坐。于是我认识了广东揭西县人林英杰（1913—1950）。他出生于泰国，是一个带有泰国血统的潮汕人，稍微凹陷的眼眶里有一对闪亮的黑眼珠，脸孔消瘦，身材健壮，显得格外英俊潇洒。他讲的普通话、台湾话和潮汕话都不纯正，但语音清亮，易懂。抗战期间，他们四人都是潮汕青年抗敌同志会的老战友。这次晤面以后，除了锺浩东，林英杰就是我从事地下工作的直接领导人。

我在台湾的那两年，张奕明和我同一党支部，工作紧密联系在一起。她的主要任务，一是联系几个进步教师，通过他们去做学生的工作；另一个就是负责印发《光明报》。她温柔婉和，待人亲切，工作热情又认真谨慎。

李旺辉：据我所知，《光明报》的编印，首先，由字写得快又清楚的教学组干事张奕明，通过短波收音机收听新华社广播，抄录重要时事新闻。然后，基隆中学支部三名支部委员之一的陈少麟老师，根据这些消息，编辑报纸内容。最后，交由男职员锺国员刻钢版，油印。通常是一张蜡纸印三百份。印好以后，基隆中学和基隆市方面，由我们自己派人分发。其余都送到台北，再由台北方面转寄全省各地的组织。原则上一个小组一份。

陈仲豪：《光明报》转移到基隆中学时，省工委成立了一个三人编辑组，让林英杰领导在台北地区工作的李絜（徐懋德）和我，负责组稿、编辑和印刷的工作。林英杰负责收听延安发出的电讯，让李絜把记录稿带到基隆中学，交我审稿，排版，再交给锺国员和张奕明刻钢版，然后在后操场山坡上的宿舍或山旁一个洞穴里油印。有时，我也到那里，帮忙清点份数，或是烧毁蜡纸底稿、清洗印刷工具等等。

李清增：当锺校长开始秘密刊行《光明报》的时候，我的领导便把屏东地区的发送工作交给我负责。他希望我在平常的工作中发掘比较有可能性的群众，然后再通过《光明报》的发送与教育，提高这些群众的积极性，进而加以组织。因此，每隔一天，我都会到妈祖庙对面的“南台行”，拿报来发送。

陈德潜：我在基中曾经看过《光明报》。有时是在早上刚进教室时，便可发现抽屉里已有一两份《光明报》。有时则是在家中信箱里收到。就我所知，《光明报》内容多半讲述国民党在大陆上败退的情形。记得，刚开始在学校看到时，我曾把报纸拿给锺校长看。校长看后只静静地把报纸烧了，没说什么。几天后，我又看到《光明报》，也曾拿给方弢主任看。他也是静静地把报纸烧了。

何文章：我们都曾看过《光明报》。有时早上刚到学校，《光明报》已经放在我们抽屉里（通常一班有两三份）。因此，我们根本不知道《光明报》是从哪里来的。我记得曾看过一次《光明报》，内容约略讲述大陆上罢工、罢课的情形，以及学潮的发展等。总之，就是大陆上一些战争与不安的消息，但未直接倡导共产主义。其实，《观察》《展望》等公开发行的杂志的内容比《光明报》还要露骨、左倾。

形势逆转

陈仲豪：一九四八年，共产党的人民解放军展开了一次比一次猛烈的风暴式的进攻。当这一年逝去的时候，人民解放军一连串的胜利已经从基础上把南京政权挖空了，它的倒塌只是时间问题。

九月十二日，辽沈战役展开，历时五十二天，十一月二日结束。东北全境被共产党解放。

十一月六日，国共两党以徐州为中心，进行了一场历时六十五天、规模最大的淮海战役。战役结束之后，长江中下游以北广大地区也成为解放区。

十一月廿九日，平津战役展开。由于中共的统战成功，经过谈判后，国民党华北"剿总"总司令傅作义率部接受人民解放军改编。一九四九年一月卅一日，北平和平解放。

经过这三场具有决定意义的战役以后，内战形势发生了另一个根本的变化。共产党的人民解放军在数量上由长期的劣势转入了优势。国民党战略上的战线已经全部瓦解，它的作战部队组织只剩下一百多万人，分布在新疆到台湾的广大地区内和漫长的战线上。

李旺辉：相应于大陆国共内战的局势演变，台湾的地位更加重要了。一九四八年九月，国民党台湾省党部改组，把三民主义青年团和中国国民党合并。丘念台请辞省党部主委之职。

王致远：在形势对国民党越来越不利的情况下，坚持自己的事业在台湾却又不能真正立足的丘念台，于是向国民党中央提出辞呈。可是国民党中央却采取拖的办法敷衍，既不支持他，也不批准他辞职。丘念台左右为难，只好挂着台湾省党部主任委员的头衔，像迷途的羔羊，在大陆各地奔跑，会见各党派代表人物，却又找不到正确的出路。

陈仲豪：十二月廿四日，国民党华中"剿总"总司令白崇禧自汉口发出咄咄逼人的电文，发动逼蒋"引退"的态势。接着，长沙绥靖主任程潜、河南省主席张轸直率提出"总统毅然下野"的要求。蒋介石于是重新布置人事：扩大京沪警备部为京沪杭总司令部，任命汤恩伯为总司令，全盘掌握苏、浙、皖三省以及赣南地区的军事指挥权。派朱绍良去福州，张群驻重庆，余汉谋掌广州。离京飞杭那天（十二月廿九日），他又公布嫡系将领陈诚为台湾省主席；在上海负责实施经济管制的长子蒋经国为台湾省党部主委。

王致远：一九四八年冬，台湾省工委通知我，说党中央正在筹备组织全国新的政治协商会议，给台湾一个名额。省工委认为，丘念台作为台湾代表去参加新政协会议，很合适。叫我去联络丘的部属，讨论这个问题，并派出代表去和丘面谈，争取他同意参加，站到人民这方面来。我说：丘的部属不少，这是机密问题，应同哪些人讨论？工委领导同志说，可先找锺浩东、徐森源、丘继英三人谈谈，就到台中徐森源家里去谈。锺、丘二人，可由省工委分头通知。我们约好利用春节放假时间，分头到台中徐森源家里去。

陈仲豪：一九四九年元旦，蒋介石发表文告，宣称："倡导和平以来，全国同声响应，乃时逾兼旬，战事仍然未止，和平之目的不能达成，人民之涂炭曷其有极，因决定身先引退，以冀弭战销兵，解人民倒悬于万一……"

李旺辉：一九四九年一月，台湾省政府改组。陈诚代魏道明任省府委员兼主席，并兼任省警备部总司令。彭孟缉则担任副司令。同月十日，蒋介石派蒋经国去上海，命令中央银行总裁俞鸿钧，将中央银行现金移存台湾。

陈仲豪：一月十四日，中共中央毛泽东主席在关于时局的声明中，提出在八项和平条件的基础之上，同南京的国民党政府进行和平谈判。

毛泽东所提的八项和平条件是：惩办战争罪犯；废除伪宪法；废除伪法统；依据民主原则改编一切反动军队；没收官僚资本；改革土地制度；废除卖国条约；召开没有反动分子参加的政治协商会议，成立民主联合政府，接收南京国民党反动政府及其所属各级政府的一切权力。

这项声明无异于对南京发的最后通牒。内外交攻，蒋介石即使想恋栈，亦时不我与，只剩下退路一条——下野。

两天后，蒋介石又亲自召见俞鸿钧和中国银行总裁席德懋，下令中央、中国两银行，将外汇化整为零，存入私人户头。

一月廿一日正午，蒋介石约宴五院院长。下午二时，接着约国民党中央常委叙谈，出示和李宗仁的联名宣言，决定身先"引退"。

然而，他虽然宣布下野，不做总统，却挂出总裁招牌，主持国民党中常会，以党领政。李宗仁只是空头，毫无控制全局的权力。

李旺辉：二月初，蒋经国奉命转运中央银行储存的黄金、白银五十万盎司，前往台湾、厦门。同月中旬，国民党中央要人纷纷撤台。

王致远：我们四人对丘念台的情况比较了解，商谈的结果认为：他个性刚强，政治立场不明朗，对党派关系，有他自己的一套见解，不容易接受别人的意见，不愿意跟着别人走。中共和各民主党派都争取过他，但他都没接受，现在要他靠拢我们党，看来可能性不大。既然党做出这样的决定，我们当尽力去争取。会议结果推举我和徐森源两人去和他谈。但会后探听到，他近来已离开广州，不知到哪里去了，一时无法进行。

陈仲豪：三月廿三日，何应钦内阁登场。南京派出张治中为首的和平代表团，于四月一日北上议和，希望隔江而治。六日，蒋经国的嫡系青年军预干总队总队长贾亦斌等对国民党绝望而投向共产党。因此，外界议论道："从蒋家的心窝里反出来了。"廿一日，解放军分三路渡江，一夕间，江南变色。廿三日，解放军攻占南京。廿四日，蒋经国"决计将妻儿送往台湾暂住，以免后顾之忧"。月底，沪警告急，国民政府要员大批涌到台北。五月十一日，上海已经听到了炮声，淞沪战役的态势自然展开。廿四日，上海的国民党军队举行了一次规模空前的祝捷大会。廿五日晚上，解放军却堂堂皇皇地进入国民党军队构筑的防线，如入无人之境。上海失守。蒋氏父子退守台湾。

创刊《新世代》

陈仲豪：就在内战形势大逆转的一九四九年三月十日，锺浩东校长联络台湾知名的企业家和文化界开明人士支持，要我担任主编的《新世代》杂志，在台湾公开出版发行。发行人：锺鸣人。社址：台北市徐州路廿八号。杂志的读者以青年学生为主要对象，所以它的主题标语是"反映时代动态·辅导青年学习”。同时在“稿约”中强调：“本刊初创，未能向读者特别是青年学生取得联系，希望以后能尽量多刊青年学生们的稿件。”

在创刊号的封面上，我刻意引用普希金的诗句：“假如生活欺骗了你，不要悲伤，不要心急，阴郁的日子须要镇静，相信吧，那愉快的日子，即将来临……”以此向青年学生警示：台湾的黑暗统治终将结束，光明的日子快要来到了。

杂志共廿四页。文章主要由学校的主任和老师撰写。我和许多作者都用笔名发表文章。除两三篇是国内外时事分析的专论，其他主要是教青少年如何读书，如何学习做人的文章。具体的栏目包括：

具有发刊词性质的《祝福新的一代》，由我执笔，署名“铭之”。我写道：“‘方生未死之间’的时代又跃进一步，到今天已经是方生的迅速成长和未死的将瞬即溃灭的时候。历史将证实多少新的事物将光荣地出现于这二十世纪五十年代里的中国，年青的一代，当他们打开智慧之门，面临他们眼前的就不再是恐惧与苦难，而是幸福与自由了。”

短论四篇：《麻痹不仁的教育》《秀才造反》《透视和战之争》和《化市场上的黄色风气》，主要由我执笔。

专题四篇：第一篇《论时局发展的趋势》（方弢），它的结论是：“就战局与和局的形势来看，战局无疑的是在萎缩，而和局却在开展，和局不断地向前发展的结果便是战争的告终。这当不会是太久远的事了。我们须认清时局的这一特点，方可免某些错误的举措，招致无谓的损失。”第二篇《灵魂的考验》则批判不久前喊得震天价响的“所谓第三什么，中间路线和自由主义”，指出：“现阶段中国社会的动乱，其实正是一个空前未见的阶级分化的过程。而分化得最剧烈的，就是这所谓‘中间阶级’竟以飞跃的姿态向两头分化开去；极少数的少数升上去，极大多数降下来，在某种意

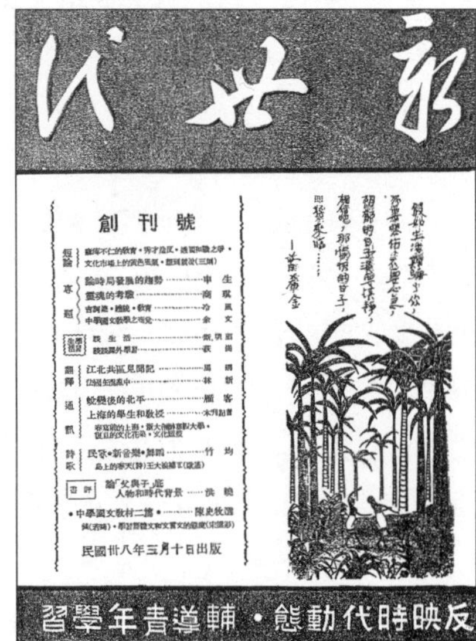

新世代

創刊號

短論 麻痺不仁的敎育・秀才造反・透視和戰之爭・文化市場上的黃色風氣

專題 論時局發展的趨勢 靈魂的考驗

翻譯 江北共區見聞記

通訊 蛻變後的北平 上海的學生和敎授

詩歌 民歌・新音樂・舞蹈

評書 論「父與子」底人物和時代背景

・中學國文敎材二篇・

民國卅八年三月十日出版

反映時代動態・輔導青年學習

學習語體文和文言文的態度 宋雲彬

新世代

祝福新的一代

麻痺不仁的敎育

秀才造反

透視和戰之爭

文化市場上的黃色風氣

短論

1949年3月10日《新世代》杂志创刊（台湾民众文化工作室收藏）

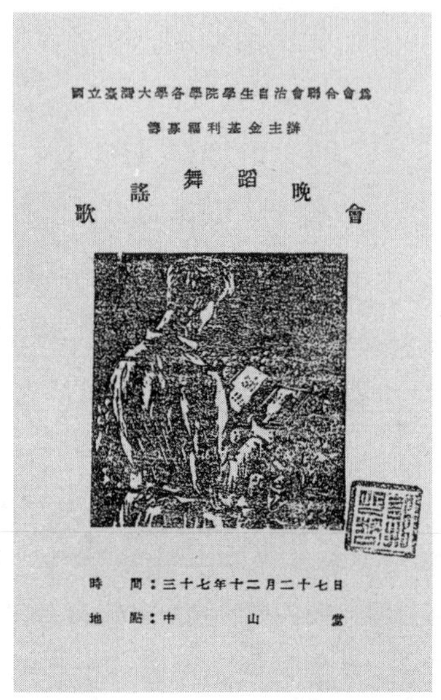

《祝福新的一代》

台大麦浪歌咏队公演手册（台湾民众文化工作室收藏）

义上说，‘中间’已经不存在了！”第三篇《吉轲德·礼貌·教育》，则针对一些从大陆来台湾教书者，慨叹“目前台湾学生的礼貌一天不如一天”的现象，强调指出：“今日，有谁为了自己的尊敬的‘减少’而无视事实不究原因的发出不满的喟叹，甚至索性怀念日本时代的‘有礼’，有谁想做聪明的二十世纪台湾教育界的吉轲德先生谁就是教育的罪犯。”第四篇是基隆中学老师汪叶舒写的《中国文学教学之商兑》。

“想到就说”短文三则：《台湾文化在哪里》《教育的真谛》和《谈“过年”》，由陈少麟和我执笔。

“生活学习”三篇：第一篇《谈生活》，基隆中学老师萧太初的《谈谈课外学习》，以及《休息和娱乐》。

“新书介绍”两则：李纯青等著《知识分子的新方向》与（刘）思慕著《战后日本问题》。

“外电译文”两则：一篇是译自《密勒氏评论报》的《江北共区见闻记》，另一篇是译自《美国新闻和世界》报导的《法国在混乱中》。

“通讯”六则：《蜕变后的北平》《浙大创办寒假大学》《上海的学生和教授》《复旦的文化花朵》《这样的学校生活》和《春临前的上海》。这几篇通讯稿主要都转载上海出版的书报杂志。

“文化短波”十三则：包括台大麦浪歌咏队与骆驼业余剧团的演出消息，师范学院学生筹备发行“龙安文艺丛刊”，台大新任校长傅斯年已经莅台等岛内文教消息，以及大陆主要大城市的文化动态，尤其是五十五名各党派代表和无党派文化人，在上月廿二日发表《我们对于时局的意见》，强调“革命必须贯彻到底”。

“诗歌”三篇，都是我写的，有《民歌·新音乐·舞蹈——为台湾大学“歌谣舞蹈会”作》，欣赏完台大麦浪歌咏队的歌谣舞蹈晚会后的感想《心的征服》，以及诗作《岛上的春天》。同时也附印了台大麦浪歌咏队演唱的河南民谣《王大娘补缸》的歌谱。

“书评”一篇，是我根据一九四三年旧稿改写的《论〈父与子〉底人物和时代背景》。

“中学国文教材”二篇：一篇是我根据鲁迅译班台莱耶夫的小说《表》的缩写，以及宋云彬的《学习语体文和文言文的态度》。

杂志出刊后，锺校长告诉我说反响不错。但是，鉴于形势日益紧张，创刊号出版后便自动停刊了。

混乱的经济秩序

陈仲豪：一九四八年八月十九日，为了取代已经崩溃的法币，国民政府开始发行金圆券。规定：金圆券每元含黄金零点二二二一七克。发行额以二十亿元为限。按一元折合法币三百万元的比率收兑法币。同时规定：黄金一两等于金圆券二百元。白银一两等于金圆券三元。银元一元等于金圆券二元。美元一元等于金圆券四元。限九月卅日前兑换，过期没收。十一月十二日，金圆券发行办法又再修正为：每元含金量减至零点零四四三四克。公开承认金圆券贬值五分之四。

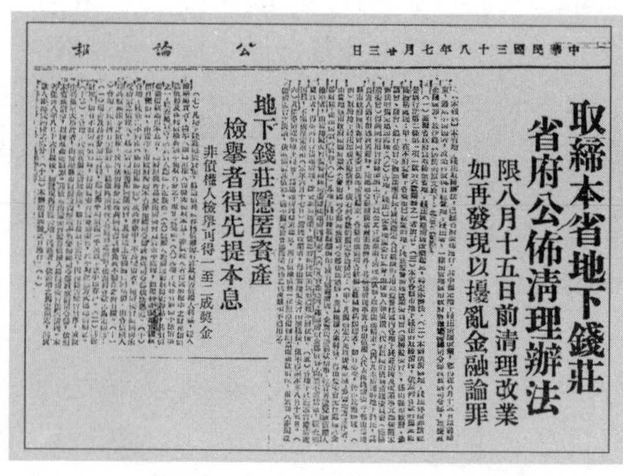

公論報　中華民國三十八年七月廿三日

取締本省地下錢莊
省府公佈清理辦法
限八月十五日前清理改業
如再發現以擾亂金融論罪

地下錢莊隱匿資產
檢舉者得先提本息
非債權人檢舉可得一至二成獎金

地下钱庄的倒风风行台北

法国摄影大师布列格所拍的上海挤兑情景

同时取消最高发行额的限制。到了一九四九年五月廿五日，金圆券发行总额为六十万亿元。但是，金圆券发行后，流通领域日益缩小。国统区纷纷出现地方性纸币，或以银元为通货。

邱连和： 相应于急剧变动的政治形势，台湾的经济秩序也非常混乱。一九四九年二月中旬，台币与金圆券汇率调整为一比十五。结果，市面上的米价猛涨。三月，为了抑制物价，台湾银行开始抛售黄金。四月七日，台币对金圆券的汇率又调整为二百二十元兑百元。两天后，物价全面高涨。黄金每台两五百五十万元。这时，警察当局奉陈诚之命，以“大量吸收游资、从事投机囤积金融经济”之名，查封台湾最大的地下钱庄——七洋贸易行。

四月底，台币对金圆券的汇率又再调整为：金圆券百元改折台币七元。

五月初，地下钱庄的倒风，风行台北。金融经济一片混乱，银行停发本票，限期全数收回。许多债权人恐怕债务人逃脱、赖账而集体包围钱庄。台北钱庄的倒风很快就席卷各地。十八日，白米每石涨到一百万元。物价全面暴涨。廿日，台湾银行办理黄金储蓄存款，金价定为每台两一千四百四十万元，并准领取黄金实物。廿二日，台币一元又改兑金圆券四百元。国民政府的中央造币厂也迁到台湾来了。

六月十四日，台湾实施币制改革，由台湾银行发行二亿新台币。票面分一元、五元、十元三种。新台币每元折合旧台币四万元。新台币五元折一美元。限期兑新。结果，通货膨胀，旧币如同废纸。同月中旬，台北市警察局协助清理了卅九家地下钱庄。影响所及，许多钱庄都自行清理，造成许多逃脱、赖债的现象。许多人还借此机会代行索债，以发“讨债财”。

“南台行”因为受到七洋事件波及，只能讨回旧台币五千万的转存资金，一时拿不出钱来给投资人。我们于是各自卖了一些土地来偿债。尽管条件这样恶劣，债务处理之后，我们还是坚持继续经营下去。

处在这样混乱的经济秩序中，大家都对未来的前途很乐观，都以为国民党是一定会垮的。

第八乐章　风暴

十月十四日，星期六。

晴，天高气清……

痰有显着的变化；……开刀的功效似乎到了最近才显明的表现出来。

看来自己不但居然没有死掉，而且似乎还再一次的获得了生命，虽然还要再静养一至二年。我要好好的抓住和保重自己的健康，切不再浪费！

这是我的新生！

和鸣死！

——《锺理和日记》（一九五〇年十月十四日，松山疗养院）

学潮的浪花再现

李旺辉：随着大陆急转直下的局势，我们在校内也更加紧地推展青年工作。我们通过全校性的自治会，班级性的读书讨论会、壁报比赛；或者运用学生对日常生活，诸如伙食、公费、宿舍等的具体要求，引导他们建立圆满的世界观。

“二二八”之前，基隆中学的学生曾经因为纪念“五四”，上街游行，而遭受警察特务的殴打、围捕。经历了一场“二二八”后，学生的政治敏感度增强了。因而，在当时，

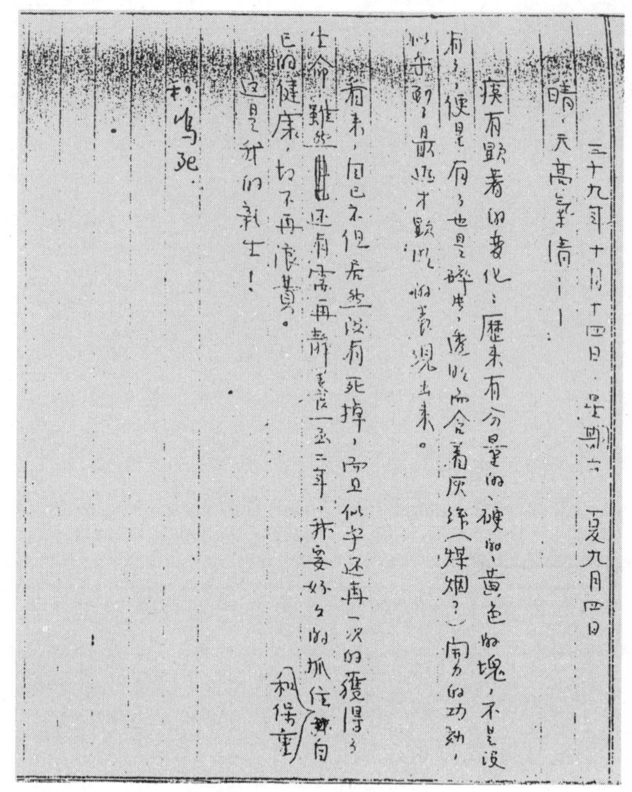

三十九年十月十四日 星期六 夏九月四日

晴，天高气清——

痰有点着的变化：历来有分量的、硬的、黄色的块，不是没有了，便是有了也是碎块，透明而含着灰条（焊烟？）肯力的功效，似乎到了最近才显现出来。

看来，自己不但居然没有死掉，而且似乎还再一次的获得了生命，虽然还有需再静养一至二年，亦要好好的抓住自己的健康，切不再浪费。

这是我的新生！

和保重

和鸣死。

1950 年 10 月 14 日的锺理和日记（锺铁民提供）

一般老师是不会感到学校有地下党的气氛的。

陈德潜：在吴剑青校长任内，我因奉校长之命，率领全体同学参加台湾省首届纪念“五四”学生运动的反贪污反饥饿游行而遭到警方逮捕。因为吴校长力保而捡回一条小命。吴校长辞职归乡前曾向接任的锺校长关照，希望他能多加照应已被列入黑名单的我。

因为这样，锺校长到任后不久便约我谈话。他问我家里兄弟姐妹的情况。我答称在家排行老四，但哥哥们早已去世，家中男孩以我最长，弟妹们都得留在家里帮忙。锺校长听后并没说什么。后来，我才知道，他问这个问题是有他的用意的。

“二二八”事件后，学校里开始出现《光明报》时，锺校长又找我个别谈话。他说：“你是家中长男，不能不设法为你家留下一脉香火……”于是给我一份转学证明书，以及一张他的名片（我记得名片上的头衔是“国民党台湾省党部常务委员”及“基隆中学校长”），让我去见建国中学校长陈文彬……因为这样，我后来才没有受到《光明报》事件的株连。

李旺辉：陈文彬校长是高雄燕巢人，就读台中一中时，因反抗日本军国主义教育而遭退学处分，先后到上海法政学院与东京法政大学文学部社会系学习，曾经执教上海中国公学、复旦大学与东京法政大学及立教大学。在日期间，他组织台湾省民会，动员留日台湾学生回国抗日。抗战胜利后，又在东京组

承先啓後 18

光復後

文／簡文雄老師

第一任校長　吳劍青先生

吳校長於民國三十五年二月到職，三十五年八月離職，爲台灣光復後本校的首任校長。吳校長辦學認眞，愛護學生如子女。朝會時，經常訓誨學生要勤學、安分、守法，做一位忠孝之子女。他常抱持著「身教勝於言敎」之信念。當時，本校因爲發起台灣省首屆「五四學生運動」，聯合水產學校、家政女校、商業專修學校（即今日海事學校、基隆女中、光隆商職）等共同參與，爲「反對貪官污吏」、「爭取自由」而舉行遊行。隊伍後面，不知不覺有一些浪人尾隨，乘機喧譁，引來大批武裝軍警和便衣情治人員干涉抓人。有學生被捉進警察局毆打逼供。後來，幸得吳校長出面以生命擔保而結案。吳劍青校長眞是一位「正義之師」啊！

第二任校長　鍾浩東先生

鍾校長於民國三十五年八月到職，三十八年九月去職。當時大陸變色，國民政府播遷來台，全省實施「非常時期戒嚴法」。特別提防匪諜滲透、顚覆。凡是言行激烈，私自結社，自由發表言論者，常被指爲匪諜。彼時，鍾校長即因匪諜案與教職員、學生多人被捕入獄。後鍾校長被槍決，教職員、學生多人甚至有被關在獄中達十年以上者。眞相爲何，迄今莫衷一是。其人其事已有專刊介紹。

第三任校長　黃蘇亞先生

黃校長於民國三十八年九月到職，三十九年七月離職，調任教育廳服務。黃校長奉派本校主持校務之外，同時兼負清查匪諜案任務。所以學校人事變動頗大，新到人員有因應任務需要而安排者。黃校長離職之後，由鄭明祿校長接任。

基隆中学的前三任校长

建国中学校长陈文彬（1904—1982）（台湾民众文化工作室收藏）

织台湾同乡会、东京华侨总会，并被推为会长，积极争取在日台胞和华侨的权益。一九四六年春天返台，担任建国中学校长，并执教台大、台北师范学院，兼任《人民导报》总主笔、《台湾通志馆》编纂。“二二八”后，因为义救学生而入狱两个月。一九四九年五月，再遭通缉而逃离台湾，经香港到北京。

戴传李：一九四六年，通过台北二中同学吴克泰介绍，我参加了共产党在台湾的地下组织。“二二八”之后，我升上台大二年级。因为组织注重台大这边的学生工作，我在基隆中学的课就少了很多，主要在台大校园活动。后来，我组织了一个马克思主义读书会，成员包括台大法学院兼台大学生自治联合会主席林荣勋、同班同学许远东等

1997 年 8 月 11 日戴传李于台大法学院（蓝博洲摄影）

1948 年秋天以后，台北的学生运动活跃，提出反饥饿、反迫害、反内战的诉求

五六人。再后来，台大法学院的党小组也成立了，由我担任小组长。其他成员包括同是大三学生的许远东、吴振祥、郑舜茂，以及大一新生林添财。虽然锺浩东是我的二姐夫，可我们台大的组织与基隆市工作委员会一点关系也没有。

“安全局”：共产党在台湾大学法学院，建立“台大法学院支部”，吸收青年学生参加组织，并派遣干部混迹该学院就读，秘密从事“学运工作”，煽动青年学生，从事反政府运动，平时活动至为激烈，几已达公开为共产党张目之程度，但该校对此毫无反应。

戴传李：一九四九年三月廿九日晚上，台北市中等以上学校的学生，在台大法学院操场举办盛大的篝火晚会，庆祝青年节。台大和一小部分师院的外省学生组织的麦浪歌咏队，采取上海学生运动的方式，公开演唱了解放区的歌曲。

台大麦浪歌咏队（台湾民众文化工作室收藏）

台大麦浪歌咏队公演手册
（台湾民众文化工作室收藏）

陈仲豪：那天晚上，我带领一群学生，搭乘火车，前往台大参加活动。台大麦浪歌咏队表演了许多大陆民歌和舞蹈，大家都很激动。我好像又回到重庆和上海那个火红的革命年代。

戴传李：当时，学生运动相当活跃，也因为普遍受到大陆政治局势的影响，左倾的思想气氛强烈。但是，没想到，四月六日，军警当局竟然武装进入两校宿舍，强行逮捕大批学生。

裴可权：我是浙江杭州人，民国二年生，浙江警官学校、中央警官学校特警班高级系毕业，在军统局情报工作十年，历任忠义救国军政治部上校秘书代主任，青岛警察局分局长，台北市第六分局长，中央警官学校教官，政工干部学校高级班教官。

自民国卅八年以后，大陆形势逆转，中共在配合军事准备积极攻台的时候，在政治上提出了“一九五〇年解放台湾”的口号，要求台共预先响应，做保管接收、迎接解放的准备，于是这股“溃散污浊的逆流”，开始“泛滥”。

民國三十七年七月廿七日

社論

論差別待遇

物價日漲，靠薪水過活的人不斷地感到加重的困難。因而，待遇之有差別，便也越顯出其不合理來。換句話說，越是有人所得薪水無法維持最低限度的生活，越顯得一部份人獨得拿高薪、享逸樂之不合理。而在過去經濟穩定的時候，雖也不無差別待遇的存在，（然而這顯然是如今為烈了！）但因生活容易過，雖然有的人拿錢很少，其不平之感是不會像今日這樣濃重的。

待遇的差別，首先存在於行政機關與業務機關之間。本省各省營事業機關的待遇，較省政府的待遇加百分之三十，這是公開的，也便是規定的待遇。但是各省營事業機關，除了這規定的待遇之外，事實上還有其他種種名目的補貼。這裡面，各機關又互有不同。其尤者，如某機關，其職員的帳被等物也由機關供給，有些職員，人在陸上服務，却拿海上的待遇，底薪二百多元的，薪津之外加上種種補貼，竟可拿到二十多萬元。總之，業務機關裡一個職員實際拿到的薪津，大可以使省府裡面一個同底薪的職員感到羨慕。此外，生產事業機關的職員還可以得到所產物品的配給，例如水泥公司的職員便可以配到魚類。難怪主管業務機關的廳處中有人慨乎言之地說：「在廳處裡面，他們（業務機關人員）低首下心，在廳處外面，我們望塵莫及。」至於國營事業機關待遇的優厚，為省府人員所能羨，更不必說。其尤者，如某航空公司，一個底薪一百數十元的職員，每月可得三十多萬元，此外，還有每年兩套西裝，每日一次西餐的供給。

其次，差別存在於同一機關之間。聞郵電管理局有一部份職員是作為經常出差的人員而駐臺工作的，因此，他們一方面拿的是南京區的待遇，一方面又可以經常支出差旅費。這便等於領了兩份以上的薪水（通常出差旅費總較薪津為高）。其餘的職員則拿本省標準的待遇，這單與依照南京區標準計算的薪津相較，即已相差不少，更不必說別人還可以長期支領出差旅費。

在同一個機關之內，待遇竟有如此的差別，不待說是萬分不合理的。但是業務機關的待遇較行政機關的待遇高，這又是不是應該的呢？這事情現在雖已是司空見慣，我們仍不能不指出它的不合理。現在業務機關的待遇之所以好起，事實上是由於各業務機關因手中有錢或產品而任意提高來的。省府手中有的是公文，而不是直接的營業收入或生產出品，待遇自然也不同了。但是公營事業機關，乃是為公家營業，為公家生產，其一切收入和產品理應涓滴歸公，安能以經手之便而隨意處分，競相提高其本身職員的待遇？這事本身既不合理也不合法，其結果更足以造成大家競相鑽營業務機關的趨勢，影響行政機關人員的素質，且將使何等人才應受何種待遇根本失去了標準，而大家惟機會是謀。舉個例說，上海一個大學教授，為了維持生活，現在每每同時在四五個大學授課，人既萬分辛苦，所得不過法幣二億元，折合臺幣不過一十六萬元，遠不及上述某業務機關一個二百多元底薪的職員的待遇。這豈不是令人啼笑皆非的事！

以現在的物價之高，也許不該說業務機關的待遇太高，而應該說行政機關的待遇太低。但是兩者不該有如此的懸別是我們必須指出的。這樣的差別，決不是中央的規定，也不是省府的規定，而是各機關，自給補貼，自提待遇，而弄得如此毫無原則，毫無標準的。這樣的情形再不能任其自然下去了。中央和地方當局，立法院和省民意機關，都要下決心加以研討和整頓。

1949 年 7 月，台湾省邮电管理局的员工因为差别待遇而怠工请愿

首先，在民国卅八年四月六日，以台大学生与台北市警察局的警员，因误会而引起的所谓“四六事件”的学潮，即是这股“逆流”重新“泛滥为灾”的第一朵浪花，接着是在同年七月间，坐落于台北市内的台湾省邮政管理局，为邮电改组暨邮电员工分班过班而引起的怠工请愿产生的风潮，更替这股“逆流”推波助澜。

事态非常严重了

黎明华：一九四七年五月下旬，我从基隆中学转到新创办的中坜义民中学任教，并在那里重新恢复组织关系。

一九四九年五月，解放军渡江以后的某一天，地下党领导人之一的张志忠，向我传达了省工委的初步决定：依据战局的发展情势判断，解放军可能在一年内或稍迟些进军台湾。因此，我们务必把“迎接解放”的政治口号，转为“配合解放”的实际行动。农村干部，尤其要熟悉周围地形、道路交通、海岸线和丘陵山地的一般情况，并要通过各种关系，做好一般的群众工作。

我和张志忠会面后，随即把上述要旨传达给手下成员，要他们尽量下乡，通过做学生家庭访问，调查研究地理、交通等状况。我自己也经常下乡，游山玩水，拜访学生家长。

七月初，学校刚放暑假，在新竹商业学校任教的东区服务队队友徐新杰约我去爬狮头山。我按约定时间，从中坜搭火车到新竹。下车后，我才知道，除了徐新杰之外，同行者还有锺浩东校长和蒋碧玉夫妇，以及在基隆中学任职的锺国员、戴芷芳（蒋碧玉的妹妹）、王阿银和一位峨眉乡长的女儿曾小姐。我心里想，这次郊游登山，恐怕也是锺浩东为了了解狮头山地形而刻意安排的吧。

出了火车站，我们改搭公路班车。来到峨眉，已经快要中午十二点了。我们在街上小吃店用过午餐后，顺道去曾小姐家拜访。然后开始步行登山。

我们登上水帘洞时，每个人都汗流浃背了。于是在这里休息。我看到，山下冈峦起伏的一大片丘陵地，从峨眉、宝山一直延伸入海；背面则是愈来愈高的横屏背山、鹿场大山和五指山。

“真是好地方！”这时候，我听到站在一旁眺望风景的锺浩东不断赞叹，“真是好地方。”

休息之后，我们又有说有笑，继续往上爬。我们边走边唱在东区服务队时经常唱的一些歌曲——《在太行山上》《烟雨漫江南》《风雪太行山》及《再会吧香港》等等。这样，不知不觉就到了狮头山顶。山顶的视野特别寥廓。对面是神桌山。左手边是横屏背山及鹿场大山。山下则是一衣带水的南庄溪，从红毛馆、东河流经南庄、田尾、龙门口、三湾、头份，到竹南入海。

下山后，曾小姐和王阿银折返峨眉。

“我们晚上到哪里过夜？”锺浩东问我，“中坜、新竹，还是苗栗？”

“到苗栗好了。”我建议说，“去看看丘继英。”

丘继英在苗栗当区长。大家听了我的建议，也都同意。我们于是走到龙门口，搭公车去竹南，再改搭火车，前往苗栗。当天晚上，就在丘继英的公馆住了一夜。

第二天一早，我们又

楊縣長等巡視
桃園水利工程

新竹臺南二市
籌慶主席壽辰
主席畫傳運省發售

處理敵軍物資
臺北區已決定
流委會昨舉行會議

關於登記共產黨員
彭司令特發表談話

闘聲昨勝北女中

花蓮水利動工
縣府招待記者報告

慶祝光復節
國樂演奏大會
今晚舉行

翁文灝昨續視察
高雄國營工廠
並召集主管人舉行座談會

改良高雄港
增強運輸量

國民党撤台之前，“保安副司令”彭孟缉主要负责岛内的肃谍工作

坐同一班火车北返。车到中坜，我就跟锺浩东等人道别。可我没想到，这竟然会是我和锺浩东的最后一次见面。

陈仲豪：一九四九年七月，《光明报》发表了题为《纪念中国共产党诞辰廿八周年》的社论。文章由林英杰起草，由他和李絜带来基隆中学。之后，我们三个人就躲在僻静的小房间，认真讨论、修改。定稿后，再把这一期全部稿件编排好，交给锺国员刻写钢版。然后再由他和张奕明油印。油印好了，就由张奕明独自带到台北，交由一个据点分发。

我后来听说，全岛很多地方的公共场所，出现了《光明报》和大大小小的革命标语。省工委这一次发动的宣传攻势，震撼全岛，也惊动了蒋介石。

"安全局"：民国卅八年七月十一日，一夜之间，共产党在台湾全岛各重要地区，普遍散发反动传单，张贴反动标语。甚至于翌日白昼，仍有在闹市当众散发反动文件之情事；此一反动宣传攻势发展之迅速，地区之广泛，以及共产党人甘冒危险、不惜牺牲之"革命热情"的高度发挥，表面上似乎在证明共产党在台不仅设有庞大完整之组织，拥有广大群众，且已赢得群众之爱戴及坚定之信仰。

谷正文：我制造"白色恐怖"，在台湾涉及二千余人。其中四百余人送"军法处"处理；有二百人被杀了。

在民国廿四年这个战乱频仍的时代，我以北京大学中文系学生的身份加入了戴笠的军统局。民国卅八年五月下旬，以"国防部保密局"北平站上校特勤组长的身份，从上海来到台湾。

国民党迁台之前，台湾岛内的肃谍工作主要由"保安副司令"彭孟缉负责，民国卅八年初蒋介石曾召见彭孟缉，询问有关共谍在台活动情形。

"共产党在台湾的活动不成气候。"彭孟缉笃定地说。

可是，到了七月中旬，有人把一份共产党的宣传刊物《光明报》呈交给省主席陈诚，证明共产党在台秘密活动极为活跃。当陈诚带着这份极尽嘲弄国民党之能事的公开刊物面报蒋介石时，蒋介石顿时气得青筋暴露，大骂彭孟缉不中用，随即下令召集当时三大情治机关——“保安司令部”“保密局”“调查局”负责人及负责侦缉共谍的重要干部，于次日午后一点钟前往士林官邸开会。

无疑地，事态非常严重了。

散珠有串

蒋蕴瑜：房子卖掉之后，我便带着两个小孩，搬到归绥街娘家住，同时也到北一女中上班，担任会计。这时候，因为工作的关系，浩东经常南来北往奔波，可说是神龙见首不见尾了。

到了一九四九年五月一日，全省实施户口总检查。同月十九日又颁布戒严令。情势越来越紧张了。但是，因为大陆局势的发展状况，再加上台湾本土的工潮、学潮汹涌展开，大家都很乐观，都认为国民党迟早要垮的。

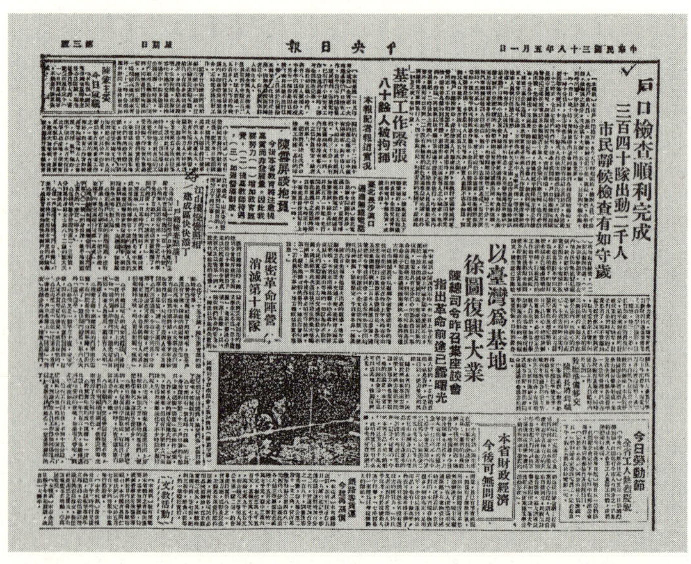

中華民國三十八年五月一日 星期日 第三版

中央日報

戶口檢查順利完成
三百四十隊出動二千人
市民靜候檢查有如守歲

以臺灣為基地 徐圖復興大業
陳總司令昨召集座談會 指出革命前途已露曙光

基隆工作緊張 八十餘人被拘捕

陳雪屏談抱負

嚴密革命陣營 消滅第十縱隊

本省財政經濟 今後可無問題

今日勞動節

1949 年 5 月 1 日全省户口总检查

李旺辉：也就在那段时期，特务系统的细胞，正沉静地渗透进地下党的组织内部，为日后那场漫天的捕杀，埋下噬血的病毒。

就在寒假过后的新学期开始，学校新来了两个老师。我记得，他们是两兄弟，大陆人，其中一个脸上有疤，另一个一脸麻子。锺校长通知我们几个支委说，那两名新老师都是职业学生出身的特务，要我们提高警觉。锺校长解释说，在此之前，情报单位已经开始注意基隆中学了。他们通过各种关系，几次要介绍人到学校任职或任教，校长都一直找理由推辞。可这次，他如果再推的话，人家一定会怀疑。

蒋蕴瑜：那时候，工作之余，我就把浩东读的书，也拿来读。曾经，我拿了一本日文版的高尔基的小说《母亲》给学校的一位女老师看。第二天，那名老师兴奋地告诉我说，这本小说写得太好了！她因为心里面想要说的话，有人把它说出来了，整个晚上都激动得睡不着呢。后来，浩东知道了，却责备我，说怎么可以随便拿书给别人看呢。我被浩东责备，心里虽然不服气，但也能体谅他处处小心的心情。也就不再随便拿书

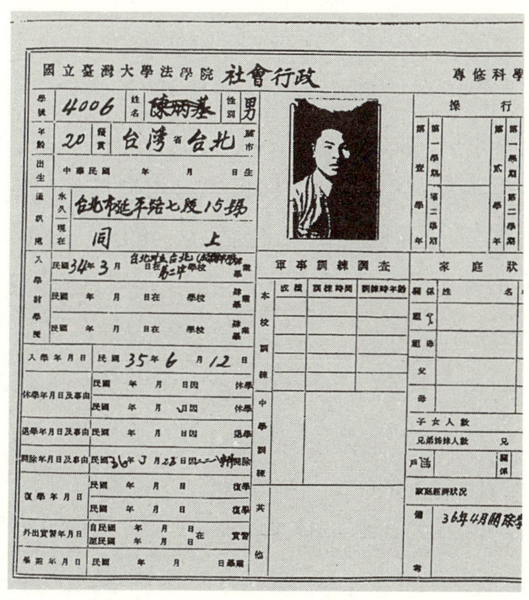

國立臺灣大學法學院 社會行政 專修科學
學號 4006　姓名 陳炳基　性別 男
年齡 20　籍貫 台湾省台北縣市
出生 中華民國　年　月　日生
通訊處 永久 台北市延平路七段15號
現在 同　上
入學前學歷 民國34年3月　日在台北市立台北第二中學校畢業
民國　年　月　日在　學校　肄畢業
民國　年　月　日在　學校　肄畢業
入學年月日 民國35年6月12日
休學年月日及事由 民國　年　月　日因　休學
民國　年　月　日因　休學
退學年月日及事由 民國　年　月　日因　退學
開除年月日及事由 民國36年3月23日因二二八事件開除
復學年月日 民國　年　月　日　復學
民國　年　月　日　復學
外出實習年月日 自民國　年　月　日 至民國　年　月　日 在　實習
畢業年月日 民國　年　月　日畢業
操行 第壹學年 第一學期 第二學期 第貳學年 第一學期 第二學期
軍事訓練調查 本校訓練 成績 訓練時間 訓練時年齡
中學訓練
其他
家庭狀況 關係 姓名
祖父
祖母
父
母
子女人數
兄弟姊妹人數 兄
戶主 關係
家庭經濟狀況
備考 36年4月開除學

“保密局”根据 1948 年“爱国青年会”（新民主同志会）陈炳基一案线索而获悉《光明报》

给人看了。

到了八月，我听说，一名毕业于台大商学院的年轻人王明德，因为恋爱的关系，曾经把一份《光明报》寄交他的女友，并且因此暴露身份而被秘密逮捕。

这时，我直觉地预感到：一场大逮捕恐怕就要展开了。

“安全局”：“国防部前保密局”，根据民国卅七年侦破之共产党外围组织“爱国青年会”（新民主同志会）陈炳基一案所获得之线索，运用关系深入侦查。经五个月之长期培养，获悉共产党在台除以“爱国青年会”名义秘密吸收共产党员外，并散发《光明报》及其他反动文件。

据报有王明德者，曾屡次邮寄《光明报》与他人；另据报台大法学院学生林荣勋等，亦有散发反动传单，为共产党张目等情事。当经选派干员，严密调查及监视各共党分子之言行动态。

民国卅八年七月上旬，共产党借纪念“七七”抗战十二周年之名义，发动大规模之宣传攻势。散发反动传单，张贴反动标语，一夜之间，遍及全岛，声势之浩大，可谓空前；为打击共产党之“猖狂”行为，乃决定进行破案；适于此时据内线报称，该案有关王明德，于八月十八日，被警方于检查户口时扣押等情。为恐警方不悉内情予以释放，且为免泄露消息起见，遂乘此机会，于八月廿三日向警方将王明德提局。依据对本案所获得资料，对王犯详加审讯，王犯以事证俱在，无法抵赖，始供出成功中学支部王子英等同党数人。

裴可权：《光明报》原系台共省工委所办的地下刊物，在民国卅七年秋即已开始秘密刊发，最初曾在基隆中学发现。因其内容全着重于共产党的宣传，已引起了我治安情报机关的注意，但经多方的侦查，仍苦无头绪。以后从既有的资料中，加以综合研析，认为台大学生林某、孙某，平时行动可疑，推测《光明报》的发刊地点，可能设在台大内部，于是就加强外形侦查，结果发现曾在台大商科毕业，后在某公司任职的王某，曾将《光明报》一份，寄交他的女友某小姐。因此，根据这一发现，就将王本人秘密地加以逮捕，经供出他的组织关系，原隶属于省工委以下的成功中学支部，于是这一组织的破获，就如散珠有串，顺利开展。

连世贵：我听说，王明德当时为追求一女友，因女方无意于他，他便向对方表明自己的共产党员身份。女方一听十分害怕，便向基隆宪兵队告密，王明德于是被捕。

怕自己还有一点人性

蒋蕴瑜：王明德失踪了几天，我不放心，于是就要还在台大就读的弟弟戴传李，离开台北避一避。戴传李立刻就与另外八名同学南下高雄，到一名孙姓同学家。然而，就在孙家，因为组织不够严密，他们九人也就当场被捕。

浩东听到了这个消息，从此不敢住在家里。

"安全局"：八月廿四日晨，"保密局"即会同刑警总队，根据前所搜获之资料与王犯供词，将（成功中学毕业的）姚清泽、郭文川、余沧州等逮捕。复于同月廿七日夜，将（台大法学院学生）詹照（昭）光、孙居清、吴振祥、戴传李、林荣勋等捕获。并循供深入侦查，于（一九五〇年）元月间，再将锺浩东、李苍降、张奕明等逮捕，扩大破案。总计本案先后捕获"匪谍"及涉嫌分子四十四人。

戴传李：我和林荣勋、詹昭光、吴振祥到了高雄，就去找台大学生自治联合会副主席孙居清。孙居清家里很有钱，在海滨拥有几座鱼塭。他安排我们住在鱼塭的寮舍。我们每天都到海边玩水。我记得，那天晚上，我们五个人被捕时正在打麻将。起初，我还以为我们是因为打麻将而被检举。后来才知道，身为台大学生自治联合会主席的林荣勋早就被跟踪监视了。等到移送台北保密局后，我才因为王明德被捕后乱咬我的名字而成了主犯。事实上，王明德根本不是地下组织里头的人。我跟他完全没有什么组织关系。

谷正文：一九四九年十月中旬，听说刑警总队的队长刘戈青，捉到四个学生，持有《光明报》，没有问出结果。因台大校长傅斯年吼叫，留置一天就放了。我听了“喜出望外”，立即要去抓人。除叶翔之外，大家都反对。理由很好：“人家捉去已经放了，你再捉有什么用？”在我（保密局侦防组长）坚持之下，四个人：王明德、詹昭光、戴传李（法学院）及游英（经济系）被捕来了。（谷另说是王明德、戴传李、许远东、吴振祥四人，前后不一致。）

我同牛树坤（二处科长）、赵公嘏（二处股长）及我的副手张西林，与他们四人，分别谈了一夜。根本不提共产党的事，只要知道《光明报》的来源。四个小萝卜头，少不更事，只得“实话实说”。

第二天早晨，傅斯年还没有叫起来，我已经送他们回学校了。互相约定：“大家忘掉这件事。”我的目的已达到，当晚即破获了《光明报》。这是我来台湾后第一次出手突破性的一击。

戴传李：我从高雄被移送到台北“保密局”的当晚，就开始被刑求。他们要我脱掉上衣，打着赤膊，躺在一张长条椅上，然后用绳子把我绑紧，让一名剃光头、长得胖胖的打手，用布缠住我的大腿，再用拳头用力捶击。他们要我承认我有加入共产党。那时候，我才廿四岁，可我知道利害轻重。我心里清楚，他们就是因为没有证据才要用刑。如果我承认的话，他们一定会继续用刑，一直刑到我没东西可说为止。所以，我无论如何一定要熬过刑求这关，绝对不能承认。因为说了更惨。我不承认，他就打。足足刑了有一个钟头，才将我拖回押房。我的大腿虽然看不出有什么明显的外伤，可往后两

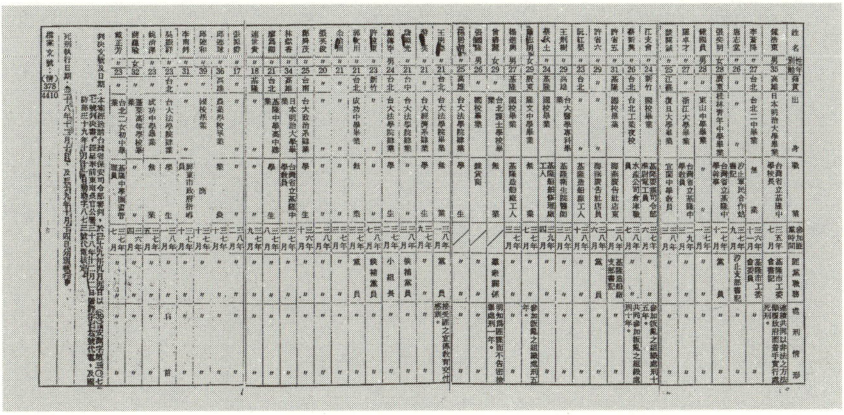

1949 年 8 月 24 日起，“保密局”即根据王明德供词，会同刑警总队，陆续逮捕锺浩东等四十四人

天，却一直拉不出屎，屙不出尿，动也不动地躺着。

后来，我大概每隔两天便被提讯一次。我记得，当时里头有个叫作谷正文的和一个姓赵的特务。他们两人似乎处于一种竞争的状态，或是一个扮白脸一个扮黑脸。我觉得那位姓赵的特务多少还像人。至于谷正文，他对我们的态度真是坏透了。几乎所有的刑求都是他下令执行的。我觉得，他已经根本不是人了。他自己也曾经对我们说，他因为怕自己还有一点人性，所以早上起床后，从来不洗脸，也不刷牙。

校长太太，我们是人民解放军

蒋蕴瑜：浩东离家后，每天午夜，我总是听着对面刑警总队频繁流动的巡逻车的警笛声呜呜地响着，不敢熟睡。这时候，我知道家里已经有人监视了，于是就把浩东所有的书籍、信件、资料等，统统烧掉。然后，带着两个儿子，搬到八堵的学校宿舍住。三四天后的晚上，我偷偷回到台北归绥街娘家，想看看浩东有没有回来。之后，我就没再回来了。

戴传李：我被捕两个星期后，看到姐夫锺浩东也被抓进来了。所以，我认为，锺浩东绝对不是“安全局”档案资料所写的一九五〇年元月间才被捕。

谷正文：经过戴传李的自白后，我大致明白基隆中学校长锺浩东本身就是一名资深共产党员，他担任基隆市工作委员会书记，并在该中学里安插了许多随国民党撤退来台的共产党员担任教师，如罗卓才、张奕明。此外还积极在校内外吸收成员。而《光明报》便是基隆市工委会的宣传刊物。

八月十四日下午，我到局本部报告侦办成果：“四名学生已经招供，明天凌晨行动，明天一早就可宣告破案了。”

凌晨三点五十分，天色黑压压一片。我亲率三个行动小组，荷枪实弹，冲进基隆中学。第一小组，由我带队，直捣校长宿舍，逮捕锺浩东。张西林和牛树坤分别带领第二、第三小组，搜查印制《光明报》的器材，及其他共产党宣传资料。

二十分钟后，我将锺浩东太太蒋碧玉带到印报器材前面。锺太太眼见大势已去，并未进行反抗与辩驳，只是淡淡地说：“这次我们输了，我想我是难逃一死，不过，能够为伟大的祖国、伟大的党在台湾流第一滴血，我会瞑目的。”

蒋蕴瑜：八月底，有天黄昏，黎明华到学校来，想问浩东，徐新杰下一步该怎么办。因为浩东不在，他匆匆地来，然后也匆匆地离开。

黎明华：八月初，一个在新竹商校服务的同乡突然到中坜义民中学办公室，气急败坏地向我说：“林启周校长被捕了。徐新杰也失踪一个星期了，他的东西要怎么处理？”说着说着便把一把钥匙掷给我。

林启周校长毕业于陕北公学。丘念台当年到陕北考察时带了十个人回来，他就是其中之一。据我所知，当年东区服务队的队歌就是由他作曲的。另外，他真正的身份则是东区服务队中共党支部的负责人。

我不知道这个同乡的身份，怕他是来摸底的特务，赶紧说："我也不知道新杰的去处，钥匙你带回去。也许他出去哪里玩，这几天就回来了……"其实，在此之前，我已经得知林启周校长被捕的消息了。

谢　克：我是林启周的爱人。我们是在东区服务队认识的。一九三九年，我为了参加抗战而离家出走。在韶关，我遇到丘念台，于是就走了十一天的路，到徐福田队部参加东区服务队。我哥谢瀛洲在国民党做官，硬是要抓我离开东服队，去福建读书。我征求爱人林启周的意见，决定到韶关念书。

台湾光复后，林启周担任新竹商校校长。我并没有跟着过去。一九四九年，他准备撤退大陆，于是先将文凭及其他证件寄来给我。怎知，因为邮检，暴露了曾经就读陕北公学的身份。六月廿三日，就在松山机场被捕。我和妹妹随后也在广州被捕。

刘茂常：一九四七年十一月，在台南民教馆担任教育研究部长的一位民盟盟员被捕。我们随即停止活动。两个月后，台南民教馆被政府撤销。丘念台答应我们，在找到工作之前，暂时供给每人伙食费每月十多块钱。其实，这些钱都是东区服务队的老同志们个别捐助的。

一九四八年农历春节过后，我改了名字，到林启周担任校长的新竹商校任雇员，月薪八十元。到了年底，林校长向我表示，他准备离开台湾，要我找其他工作。

一九四九年，过了寒假，我又通过组织安排，转到桃园，在当时的新竹县政府当事务员。五月，解放军渡江以后，锺浩东向我表示，许多大陆籍的东区服务队老同志因为在台湾已经无法工作，都陆续回大陆了。我跟他研究后，也决定回大陆参加革命工作。六月廿二日，于是搭船离台。

黎明华：林校长被捕后，新竹商校的其他地下工作人员，立即在组织安排下，分头转移。徐新杰也由锺浩东安排，转移到屏东长治乡的邱连球老家。

1990年4月刘茂常及谢克（右起）等老同志与蒋碧玉重返罗浮山冲虚古观（何经泰摄影）

八月中旬，忙完学校的阅卷工作后，我随即抽空前往基隆中学，找锺浩东，了解徐新杰的情况。锺浩东说，徐新杰在那里不是很安全。我立刻南下，把徐新杰带上来。那天晚上，因为已经很晚了，又没有班车，我和徐新杰就到台中徐森源家过夜。我们因为和徐森源没有直接的组织关系，彼此都心照不宣。第二天一早，我又把徐新杰带到杨梅山上暂住。

过了一段时间后，我认为徐新杰的安全问题还是要进一步解决，就在八月廿六日再次北上，前往基隆中学，找锺浩东商量，徐新杰是不是有更安全的地方可去？我到基隆中学时已是黄昏时分，锺校长恰好不在。吃过晚饭后，学校老师张国雄和蒋碧玉的妹妹，以及一些教职员，还在宿舍外头的树下，一边纳凉，一边弹吉他、唱歌。

那天晚上，我就在学校职员锺国员的宿舍过夜。睡到半夜，特务就来抓人了。我和锺国员被一阵急躁的敲门声惊醒。锺国员亮了灯。一位年轻的佩枪特务进来，向我们索身份证看，然后问我：从哪里来？找谁？我据实回答，说我从中坜来，找梅县同乡锺国员。对方没有多说什么就出去了。不久，他们就把蒋碧玉和她妹妹抓走了。

蒋蕴瑜：到了半夜，大概是一点多钟吧。我听到粗暴而急躁的叩门声。宿舍里的人都知道是宪兵特务来了，没有人敢去开门。我于是起身去开门。门一打开，一名领队的特务头子看是我开的门，便以一副嘲讽的语气对我说："校长太太，我们是人民解放军，要来解放你们。"

他们入内后，当然是一阵粗暴无礼的搜索。那名头子又问我，傍晚时候，有个人来找过校长；那个人叫什么名字？在此之前，刚好有一名与组织不相干的新聘教员来拜访浩东；浩东不在，我要他留了字条，再转达浩东。于是，我就把字条拿给那名特务头子看，暂时掩护了黎明华。

他们一阵搜索之后，那名特务头子就派一部分人到别的地方抓人。在这等待的空当，他又故意与我谈马克思的辩证逻辑，谈人民民主专政……等到那些人又回来时，那名头子就命令我和当时才十八岁的妹妹换衣服，准备上车。这些人还无耻地看着我们姐妹换衣服。

上车前，我要把最小的儿子托付给教务主任的太太张奕明。

"校长太太，不会去太久的。"张奕明安慰我说，"小孩还要吃你的奶，还是带进去吧。"

这样，我连小孩的衣服、尿布也没带，带着才五个月大的婴儿，跟着妹妹被押上车。

车子在市区转来转去，我们不知道自己要被带到哪里。

应急对策

陈仲豪：那晚，我在学校单身宿舍睡觉，对外面发生的事，毫不知情。天刚蒙蒙亮，张奕明来敲门，悄悄对我说："昨夜，特务来抓锺校长。校长不在，把校长太太和妻姨抓走了……”

这天，我照常上课，保持安静。同时派人到台北找林英杰，报告紧急情况。很快，林英杰约定时间，要我和陈少麟到陈太太方乔然台北二女中的宿舍会晤。我们冷静地分析局势，商讨应急对策。最后，林英杰归纳了几点意见：

第一，现在，敌人要抓捕的是受台大学生牵连的锺浩东，以及与锺有关系的台籍人；锺浩东下落不明，基隆中学地下党整体并未暴露。

第二，形势紧迫，《光明报》是个大目标，主要的有关人员应立即离校隐蔽，留下的同志应该提高警惕，准备好撤走方案；要随时、随地，独自应付突发事变。

第三，锺浩东也可能在校外出事了，由陈少麟或方弢去找王致远，看能不能转请丘念台和李友邦救助。

王致远：老蒋正式批准丘念台辞职后，另派陈诚接任国民党台湾省党部主任委员。陈诚安排他的部属李友邦为副主任委员，管理日常事务。李友邦让我继续留在主委室，帮他处理秘书事务。

八月底的一天早上，我刚到省党部上班。忽然，在基隆中学任教的方弢气急败坏地来找我，告诉我一个不祥的讯息：

陈诚接任国民党台湾省党部主委后安排李友邦为副主委。图为李友邦（第一排右起第六位）任三民主义青年团主委时到基隆开团务会议的留影（严秀峰女士提供）

“昨晚，锺浩东夫妇在学校里被捕了！”因为锺浩东出任基中校长，是由丘念台和李友邦介绍的；抗战期间，他同李友邦在福建一带一起工作过，并跟李友邦回台湾，关系密切。方弢希望我向李友邦提出，设法营救。

方弢走了之后，我就到主委室，把这消息告诉李友邦。他当时没说什么，但隔了一会，却走到隔壁我的办公室来，主动谈起这件事。他知道，我抗战时期在东区服务队与锺浩东一起工作过，就问我锺浩东的为人如何，是否能吃苦，等等。我就把我所了解的锺浩东的情况，详细地告诉他。我揣测，他提问这些的用意，可能是考虑到：锺浩东在狱中被刑讯时，能否顶得住，会不会把一切都招供出来，牵涉到他。我即如实给他介绍，也着重说明锺浩东一向艰苦朴素，为人坚强、正直，靠得住，重情谊，以让他安心。

军警包围校舍

陈仲豪：随后的几个夜里，我没有睡在宿舍。在教学楼二楼图书馆里的藏书室，随便躺在长椅上休息，不敢熟睡。第二天一早，张奕明来告知昨晚校里有没有出事，然后照平时那样上课。

李旺辉：八月底，我听说锺校长突然失踪了。当时，我就判断他一定是被抓了。我心里头在想，再下来，不知将会是一场多么大的政治风暴。

后来，我才知道，锺校长是在学校开学前被捕的。那天是星期日，他到基隆与李苍降会面，整晚未归。第二天，也就是星期一,一早，他搭公路局车，在八堵下车，然后走回学校。这时候，跟监的吉普车从后头驶来，两名特务迅速下车，随手把他抓上车。在车上，锺校长试着要把自己被捕的情况，让外头的人知道，却因为被夹在中间，动弹不得。后来，他被押上火车，送往台北。当火车驶经基隆中学旁的铁道时，他又借着擦汗，乘机向窗外挥动手上的手帕，想要引起学校的师生注意。无奈，他摇了几下，又被特务发现而制止。因为这样，他无法及时将被捕的情况通知大家。

锺校长被捕后遭到严厉的刑求，可他坚决不肯吐露任何一点组织关系。到后来，他们就威胁校长，说他如果不说，他们就把学校的老师、职员和学生统统抓来。为了减轻受害范围，同时也为了向我们提出警讯，他才故意供出跟组织完全没有关系的一些名字，如学校校医。

连世贵：锺校长被捕入狱后，校医及一名基中前辈也相继被捕。但这三人中只有锺校长具共产党员身份。我猜想：校医与那位前辈之所以被捕，可能是锺校长故意供出假名单，以放出警讯，要同志们小心。事后，基中的一些外省籍老师（如聂英等），均纷纷搭船逃回大陆。

何文章：事发后，陈仲豪老师想返回大陆，曾找上我家一位开轮船公司的亲戚。但我亲戚表示，船还要四五天才会出海。陈老师说来不及，此后便失去音讯。

陈仲豪：我接到地下党上级的撤退通知后，就把学校地下党支部书记的任务交给陈少麟。那天清晨，张奕明从学校山旁的小路送我离开基隆中学。临别时，她关切地叮嘱我说："一切都要小心，后会有期。"我回答道："你们留下来的，都要十分警惕啊。我们也许在大陆再见，也许是台湾解放后又在此地重逢。"

李旺辉：九月二日，星期六晚上。一群穿便服的特务又到校长宿舍来抓校长。事实上，校长早就被他们抓走了，可他们却佯装不知，问说校长到哪里去了？他们在校长的宿舍搜屋，翻箱倒柜，带走了一些资料，然后才离开。

一个礼拜后，九月九日，同样是星期六，早上十点多钟，我正在上课中，突然发现校舍周围的后山已经被军警包围了。大家惶惶不安，不知这次他们又要抓哪些人。结果，中午以前，一共有四名教师、三名职员和三名学生被抓走。

连世贵：钟校长是在暑假被捕的，我们并不知道。开学后，我升上高二。我发现学校有许多老师不见了。但是，学校仍正常上课，所以我认为他们大概是回大陆老家度假，没有多做联想。开学第二周，有一天，我跟同学正在教室外面谈笑，上课钟响，准备进教室时，训导处突然派人把我叫去校长室。在校长室，我看见高三的廖为卿和高一的张源爵也被叫来了。然后，三四名便衣，没说什么便将我们三人逮捕，押上一辆箱型车，载往“保密局”。

逃亡与牵连

李旺辉：当天晚上，我就离开基隆中学，坐最后一班火车，逃回南部。第二天早上，我在屏东下车。在车站前的一家脚踏车行，我用身份证抵押，租了一台脚踏车。我先骑到内埔，找在家养病的锺国辉，告诉他基中出事的消息。然后我再骑到长治乡仑上村，通知邱连球。最后，我再骑回屏东，付了租金给车行，要回身份证。然后，我就搭车回美浓。从此展开整整一年的逃亡生涯。

逃亡期间，我一直在山上四处躲藏。睡在土地公庙或工寮。吃香蕉或干粮。有时候，就偷偷跑回尖山脚下锺里志的兄弟家吃碗饭。

70.5.16

肅諜行動憶往
——早年基隆「工委會」破獲記詳
裴可權

治安機關於三十八年九月，將基隆匪黨組織「工委會」書記鍾浩東逮捕，該組織已局部破獲，其殘餘部份尚有共匪基隆「工委」李蒼降、藍明谷所領導的關係，及少數「個別黨員」。辦案人員奉命掃清基隆酒匪第二階段工作，是在三十九年初捕獲李蒼降等時開始的。

李蒼降自鍾浩東被捕後即逃離基隆，直到翌年元月，根據新店線索，在其臺北市南京東路住所，將其捕獲。同時被捕的尚有其妻曾×麗、其姊李×娟。偵訊李蒼降的過程進展得很快，辦案同志與他晤談數次，就得到所要的資料。

李蒼降當時年僅二十七，臺北縣人，臺灣光復後曾往杭州唸高中，返臺後考入臺灣通志館任職員。三十六年十一月由陳炳基介紹參加共黨，在臺北與陳炳基、林如增、李蒸山等組成「支部」，由林如增負責，曾以「新民主同志會」及「臺灣解放同盟」名義發展羣衆及黨員。

……他聽了以後，馬上回去通知林英傑。林英傑得到這消息，立刻將全部文件收存行李袋遁走，並交待李蒼降設法將現住房子賣掉。林英傑走後，李蒼降十分不安，惟其妻曾×麗已有身孕，不便隨其逃亡，因此李蒼降託請其姊李×娟到其住處陪伴曾×麗，自己則在外躲避。

這時，已得到有關線索的辦案人員，判斷李蒼降躲藏在南京東路，就在其住處附近佈置盯梢，嚴密監視，並繼續偵查，發現僅有曾×麗、李×娟二人。雖然暫時失去其蹤影，但我治安同志認爲李蒼降早晚會回來探望，仍然日夜監視，不敢……

……一直到三十九年底，基「工委」藍明谷仍逍遙法外。有關偵辦工作第二階段，從三十九年底到四十年初，重點工作就是追捕藍明谷和他領導的人。

自從三十八年年底開始，經刑警總隊通令各地警局刑警嚴密緝捕在逃匪犯，而情治工作人員亦分頭在不同的地方展開搜索。藍明谷等人在警方嚴密搜索網包圍下，無處可逃，紛紛落網。

藍明谷原爲臺灣高雄人，抗戰時赴大陸求學。三十五年經北平「臺灣同鄉會」遣返上海，五、六月間抵滬，住上海「臺灣同鄉會」，認識同鄉會辦事員林×。林×本爲共產黨徒……

1981 年 5 月 16 日裴可权在《“中央日报”》发表的肃谍文章

锺里志：浩东失踪后，李旺辉跟我说，他要去台北探听情况。我没问他去哪里探听。他说，回来后，再和我商量以后怎么办。结果，他没联络上我，于是交代一个姓高的工友（小孩子）转告我，说他先回南部去了。我觉得，自己待在基隆中学，早晚也会出问题，不能继续待在那里。第二天晚上，我就安排我老婆带着出生才没几个月的男孩回士林娘家。我把出纳组保险箱的钥匙包好，留在宿舍，然后什么东西也没拿，自己一个人先回南部。从此展开我的“走路”生涯。

裴可权：在这段时间，我方的缉捕工作并未松懈，凭着丰富的办案经验和毅力，终于在一九五〇年的九月底捕获锺国辉和李旺辉两人，解送“保安司令部”审理。锺里志在一九五一年元月十日亦提出“自首书”，向警务处刑警总队驻高雄县工作组“自首”。

李南锋：我在基隆中学当了一年的管理组长。学校的管理工作已经初步就绪后，我就辞职回故乡。因为我是从大陆回来的本省人，也就是所谓“半山”，所以沾了点外省人的光，找工作很容易。一回屏东，我就到屏东市政府上班。我的职衔是民政课合作室的指导员兼九如农场场长。

一九四九年九月初，徐新杰流亡到我家。听他说后，我才知道基隆中学出事了。徐新杰在我家躲了两三天才离开，听说后来在苗栗大湖山区被追缉的警特当场击毙。

徐新杰走后没两天，我也被捕了。我还记得，那天傍晚，下班后，我从屏东市政府走回家的路上，突然被两个便衣警察合力押上车，然后往凤山、高雄的方向疾驰。车子驶经高屏大桥，路面正逢下坡，车速减缓了些。我想趁机挣脱，于是在车内与押解的三个便衣刑警展开打斗。打斗很激烈，司机（也是警察）只好停车加入。他们四个人把我拉下车，打得半死，才又拖上车，继续前进。在半昏迷的状态中，我模糊地感觉到车子停了下来。然后，我被他们拖下车，再从楼下硬拖到楼上的一个房间。他们用水把我泼醒，立刻就展开一场彻夜不休的重刑审问。

第二天，我在押房里昏沉沉地过了一天。第三天傍晚，连球、连和两兄弟也被抓来了。听他们说，我才知道自己被关在凤山警察局。第四天一早，我们三人又一起被押往台北。

邱连和：我们是在浩东被抓几天后，才知道基隆中学出事了。有一天晚上，有几个基隆中学的教职员逃亡到我们邱家。我和连球当下即设法掩护他们。后来，来了一批要抓他们的警特，因为遍寻不着，只好悻悻地离开。第二天早上，他们几个就离开仑上，继续流亡。

中午时分，我正在吃饭。警特又分别闯入连球和我家，把我们强行押解到凤山高雄警察局。在那里，我们看到浩东的表弟李南锋也被抓来了。当天晚上，我们三个人就在那里过夜。

第二天早上，我们又被押往台北。在北上的火车上，我和连球被铐在一起。南锋先前有过抵抗的记录，除了手铐，还给他加上脚镣。我们和一般乘客坐在同一个车厢。一路上，都有人用一种好奇、讶异而惊恐的眼神打量我们。我们就这样忍受着屈辱感，到了台北。

一出火车站，我们立刻被押上一辆等在外面的吉普专车，送到小南门附近“保密局”的秘密押房。在那个小小的押房里，一共关了十七八个因为牵连基隆中学事件而被捕的人。大约三个月后，我们才被移往青岛东路三号的“军法处”看守所。

惜 别

蒋蕴瑜：我被捕后的第二天早上，从同房难友口中得知，原来我们是被关在青岛东路的“军法处”。我也看到浩东了。我看到他由两名难友搀扶着走过押房。我看到他身体承受过拷打的伤痕。这时，我才知道，原来浩东早就被逮捕了。

后来，每当这些特务要到基中抓人时，必定带着我那年轻的妹妹同行。我知道，这是他们故意分化基中教职员的诡计。他们故意要让其他人认为是我妹妹出卖他们的。

有一天，戴家的亲生父母带着我的小孩来探监。但押房看守却不让我接见。同房的师范学校的老师就叫我哭。我听她的话，放声大哭。她就跑去要求看守说："校长太太哭得好可怜，你就行行善，让她见见她父母吧。"看守回答她，说他可以让我见客，条件是不要再哭了。我立刻停止哭泣。看守于是让我出去见父母。不久，妹妹也来了。我就乘机告诉她，自己要注意，不要被他们利用了。妹妹以为我误会她，很生气。

九日下午，学校的女职员张奕明和王阿银也一起被抓进来了。张奕明并且和我关在同一个押房里头。"校长太太，你也在这里啊！"当她被关入押房看到我时，惊慌中不失欣慰，然后戏谑地笑说，"这是什么鬼地方！"

陈仲豪：基隆中学有一位锺森祥老师于一九五〇年夏天回到大陆。后来，他告诉我说，九月九日那天，他在现场，亲眼看到张奕明冷静沉着面对特务的搜捕。他看到，张奕明临走时，不舍地把身边三岁的女儿托付给一位蔡姓职员，请这位潮汕老乡好好照顾她。

蒋蕴瑜：不多久后，张奕明被枪毙了。那天，吃早饭时，押房的窗户都被放了下来。一些关较久的难友就说，早上一定有枪毙。不久，吉普车的声音在押房外头响了起来。我于是把棉被垫高，从押房的小窗口往外看。我看到吉普车上面坐着几名持枪的宪兵。然后，押房的门突然开了。宪兵班长大声点名："张奕明，开庭。"我看到张奕明一路微笑着，从容地走出押房。临上车时，她还坚定地呼喊着："共产党万岁！"我于是难过地唱着她之前教我唱的一首《惜别》

1993 年 9 月 8 日，蒋碧玉与方弢和张奕明的孤女，在树林海明寺“五〇年代政治案件死难者超度大法会”（蓝博洲摄影）

歌，给她送行：

红烛将残，瓶酒已干，相对无言无言！
浔阳就赴，谁知长夜何漫漫？
共君一夕话，明日各天涯，
徒然惜别，终须别！谁知后见期？

在歌声中，我知道，过没多久，十四岁就入党的张奕明，就要在新店溪畔马场町刑场早晨的枪声中仆倒了。

《“中央日报”》：省保安司令部，（一九四九年十二月）十日上午十时，

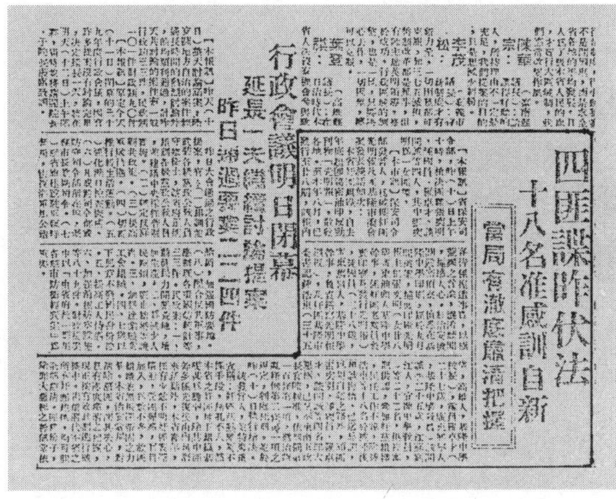

四匪諜昨伏法
十八名准感訓自新
當局有澈底肅清把握

行政會議明日閉幕
延長一天繼續討論提案
昨日通過要案二十四件

关于张奕明四人枪决与锺浩东等人判处感训的新闻

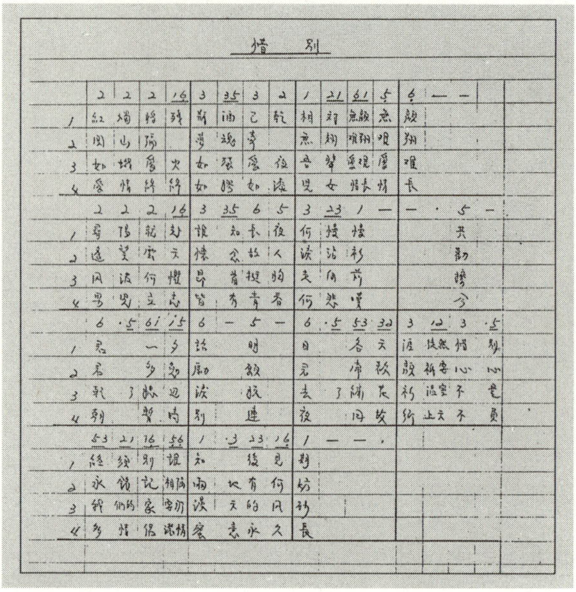

蒋碧玉保存的《惜别》歌谱（台湾民众文化工作室收藏）

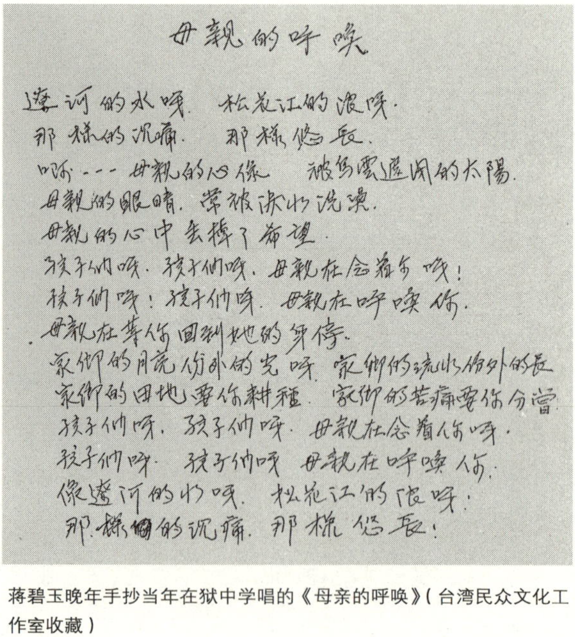

蒋碧玉晚年手抄当年在狱中学唱的《母亲的呼唤》（台湾民众文化工作室收藏）

枪决张奕明、锺国员、罗卓才、谈开诚四人，其中张奕明为一女“匪谍”。

“保安司令部”：本省共党组织，自去年底起即秘密油印反动刊物《光明报》，散发各地。至本年八月，已发行至廿八期，该报内容皆系捏造事实，以极荒谬之言论，混淆听闻，煽惑人心。经治安机关严密侦查，侦悉在基隆中学印刷，经于九月间破案，捕获印刷《光明报》主犯张奕明（女，廿八岁，广东汕头人，基隆中学干事，系共产党老党员，负责印刷及发行《光明报》），锺国员（廿八岁，广东蕉岭人，基隆中学干事，负责缮写《光明报》钢版），及基隆市委书记锺浩东（卅五岁，高雄人，基隆中学校长），党员罗卓才（廿七岁，广东兴宁人，基隆中学教员），谈开诚（廿五岁，江苏镇江人，宜兰中学教员）等廿二名……除锺浩东等十八名于被捕后坦诚悔悟，已送感训，以开自新之路外，张奕明、锺国员、罗卓才、谈开诚四名罪大恶极，已呈奉东南军政长官陈核准，依“刑法”第一百条第一项，惩治叛乱条例第二条第一项之规定，判处死刑。并于昨（十）日执行枪决。

蒋碧玉的妹妹出狱后与蒋碧玉的幺儿合照，寄给还在狱中的锺浩东报平安（台湾民众文化工作室收藏）

蒋蕴瑜：第二天，又有枪毙要执行。听到押房外头的吉普车声，我想，这下轮到我了。同房的难友们也都以为是我。我于是从容地换好衣服。然后她们帮我梳头。

“有没有什么要交代的？”有人在一阵恐怖的安静之后问我。

“没什么好交代的。”我说，“我的东西，你们都拿去用吧。”

押房的门开了。然而，被点名的人并不是我。而是七八位金门籍的老师。

在“军法处”熬过半年的审讯后，我因为与浩东聚少离多，涉案不深，终被释放。

没有什么话好讲

李南锋：我和连球、连和一起被移送到“军法处”的第二天一早，就有几名大陆来的客家青年被枪毙。就我所知，他们是张奕明、锺国员等基隆中学的教职员。他们这几个外省人枪毙后，我们也就结案了。我被判了六年的有期徒刑。

大约又是三个月后，连同浩东、连球在内，我们又被移往内湖小学的“新生总队”接受感训。

“新生总队”成立于一九五〇年二月一日，隶属“保安司令部”。一九五一年四月移迁绿岛，扩大为新生训导处，编制为新生训导总队，下辖三个大队，分别按“匪俘”“匪嫌”和“叛乱犯”三种不同的性质来分队。每一大队又再分为十二个中队，以“团结新生同志完成第三任务”十二字为队名；另外还特别编了一个女生中队。它的主要工作是“改造”我们这些涉案政治犯的思想。平常，除了劳动生产外，主要是上课。课程包括：国父遗教、领袖言行、共产主义批评、苏俄侵略中国史等政治课程，以及中国地理和历史、数学等一般课程。

连世贵：内湖小学“新生总队”的牢房是由一般教室改建的，只有两间，男、女各一间。我记得，我们那间男押房便有一百多人，十分拥挤。那里的伙食也很差，最好吃的菜是豆芽菜；其余的菜都像猪食一样，全都混在一起。

值得一提的是，我们的校长锺浩东被送去内湖感训时，曾以绝食的方式，拒绝接受思想改造。他整天躺在床上，不参加朝会，也不上课。

狱方拿他没办法便问他：“你想要怎样？”

“我的同志都死了！”校长说，“我身为领导者，岂有脸面苟活下去？”

由于他的不合作，没多久便遭枪毙。

锺校长这种舍生取义的精神，我至今仍十分敬佩。

事实上，当年能参加组织者，必须具备两项特质：除了头脑要好外，还要是真正想为国家、人民做事的爱国主义者。

戴传李： 后来，我和校长同时被移送“保安司令部”内湖“新生总队”感训。这时候，我们知道国民党已撤至台湾了。感训队的难友们心里都认为：“就快解放了。”

锺校长在感训期间表现得非常笃定、沉稳。他按照规定，参加队上的各种活动。只是，在思想上，他的反应却是以沉默来表白立场。每天饭前，队上总要我们针对三民主义的某一部分讨论、发言。因为没有人自动发言，队上教官就以指定发言的方式，轮流点名。这样，通常每个人一个礼拜都会被点到一次。一般说来，大家也都按照教官要的答案，上台发言。可校长他却不这样。每次，被点到名时，他总站起来说：“我没有什么话好讲。”“我已觉悟了。”有一天，校长突然这样跟我说，并且劝我，“你们年轻人要忍耐，要

1950 年 2 月 1 日设于台北内湖小学的“保安司令部”“新生总队”

浙江省立杭州高級中學用箋

證明書

查學生李蒼降係臺灣省臺北縣人現年貳拾四歲於民國三十一年三月在臺灣省臺北成功中學畢業後於民國三十五年度第一學期至第二學期在本校秋三年級補習一年特為證明此證

浙江省立杭州高級中學校長方宇園

中華民國三十六年六月　日

校址·杭州舊貢院　電話二七七九號

李苍降（1924—1950）

稍微适应环境，不要太勉强……还有，你向来爱出风头，一定要收敛些。”

后来，校长一连写了好几份申请退训的报告，表明不接受感训的坚定立场，要求政府另外发落。幸好，这些报告都被感训队一名广东梅县客家籍教官中途阻截，没有再往上报。这名教官还一直劝校长，说国民党认为，台湾青年对大陆的状况不明了，只是思想左倾而已。台湾青年都是被误导的，因此，决定不“打”本省人，只“打”外省人。然而，校长不为所动，仍然一再填写退训报告。有一次，这名教官刚好出差。校长的报告就被呈报上去了。

因此，当李苍降被捕时，感训队便把校长再度送往“军法处”，与李苍降等人同时审理。

裴可权：李苍降当时年仅廿七岁，台北县人，台湾光复后曾往杭州念高中，返台后考入台湾通志馆任职员。民国卅六年十一月在台北参加共产党，曾以“新民主同志会”及“台湾解放同盟”名义发展群众及党员。卅七年冬，“台北支部”瓦解。李苍降乃将台北一部分同党分子移交“上级”李某，转往基隆工作。

李苍降自锺浩东被捕后即逃离基隆，直到翌年元月，根据新旧线索，在其台北市南京东路住所，将其捕获。

历史的轨道改变了

李南锋：浩东因为一直表现出不接受感训的坚定立场，所以又被提出内湖的感训队，再度送往“军法处”。临走时，浩东还用客家话特地鼓励我和连球、连和三人说：“他日，你们出去后，一定要继续为理想奋斗。希望我们的子孙，也能为理想奋斗。”然后，他又提高嗓音，像呼口号似的大声叫说：“坚持到底，为党牺牲。”

后来，我们三人同被移往绿岛囚禁。两年后，连球又因为家乡有人被捕，供出与他的组织关系，而以“不坦白”之由，送回岛内重审。怎知，他竟一去不回。一九五五年六月，当我刑满归乡时，我才知道，连球也继浩东之后，已在台北马场町刑场仆倒了。

裴可权：锺浩东自一九四九年十二月被移送“保安司令部”，经半年之感训，思想毫未转变，态度顽劣；上课时称病不到，讨论时拒不发言，不服长官指导。除这些破坏纪律的行为外，他还在感训队中暗中从事反动宣传，企图发展同党组织非法团

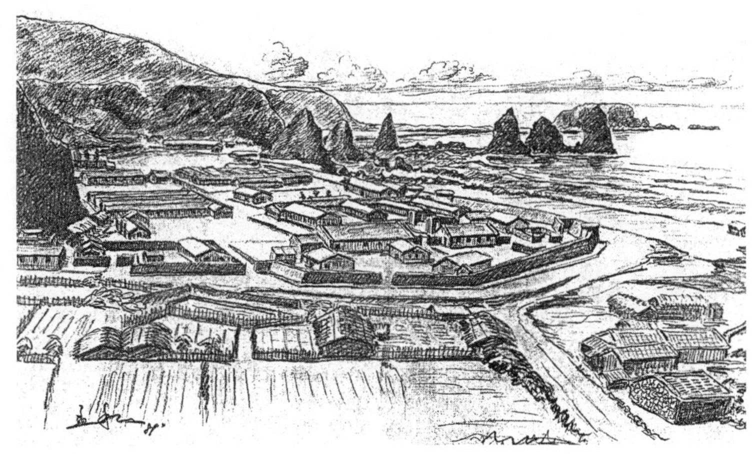

李南锋与邱连和、邱连球三人同被移往绿岛集中营囚禁（陈孟和绘）

体，继续颠覆阴谋。像他这样执迷不悟的人，再予以感训也不可能有什么效果，所以将他提出感训队与李苍降等人同时审理。

蒋蕴瑜：听到浩东被送回"军法处"审理的消息，我感到惶恐不安。因为怕浩东出事，我于是去找丘念台先生，希望丘先生能够设法帮忙。"你放心，"丘先生安慰我说，"没有审判两次的。"

丘念台：当时所捕获的共产党人和嫌疑者，有外省籍的人，也有本省籍的人，其中性质自然有所不同。根据我所了解的，本省籍涉案者多属思想犯，只是有左倾思想而已，很少有参与实际叛乱行动的……像这样的思想犯，确有值得同情之处。

所以在一九五〇年春，我就和省内士绅联名向当局建议，对于本省思想犯，务请稍微从宽处理，给他们以悔过自新之路。这样的做法，是可以得到台省同胞一致感戴的。

蒋蕴瑜：一九五〇年三月一日，蒋介石复职视事，并着手改组"内阁"，提名陈诚任"行政院长"，积极推进反共抗俄的政策。四月，驻海南岛的国民党军队约八万人撤退来台。五月，国民党军队自动放弃舟山群岛基地，将十五万精锐部队撤到台湾。同一时期，万山群岛及闽南东山岛的国民党军队，也纷纷跟着撤退了。

局势至此，是很明显了。

我想，只要浩东不死，不久就可重聚了吧。

然而，六月廿五日，朝鲜战争爆发。第三天，美国总统杜鲁门下令第七舰队巡弋台湾海峡。

从此，历史已经改变了它的轨道。

我也开始调整对浩东的未来的想法。

第九乐章　枪决

大母亲至。她说，看了我就会令她想起阿谢，又说能不能设法让她见一面，则就死了也瞑目，她的身体是那样不济事了。我连忙赔着笑，劝她说，阿谢在那里很好，她可不必挂心。我笑得非常自然而且开心，让她相信，阿谢原就这样的好……

——《锺理和日记》（一九五〇年十二月廿一日，美浓尖山）

审讯与判决

陈庆粹：我是“基隆市工作委员会锺浩东等叛乱案”的审判官。一九五〇年七月中旬，锺浩东、李苍降和唐志堂等同案共十四人，移送到台湾省“保安司令部”军法处结案。八月十一日，我第一次提讯了锺浩东、李苍降与唐志堂等七人。根据当时的“讯问笔录”所载，我和首先出庭的锺浩东的问答如下：

问：姓名事项？

答：锺浩东，男，卅六岁，高雄县人，住八堵基隆中学宿舍，业前基隆中学校长。

问：你到日本留学吗？

答：我到日本明治大学肄业，民国廿七年回来，至廿九年到祖国，卅五年台湾光复回来，任基隆中学校长。

问：你认识詹世平吗？

答：他是我的朋友。卅五年底、卅六年初时由詹介绍我参加共产党。我写了一张自传交他，由上级批准，告诉我。

问：你担任什么工作？

答：我吸收党员的工作。

问：你在保密局供过基隆工作委员会是你负责的吗？

答：是的。叫我同蓝明谷、李苍降三人筹设基隆市工作委员会。

问：工作委员会为何组织？

答：正在筹备，没有具体计划，是分三部分领导，由我及蓝明谷、李苍降三人负责。

问：你领导哪些人？

答：陈仲豪、锺国员、戴芷芳、王阿银、蒋蕴瑜（以上五名是我发展的）、张奕明、罗卓才、廖为卿、张源爵、连世贵十名，由我领导。他们十位都在新生总队管训。

十二月廿一日 農曆十一月十三日 星期四

大母親處。她說，看了我，就令她想起阿謝，又說她不能設法讓她見一面，則就死了也瞑目，她的身体是那樣不濟事了。我連忙陪著笑，劝她說，阿謝在那裡很好，好你不要她掛心。我覺得非常自然而且開心，讓她相信，阿謝是就這樣的好！

然後給她打了一針維他命。她兩足浮腫，又說錢也不行了。

她今年七十三歲。

锺理和手迹

问：蓝明谷部分领导几个人？

答：林献香、王荆树、谢阿冬、锺国辉、萧志明及二湾铁蛇（姓名不详）七名是蓝领导的。

问：李苍降领导多少人？

答：我晓得在钢铁造船厂有四个工人是他领导的，姓名不详。

问：这十四名当中受你领导的吗？

答：跟我有关系的有萧志明、李苍降，其余我不清楚。

问：王荆树呢？

答：王，我晓得他名，不认识他。

问：你说话实在吗？

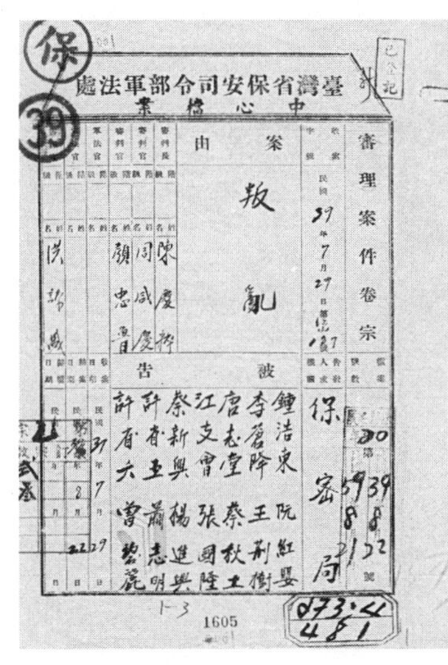

1950 年 7 月 29 日的军法处案卷

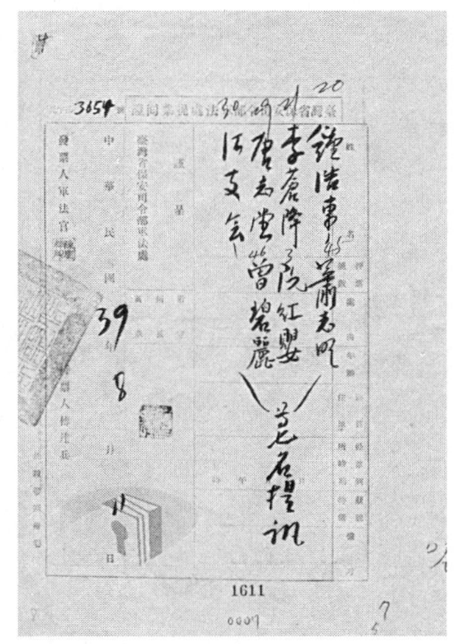

1950 年 8 月 11 日审判官第一次提讯锺浩东等七人

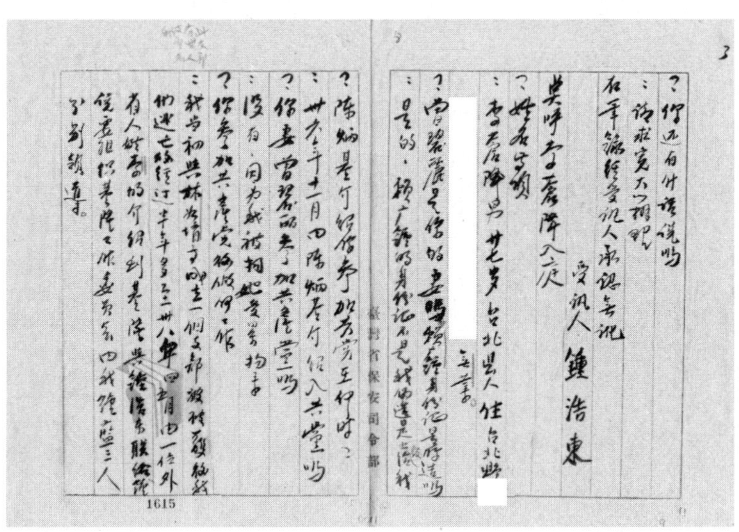

李苍降的“讯问笔录”首页

答：实在的。

锺浩东之后，我接着点呼李苍降入庭讯问。根据原始笔录，李苍降所供与锺浩东有关的内容如下：

一九四九年四五月，由一位外省人姓李的介绍，到基隆与锺浩东联络，锺说要组织基隆工作委员会，由我、锺、蓝三人分别领导。

八月十五日，我再提讯锺浩东，并安排他与王荆树对质。原始的“讯问笔录”如下：

点呼锺浩东入庭。

问：你是锺浩东吗?

答：是的。

问：王荆树是你领导的吗?

答：据蓝明谷对我讲他已参加，但参加不久，这是受蓝领导，不归我领导。

问：蓝明谷将王荆树报告上级吗?

答：蓝对我说王荆树、林献香、谢阿冬等七名要参加可以不可以？我答应他可以。不过后来我被拘了，他们有无报上级我不晓得。

点呼王荆树入庭对质。

问：你是王荆树吗?

答：是的。

问：你说没有参加组织，但锺浩东说蓝明谷对他说王荆树要参加，锺已准了，你可问锺浩东。（王荆树问锺浩东你允许蓝明谷要我参加组织吗？锺答是的。）

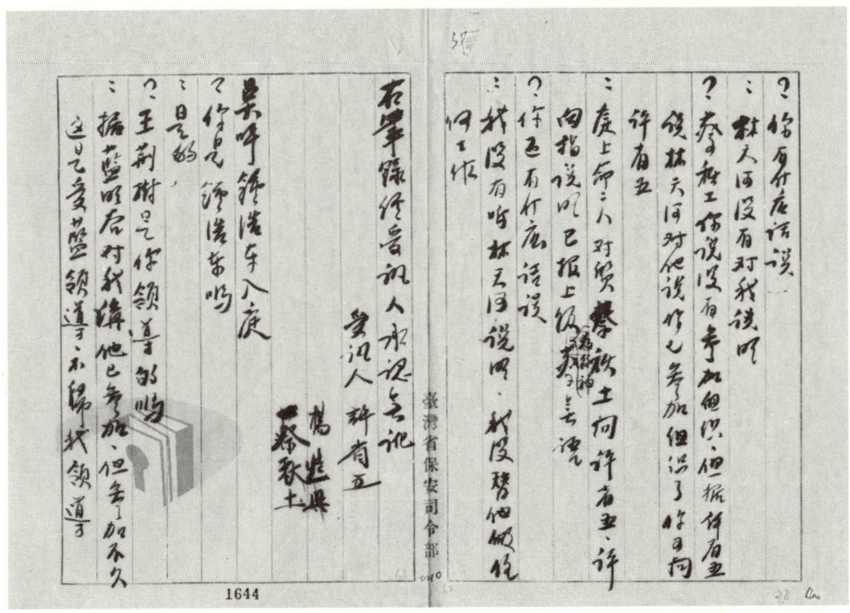

？你有什么话说
：林天河没有对我说吧
？蔡敬士你说没有参加组织、但据许有五
说林天河对他说你已参加组织了你可向
许有五
：庭上命二人对质 蔡敬士向许有五、许
向指说明已报上级
？你还有什么话说
：我没有对林天河说明、我没有
仰上依

右笔录经当讯人承认无讹
当讯人 许有五
蔡敬士
吴呼钟浩东入庭
？你是钟浩东吗
：是的
？王荆树是你领导的吗
：据蓝明谷对我讲他已参加、但参了加不久
这是受蓝领导、不归我领导

臺灣省保安司令部

1644

1950 年 8 月 15 日审判官再提讯锺浩东

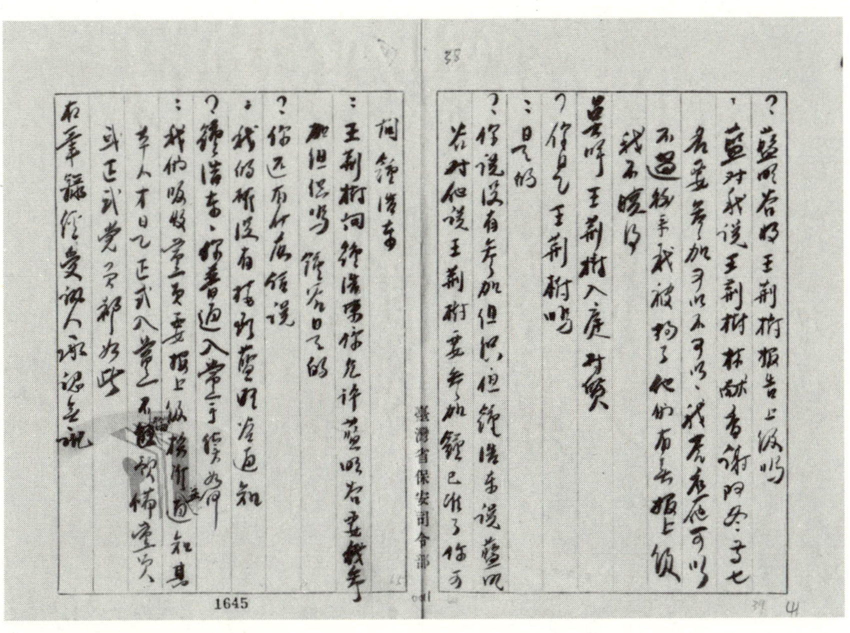

？蓝明谷的王荆树报告上级吗
：蓝对我说王荆树林献香……七
名要参加了……
不过……我被捕了他们有无报上级
我不晓得
吴呼王荆树入庭对质
？你是王荆树吗
：是的
？你说没有参加组织、但钟浩东说蓝明
谷对他说王荆树要参加锺已准了你可

问钟浩东
：王荆树向钟浩东你允许蓝明谷要我参
加组织吗 钟答是了的
？你还有什么话说
：我们所没有接到蓝明谷通知
？钟浩东、你看通入党手续如何
：我们吸收党员要报上级核准通知其
本人才是正式入党、不然被捕虑员、
与正式党员都如此
右笔录经受讯人承认无讹

臺灣省保安司令部

1645

审判官安排锺浩东与王荆树对质

问：你还有什么话说？

答：我的确没有接到蓝明谷通知。

问：锺浩东你普通入党手续为何？

答：我们吸收党员要报上级核准并通知其本人才是正式入党，不论预备党员或正式党员都如此。

八月廿一日，上午八点，台湾省“保安司令部”军法处再将锺浩东等同案共十四名提讯，由我担任审判长，与两名审判官周咸庆和颜忠鲁，共同在第二法庭会审。其中，与锺浩东有关的内容，原始的“会审笔录”摘录如下：

点呼锺浩东入庭。

问：姓名事项？

答：锺浩东，男，卅六岁，高雄县人，住八堵基隆中学宿舍，业前基隆中学校长。

问：你所领导的有几个支部？

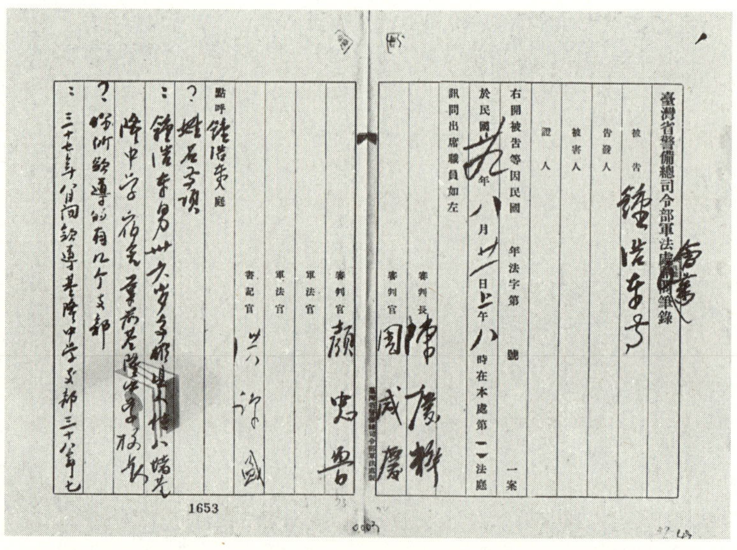

臺灣省警備總司令部軍法處會審筆錄

被告 鍾浩東等

告發人

被害人

證人

右開被告等因民國　年法字第　號　一案

於民國卅九年八月廿一日上午八時在本處第二法庭

訊問出席職員如左

審判長

審判官 周咸慶

審判官 顏忠魯

軍法官

軍法官

書記官

點呼鍾浩東入庭

？姓名事項

：鍾浩東男卅六歲高雄縣人住八堵基隆中學宿舍業前基隆中學校長

？你所領導的有幾個支部

：三十七年……領導基隆中學支部三十八年七

1653

1950 年 8 月 21 日台湾省“保安司令部”军法处会审锺浩东等同案共十四名

答：卅七年八月间领导基隆中学支部，卅八年七月间与蓝明谷、李苍降筹组基隆市工作委员会。

问：你领导的只是锺国员等十名吗？

答：是的。

问：现在新生总队管训还有几个？

答：还有四个人。

问：你还做过其他工作吗？

答：没有。

问：你平常吸收党员叫他们去调查何工作吗？

答：没有，只是吸收党员，没有其他活动。

他们十四人一一个别讯问之后，我又点呼锺浩东和李苍降入庭，讯问他们家里的财产状况。锺浩东说，他家里有“妻一母一儿二”，“没有产业”，“住岳母家”。

会审结束了。锺浩东等十四人又被还押。我与两名审判官，以及书记官洪源盛，随即在军法处会议室召开该案评议会。评议结果是锺浩东、李苍降系台湾共产党骨干，广收党员，图谋不轨，应处极刑。

八月廿二日，我与台湾省“保安司令部”军法处审判官周咸庆与颜忠鲁，根据“锺浩东等案评议录”，草拟完成该案判决书，其中：

锺浩东、李苍降连续共同意图以非法方法颠覆政府而着手实行，各处死刑，各褫夺公权终身，全部财产除酌留家属必需生活费外各予没收。

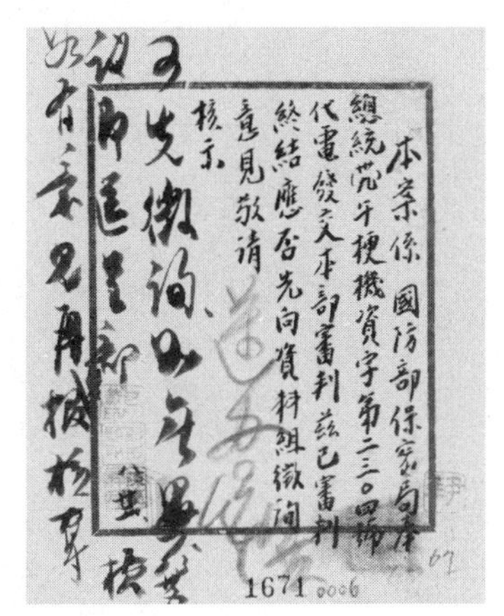
本案係 國防部保密局奉
總統[illegible]機資字第二三〇四號
代電發交本部審判茲已審判
終結應否先向資料組徵詢
意見敬請
核示

便条

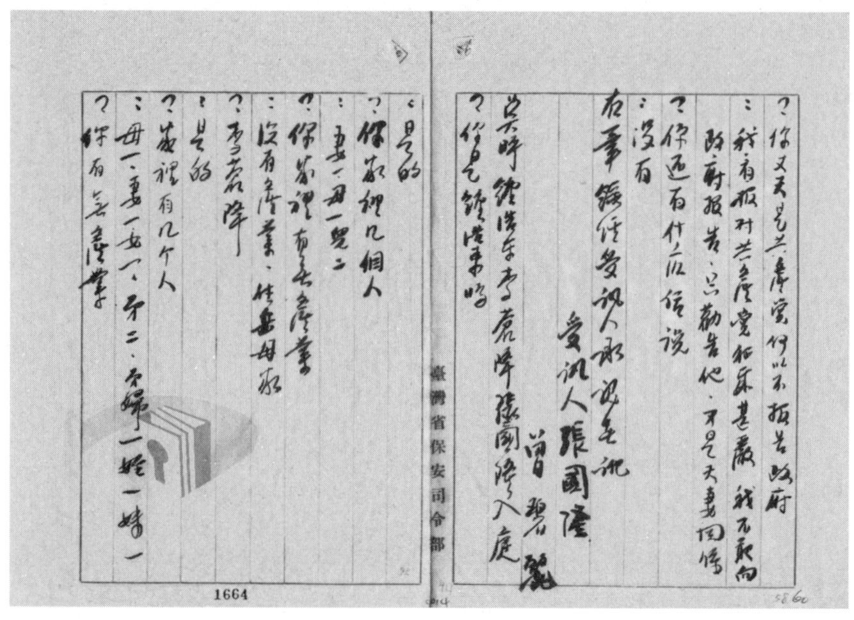
？你丈夫是共產黨何以不報告政府
：我看報刊共產黨實在厲害，我不敢向政府報告，只勸告他，可是夫妻間情
？你還有什么話說
：沒有
右筆錄經受訊人承認無訛
受訊人 張國隆
曾碧麗
此時 鍾浩東李蒼降張國隆入庭
？你是鍾浩東吗
：是的
？你家裡几個人
：妻一、母一、兒二
？你家裡有無產業
：沒有產業，依靠母親
？李蒼降
：是的
？家裡有几个人
：母一、妻一、女一、子二、弟婦一、姪一、妹一
？你有無產業
臺灣省保安司令部
1664

审判官讯问锺浩东和李苍降家里的财产状况

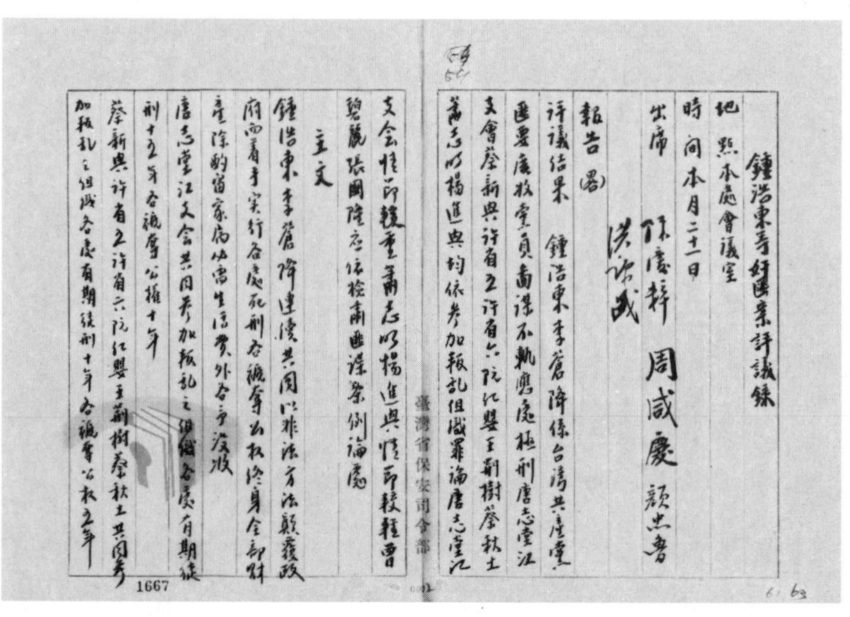
鍾浩東等叛亂案評議錄
地點 本處會議室
時間 本月二十一日
出席 林[illegible] 周咸慶 顏忠魯 洪[illegible]
報告（略）
評議結果 鍾浩東李蒼降係台灣共產黨匪黨廣發黨員，畫謀不軌，應處極刑。唐志堂江支會蔡新興許省五許省六阮紅嬰王莉樹蔡秋土蕭志明楊進興均依參加叛亂組織罪論。唐志堂江支會情節較重，蕭志明楊進興情節較輕，曹碧麗張國隆應依檢肅匪諜條例論處
主文
鍾浩東李蒼降連續共同以非法方法顛覆政府而着手實行，各處死刑，各褫奪公權終身，全部財產除酌留家屬必需生活費外各予沒收
唐志堂江支會共同參加叛亂之組織，各處有期徒刑十五年，各褫奪公權十年
蔡新興許省五許省六阮紅嬰王莉樹蔡秋土共同參加叛亂之組織，各處有期徒刑十年，各褫奪公權五年
臺灣省保安司令部
1667

军法处评议会评议结果

判决书草拟之后，我随即呈送台湾省“保安司令部”军法处长包启黄，并附便条说明：

本案系“国防部保密局”奉“总统”（卅九）午梗机资字第二三〇四号代电发交本部审判，兹已审判终结，应否先向数据组征询意见，敬请核示。

八月廿八日，台湾省“保安司令部”军法处长包启黄“核判”了我与审判官周咸庆、颜忠鲁共同草拟的判决书。

八月廿九日，台湾省“保安司令部”以“兼司令”吴国桢与“副司令”彭孟缉的名义，将“锺浩东等叛乱案”卷判发文“总统府”机要室资料组。

九月二日，“总统府”机要室资料组回复台湾省“保安司令部”：

本案既经依法拟判本组无意见。

九月九日，台湾省“保安司令部”再将“锺浩东等叛乱一案罪刑”卷判呈奉“国防部”参谋总长周至柔批示。

周至柔：九月廿一日，我核准锺浩东等叛乱一案罪刑，并要“保安司令部”将执行锺浩东、李苍降二名死刑日期具报备查。与此同时，我还特别批示：“基隆中学校长按其地位应签请‘总统’核示。”

九月廿九日，我根据台湾省“保安司令部”检呈的“锺浩东等叛乱一案”卷判，经审核供证，所判均尚无不合，拟予照准，并检同原卷判签请“总统”蒋鉴核示遵。

十月四日，“总统”核示：

查本案被告唐志堂系于民国卅七年参加共匪组织据供且有

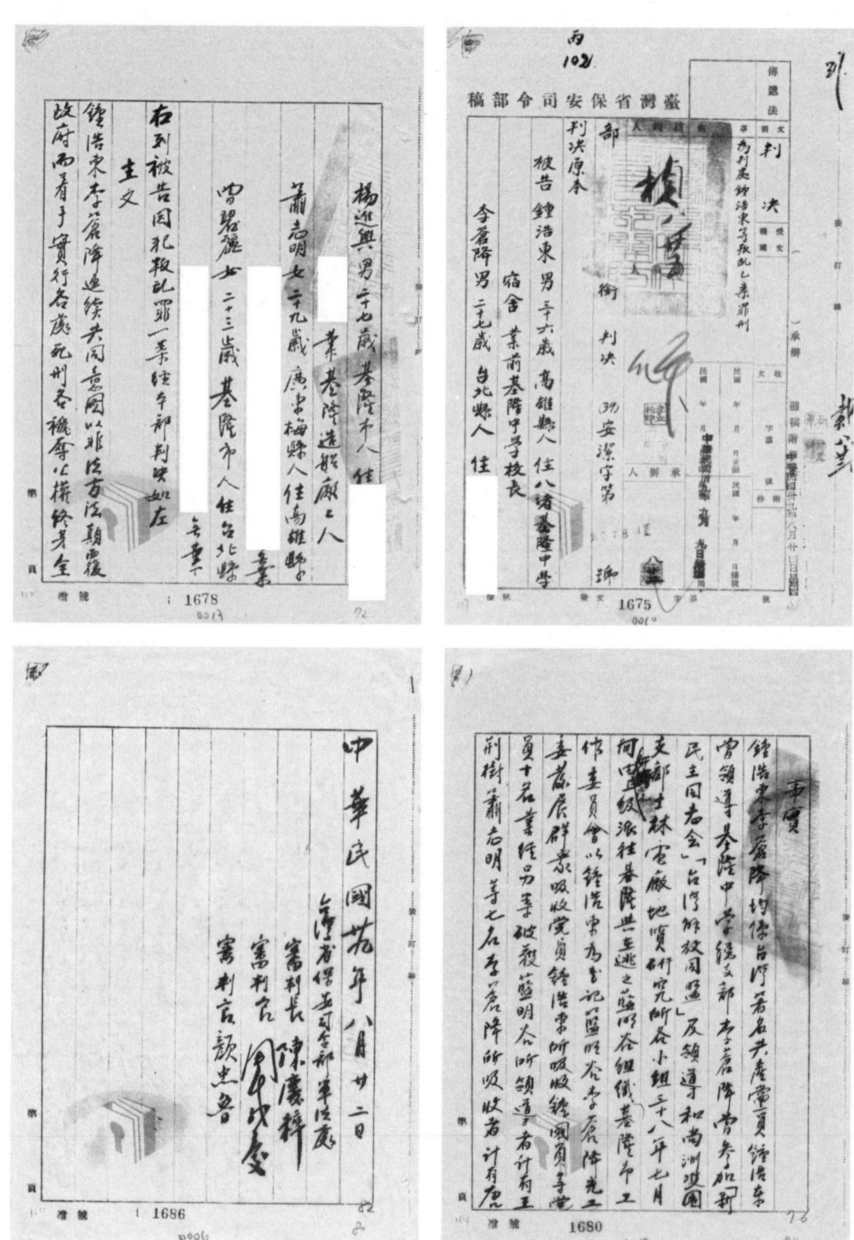

臺灣省保安司令部稿

判決原本

部 衔 判決 (39)安潔字第 號

被告 鍾浩東 男 三十六歲 高雄縣人 住八堵基隆中學宿舍 業前基隆中學校長

李蒼降 男 二十七歲 台北縣人 住

1675

楊進興 男 二十七歲 基隆市人 住 業基隆造船廠工人

蕭志明 女 二十九歲 廣東梅縣人 住高雄縣 業

曾碧麗 女 二十三歲 基隆市人 住台北縣 無業

右列被告因犯叛亂罪一案經本部判決如左

主文

鍾浩東李蒼降連續共同意圖以非法方法顛覆政府而着手實行各處死刑各褫奪公權終身全

1678

事實

鍾浩東李蒼降均係台灣著名共產黨員鍾浩東曾領導基隆中學支部李蒼降曾參加「新民主同志会」「台灣解放同盟」及領導和尚洲支部士林電廠地質研究所各小組三十八年七月間由上級派往基隆世垂之藍明谷組織基隆市工作委員會以鍾浩東為書記藍明谷李蒼降為委員十名業經另案破獲藍明谷所領導者計有王荊樹蕭志明等七名李蒼降所吸收者計有唐

1680

中華民國卅九年八月廿二日

臺灣省保安司令部軍法處

審判長 陳慶粹

審判官 周咸慶

審判官 款忠曾

1686

1950 年 8 月 22 日军法处审判官草拟完成（三九）安洁字第二〇八七号判决书

吸收党员之活动恶性甚大核其犯罪情节与仅消极的参加叛乱组织之情形不同除唐志堂一名应以共同意图非法方法颠覆政府而着手实行改处死刑并没收财产外余均准照签拟办理可也。

十月十一日，我再发文台湾省“保安司令部”，告知“锺浩东等叛乱一案罪刑”已奉“总统”核定，希遵照执行，并将执行死刑日期报备。

陈庆粹：十月十三日，台湾省“保安司令部”于是由“总司令”吴国桢、“副司令”彭孟缉署名，以最速件发出部衔布告：

一、被告锺浩东、李苍降、唐志堂“共同意图以非法方法颠覆政府而着手实行”，经“保密局”侦悉解送本部审理明确，各判处死刑，各褫夺公权终身，全部财产除酌留其家属生活必需外没收，报奉“国防部”核准立案。

二、验明该锺浩东、李苍降、唐志堂正身，发交宪兵第四团，于本（十四）日绑赴刑场执行枪决。

与此同时，又以部衔代电发文宪兵第四团李团长，告知“国防部”业已核准“锺浩东李苍降唐志堂三名叛乱一案”判决，定于十月十四日上午六点三十分宣判执行。本部除派军法官陈庆粹莅场监刑外，希该团即派员率兵准时前来本部军法处，将锺浩东、李苍降、唐志堂三名绑赴马场町刑场，执行枪决具报。

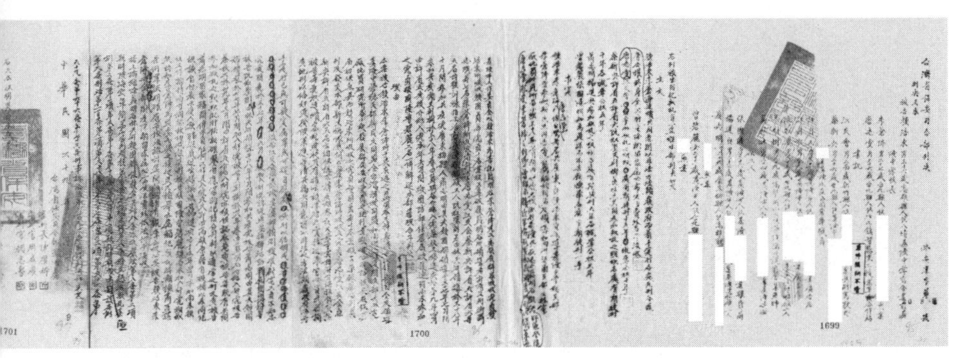

唐志堂改判死刑的判决书

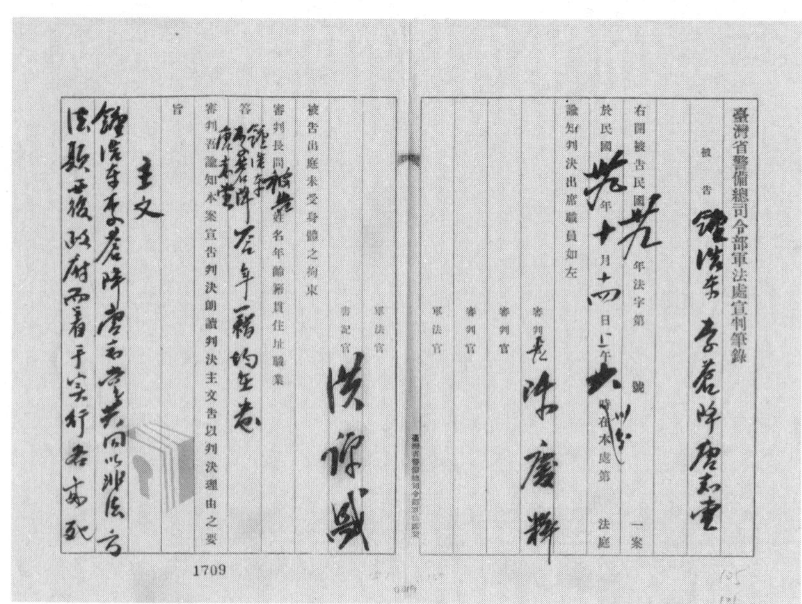

臺灣省警備總司令部軍法處宣判筆錄

被告 鍾浩東 李蒼降 唐志堂

右開被告民國 卅九 年法字第 號 一案

於民國 卅九 年 十 月 十四 日 上午 六 時在本處第 法庭

諭知判決出席職員如左

審判長 [illegible]

審判官

審判官

軍法官

軍法官

書記官 [illegible]

被告出庭未受身體之拘束

審判長問被告姓名年齡籍貫住址職業

答 鍾浩東 李蒼降 唐志堂 年籍均在卷

審判長諭知本案宣告判決朗讀判決主文告以判決理由之要旨

主文

鍾浩東李蒼降唐志堂共同以非法方法顛覆政府而着手實行各處死刑 [illegible]

1709

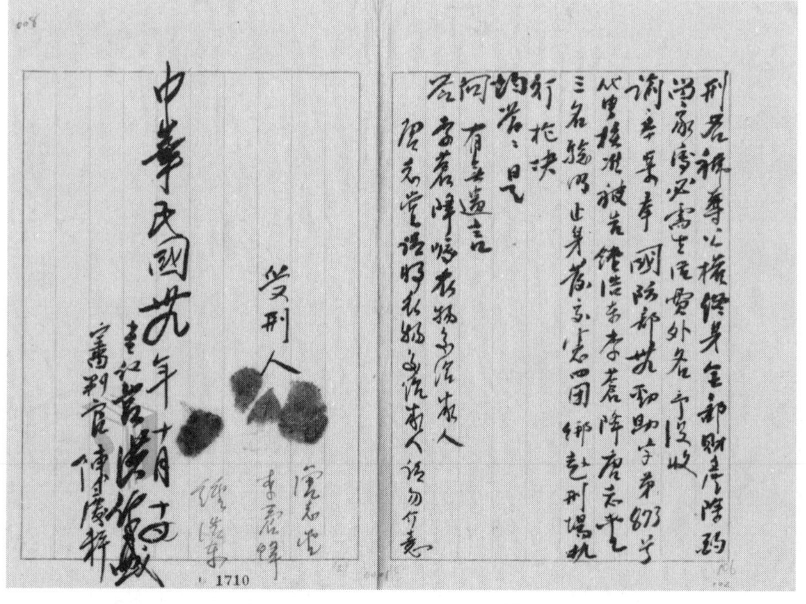

[illegible]

問 有無遺言

答 [illegible]

中華民國卅九年十月十四日

書記官 [illegible]

審判官 [illegible]

受刑人 鍾浩東 李蒼降 唐志堂

1710

宣判笔录

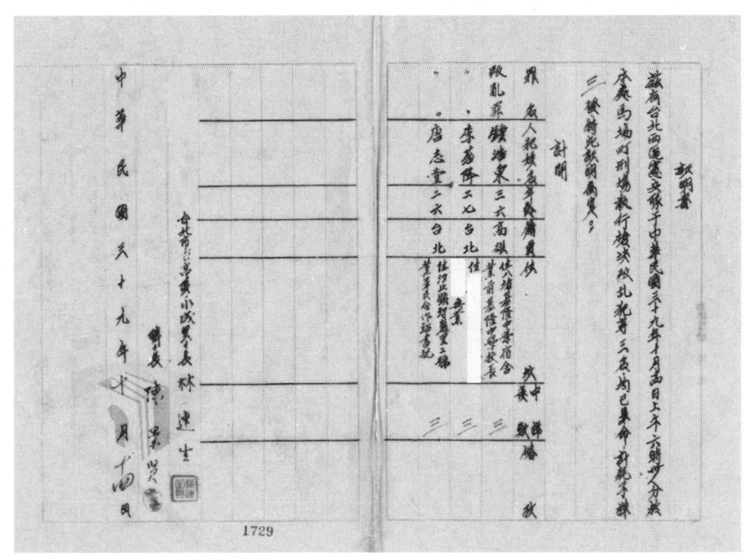

證明書

茲有台北西區憲兵隊于中華民國三十九年十月十四日上午六時卅分於本處馬場町刑場執行槍決叛亂犯等三名均已畢命計耗子彈三發

特此證明屬實

計開

罪名	人犯姓名	年齡	籍貫	職業	中彈數	備考
叛亂罪	鍾浩東	三六	高雄	基隆中學校長	三	
〃	李蒼降	二九	台北	[illegible]	三	
〃	唐志堂	二六	台北	[illegible]	三	

台北市古亭區永成里里長　林連生

鄰長　陳[illegible]

中華民國三十九年十月十四日

1729

里长证明书

最后，再以部衔代电发文台北市政府吴三连市长，令其备棺三具，届时雇工抬往马场町刑场收尸掩埋并见复。

十月十四日，上午六点，我将锺浩东、李苍降、唐志堂三名各提庭宣判，验明正身，然后发交宪兵第四团，绑赴马场町刑场，执行枪决。

王才金：我是宪兵第四团第一连西区宪兵队队长。十月十四日上午六点，我亲率少尉排长林世杰与十五名士兵，将叛乱犯锺浩东等三名绑赴马场町刑场，执行枪决，各中三弹毙命，任务完毕，并无事故发生。

林连生：我是台北市古亭区永成里里长。兹有台北西区宪兵队于一九五〇年十月十四日上午六点卅分于本处马场町刑场执行枪决叛乱犯等三名，均已毙命，计耗子弹三发，特此证明属实。

桂华岳：我是台北市卫生院院长。我奉台湾省“保安司令部”（三九）安戒字第〇一〇二号代电所嘱，于十月十四日上午六点三十分派工备棺抬往本市马场町刑场，收埋执行死刑人犯尸身三具，业经转饬极乐殡仪馆收殓完毕。

诀 别

蒋蕴瑜：终于，该来的还是来了。十月十四日，一大早，军法处派人来通知，要我们到殡仪馆领尸。戴家生父和妹妹去了。他们不让我去，要我待在家里。七点左右，有个通车上学的甥儿，在火车站的枪决告示上看到浩东的名字，急急忙忙跑回来告诉我。

“我已经知道了。”我平静地说。

父亲和妹妹在殡仪馆的停尸车上看到三副棺材。他们是浩东和他的同志李苍降与唐志堂。棺材是公家的，殡仪馆却

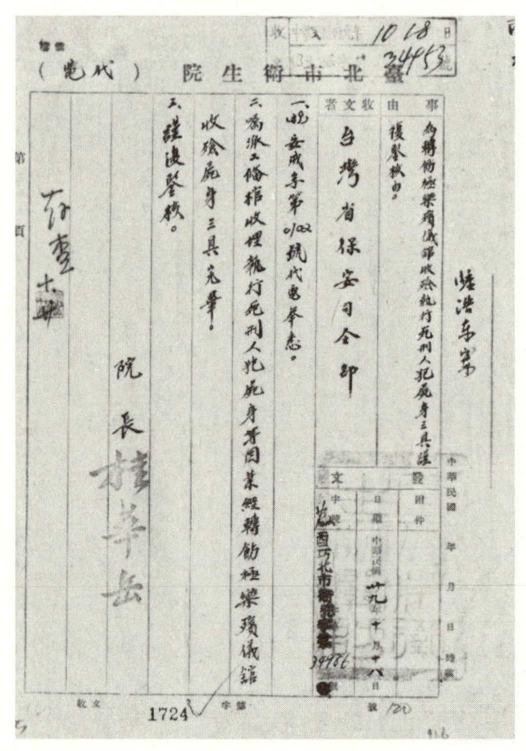

臺北市衛生院（電代）

事由：為將飭極樂殯儀館收殮執行死刑人犯屍身三具請 覆鑒核由。

收文者：台灣省保安司令部

一、𠩄安戒字第102號代電奉悉。

二、為派工備棺收埋執行死刑人犯屍身等因業經轉飭極樂殯儀館收殮屍身三具完畢。

三、謹復鑒核。

院長

鍾浩東等

中華民國卅九年十月十八日

1724

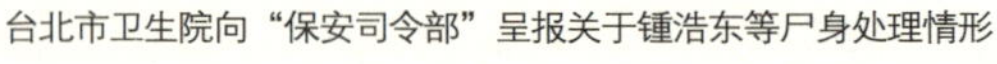

台北市卫生院向“保安司令部”呈报关于锺浩东等尸身处理情形

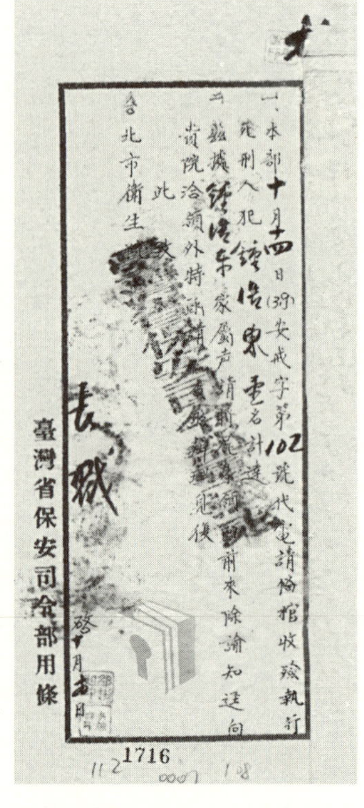

一、本部十月十四日(39)安戒字第102號代電請備棺收殮執行死刑人犯鍾浩東等三名計達

二、茲據鍾浩東家屬聲請……前來除諭知逕向貴院洽領外特……

此致

台北市衛生院

臺灣省保安司令部用條

1716

“保安司令部”致台北市卫生院关于锺浩东家属领尸声请事

匪諜三名

鍾浩東　李蒼降　唐志堂

昨日伏法

從犯多名處刑

1950 年 10 月 15 日《“中央日报”》关于锺浩东、李苍降、唐志堂枪决的报导

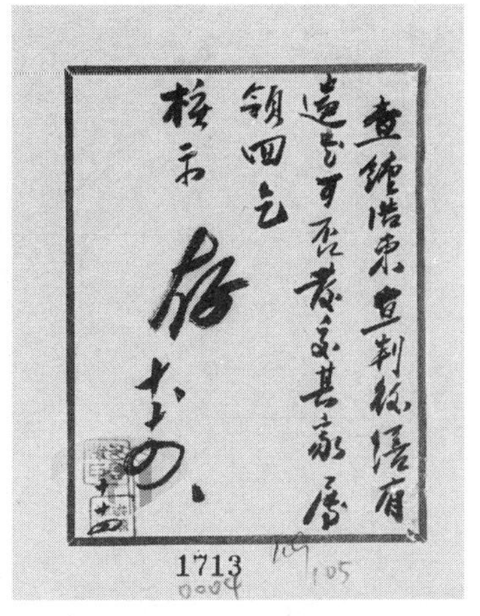

1713

军法处关于锺浩东遗书的处理文书

大敲竹杠，要价七百多块。那时候，一钱黄金也不过三十几块。父亲身上只有二三十块钱，妹妹只好回来拿钱。

妹妹告诉我说浩东挨了三枪，都在胸部，额头许是倒地时碰了点伤，手里还抓了一把土。我想，打在胸口，死得较快，没有那么痛苦吧。妹妹又说，她在殡仪馆遇见最后审判的法官。

“劝你姐姐，叫她不要太悲伤。”法官对妹妹说。

浩东的尸身送回家时，打开棺板，我们惊讶地发现两封夹在棺材板间的遗书，一封是写给母亲的，另一封则是写给我的：

母亲，不见母亲的慈颜，已一年多了。这期间我虽在不自由的环境中，无时不在想念着汝，母亲的健康，母亲的日常起居，在在都使我怀念。叶落秋风的时候了。汝好吧！

前星期，我给理义一封信，他告诉汝吗？母亲，汝年纪已那么高了，理义弟已长成，最好凡事汝不要去多管，他自然会一天一天进步，他不是一个愚昧不出息的人，遇到困难的日子，自然会改进过去一切不良习惯。

母亲，我实在对不起汝，一辈子我只给汝痛苦，从未好好侍候过汝，现在我只能请汝原谅。

九妹姊，我也有信给她，她天性友孝，家境还好，汝老人家有时不妨到她家里住，她对我的爱情，使我衷心感激，并且对于过去的疏淡，觉得很难过，但是大姊是会原谅我的，因为在心里，我是常常在想着她正和想着母亲一样。

蕴瑜和东、民二儿的现况，汝明了吧！蕴瑜经常有信给汝吗？前星期四，蕴瑜带二儿来看我，已长得很活泼可爱。几个月前，蕴瑜曾经告诉我，要带民儿回南部，去给汝看一面。汝看过了吧！我希望汝们很快的能住在一起。她每天要送东西来给我，家庭生活相当辛苦。

不过，汝老人家也不避挂虑那么多啊！我身体幸得还很好，请安心，完了。祝汝平安。

不孝儿浩东手启。九月廿五日。

蕴瑜，我以很沉重的心情来写这封信给汝。汝我共处已有十三年，时间不短不长，而且抗战期间在极端艰苦困厄的环境中，以汝孱弱的身体，共同甘苦，竟挨过差不多十个年头，在工作中，在养育小孩的事情上面，汝都没有我多少帮助，尽了汝的责任。

光复后返台，汝我又以工作的关系，不能常在一起，家庭的琐务，全由汝负担，这是委屈了汝的。这一年来，更难为汝了。我实在不敢去设想汝们如何生活，在接见的时候，我觉得汝似乎更瘦了。一切的一切说来都是不幸的。

但是蕴瑜；我们也曾有不少美丽珍爱的过去，那些回忆与感怀时常要把我沉重的心情变松得多。蕴瑜；在困苦的环境中还是找些愉快吧！忍耐能克服不少困难，它能增进人的活力。

蕴瑜；请不要惊骇，也不要悲伤，我告诉汝一个设想——当然汝我都希望它是架空的、不会兑现的设想——我的着落发生汝最不愿意的情形！那汝将如何呢？

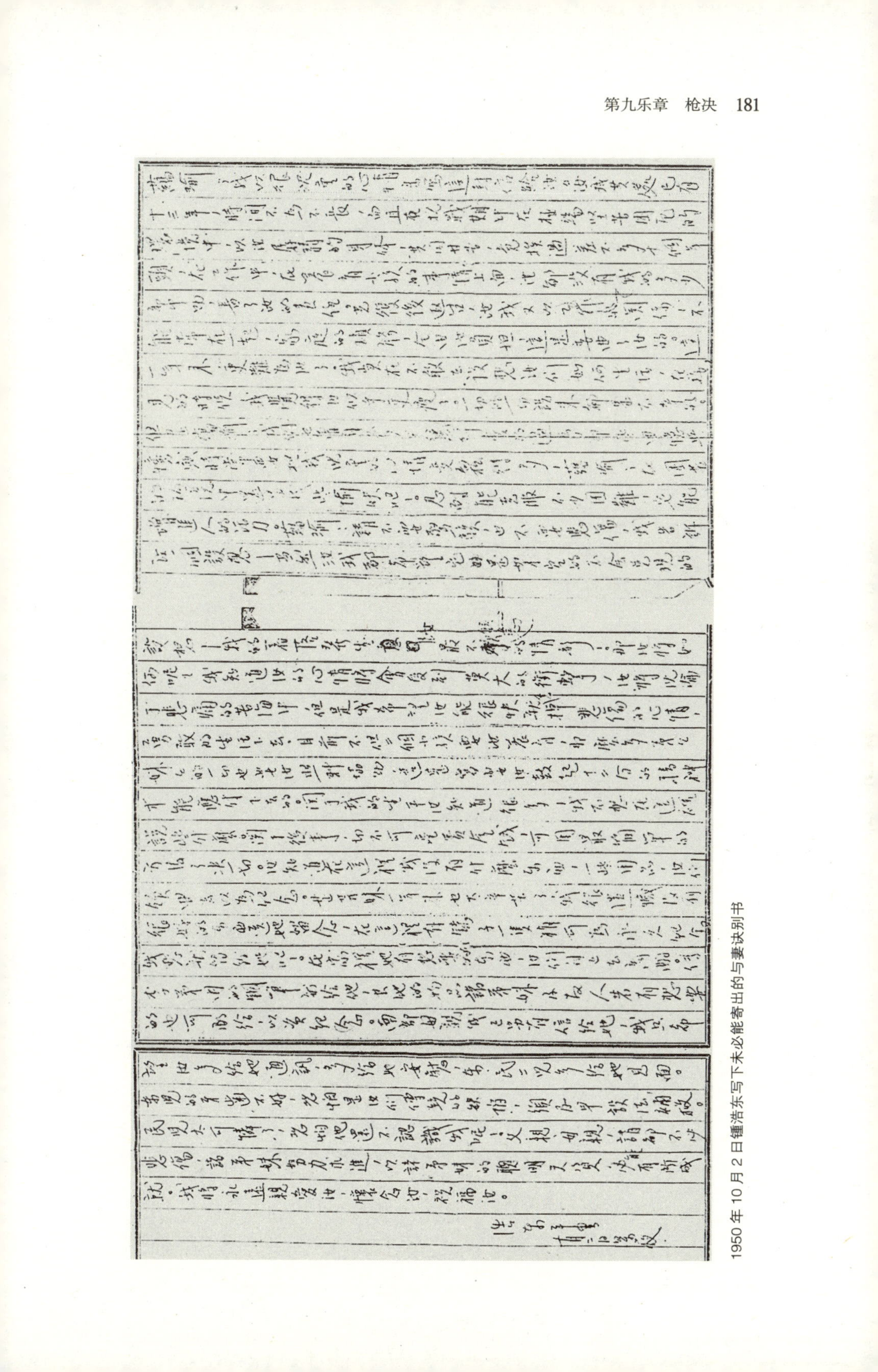

1950年10月2日锺浩东写下未必能寄出的与妻诀别书

我知道汝的心情将会受到莫大的冲击，汝将沉沦于悲痛的苦海中，但是我希望汝能很快就丢掉悲伤的心情，勇敢的生活下去。

……

关于我们的生平，汝知道很多，我不想在这里说些什么。关于后事，切不可耗费金钱，可用最简单的方法了决一切。汝知道，在这里我没有什么东西，一些用品，汝们领回去，以为纪念……

南部母亲我已另有信给她，我只希望汝多给她通讯，多给她安慰，东、民二儿多给她见面。东儿的牙齿不好，恐怕是汝们传统的缺陷，须及早设法补救。民儿太可怜了，恐怕他还不认识我呢！

父亲、母亲，请都不必悲伤，诸弟妹努力求进，以诸弟妹的聪明天资，必能有所成就。我将永远亲爱汝怀念汝，祝福汝。

浩东手书。十月二日深夜。

佛祖的骨灰

蒋蕴瑜：浩东被枪决之后，我虽然处于一种巨大的悲伤之中，仍然强忍着，四处筹钱，给他办理后事。原先，我身上还存有一些钱。可我出狱后，这些钱，给基中那些仍拘押在军法处看守所的外省教职员送菜，全花完了。后来，我向亲友借了点钱，在归绥街风化区巷口摆个小摊，卖红豆饼营生。在押的浩东知道这事后，即刻写信给南部老家的里义，要他处理名下的一片山林地。一九四三年八月卅一日公公过世，留了一份遗产给浩东。原先，浩东是不肯要这份父亲留下来的遗产的。因为族亲长老的坚持，他也不好破坏规矩，就把名下的财产交给弟弟里义去经营。里义收到浩东从狱中寄出来的信后，

晚年的锺番薯（中坐者）犹在开山垦荒，1943年8月31日过世后留了一份遗产给锺浩东

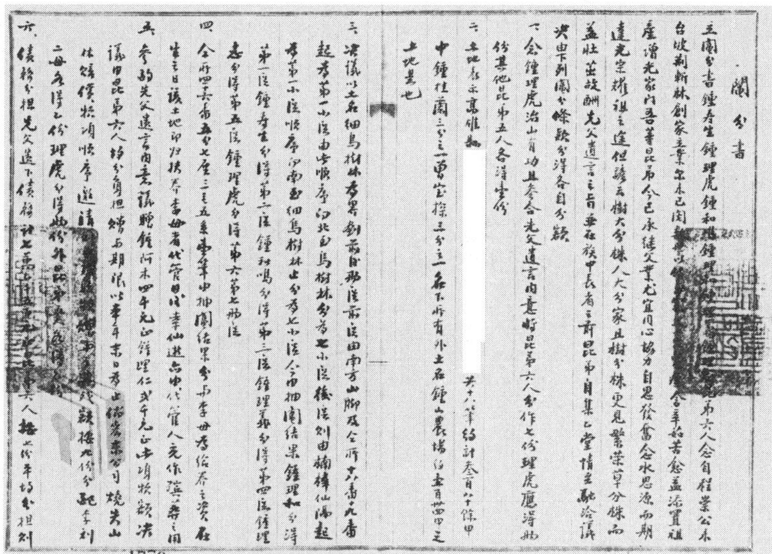

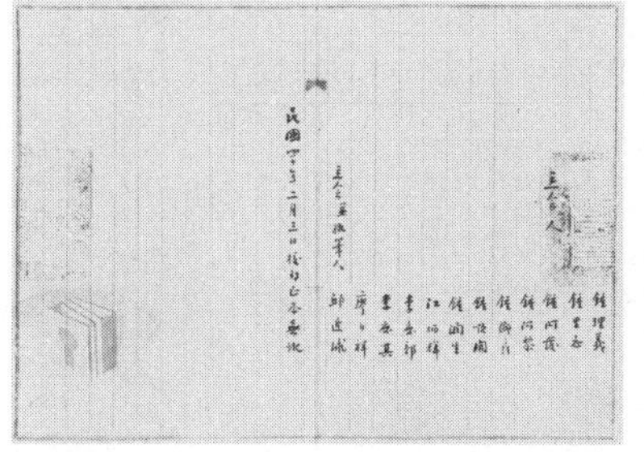

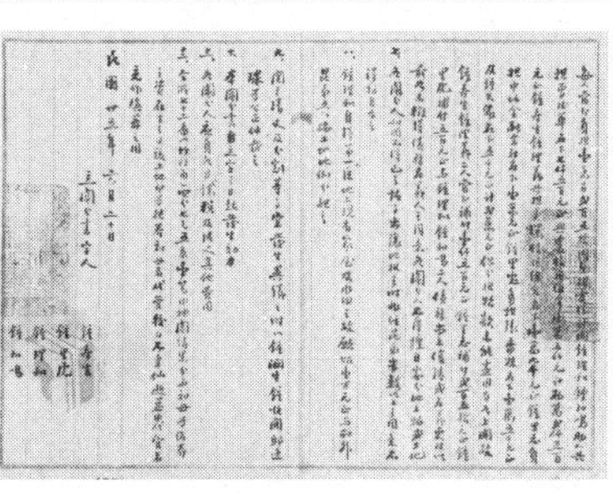

1946年6月20日锺浩东与兄弟共立的财产阄分书

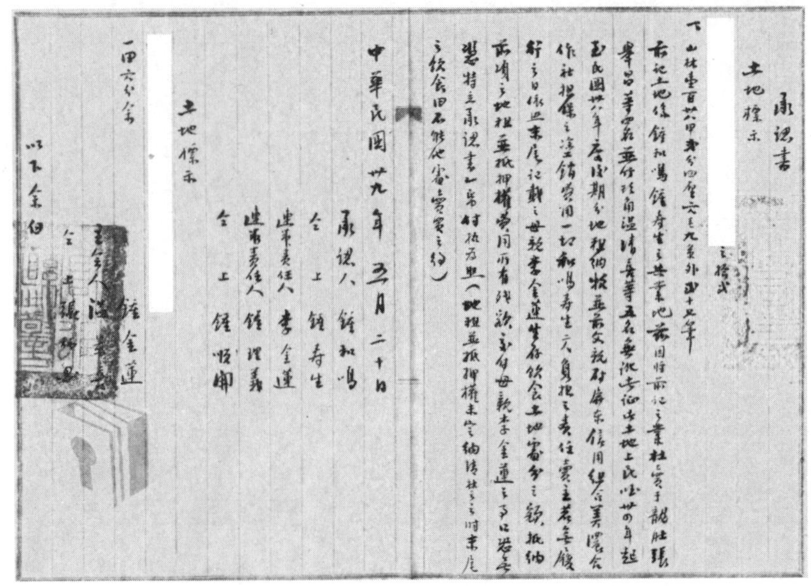

承認書

土地標示

中華民國卅九年五月二十日

承認人　鍾和鳴

仝　上　鍾寿生

連帯責任人　李金蓮

連帯責任人　鍾理義

仝　上　鍾悟卿

1950 年 5 月 20 日锺浩东名下山林变卖承认书

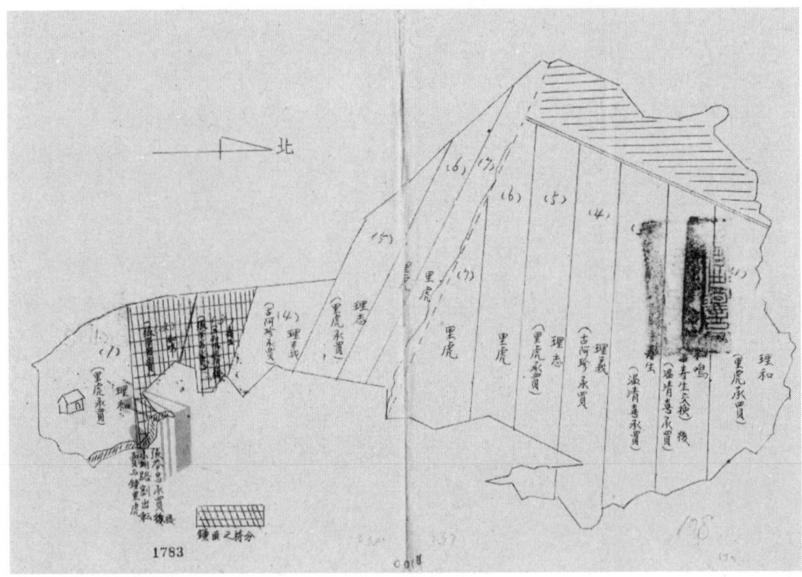

锺浩东名下山林地目图

战后的台湾“满目凄凉”。图为日据末期被炸毁的台大医院营养部及锅炉房

光复初期基隆中学全景

青年锺理和

就读台南师范的蓝明谷（1919—1952）

方弢与张奕明夫妇

基中老师全都住在学校后山空间十分拥挤狭小的宿舍。图为日据时期位于学校后山的神社

基中学生自治会图书室里收藏的绝大多数都是“红书”

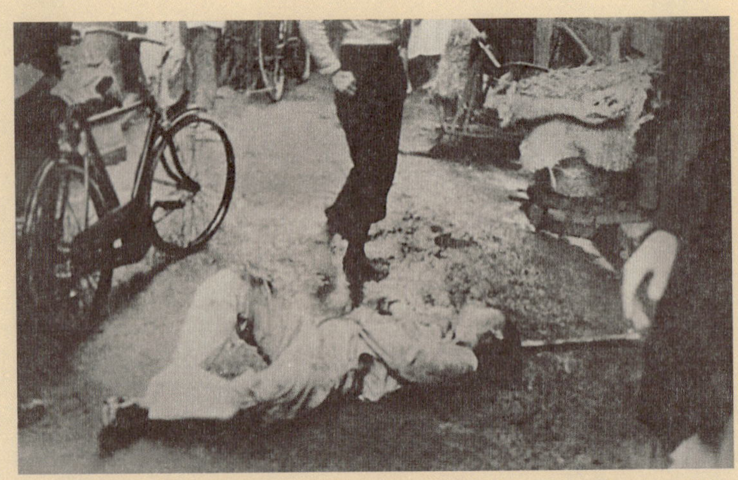

“二二八”事件的街头现场（台湾民众文化工作室收藏）

火烧专卖局总局现场之一（台湾民众文化工作室收藏）

中華民國三十八年四月七日

整頓學風·維護青年
陳兼總司令發表談話
望各方今後能善盡其責
家長昨集會討論協助整頓學風

1949 年 4 月 6 日，军警武装进入师范学院与台大男生宿舍，强行逮捕大批学生，镇压学运，整顿学风

1949 年 7 月锺浩东校长（第一排左五）与基隆中学师生的最后一帧纪念照（台湾民众文化工作室收藏）

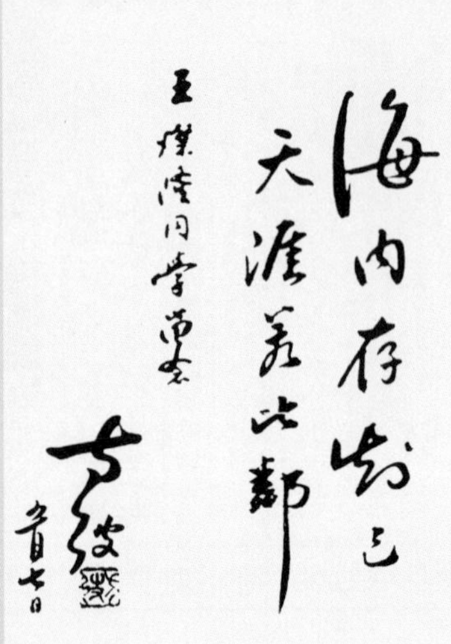

方弢给学生的签名留言

1949 年 9 月 9 日早上，军警包围基隆中学校舍后山

“二二八”前夕的蒋碧玉怀抱满月后的三子与两个妹妹

蒋碧玉释放出狱后寄两个幼子的照片给狱中的锺浩东报平安（台湾民众文化工作室收藏）

锺浩东的“讯问笔录”首页

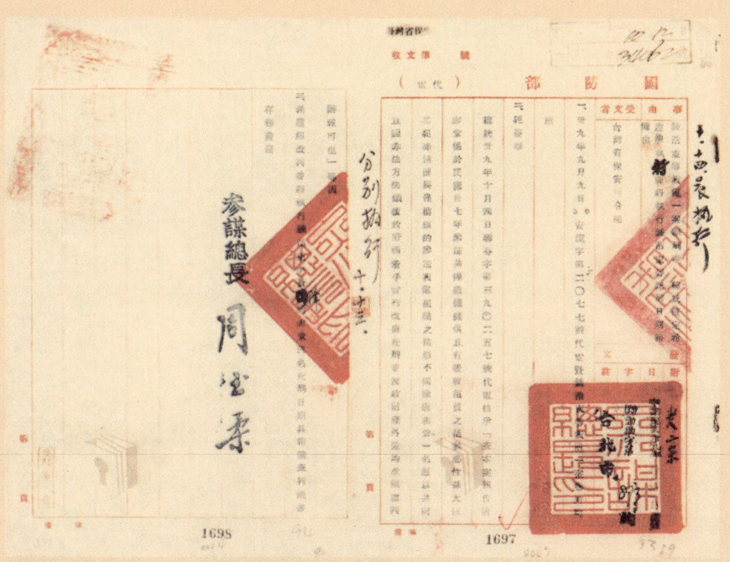

1950 年 9 月 21 日“国防部”批准锺浩东、李苍降二名死刑

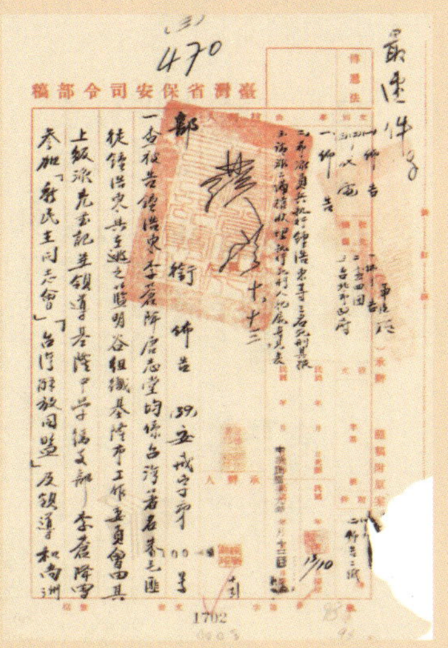
臺灣省保安司令部稿

1702

1950 年 10 月 13 日台湾省“保安司令部”以最速件发出枪决布告

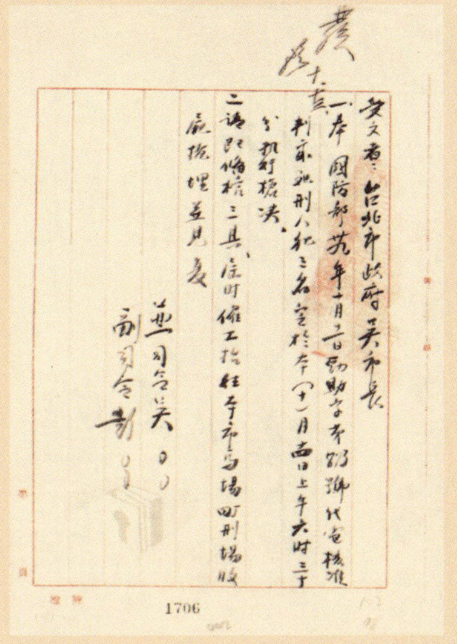
1706

台湾省“保安司令部”发文台北市政府前往刑场收尸

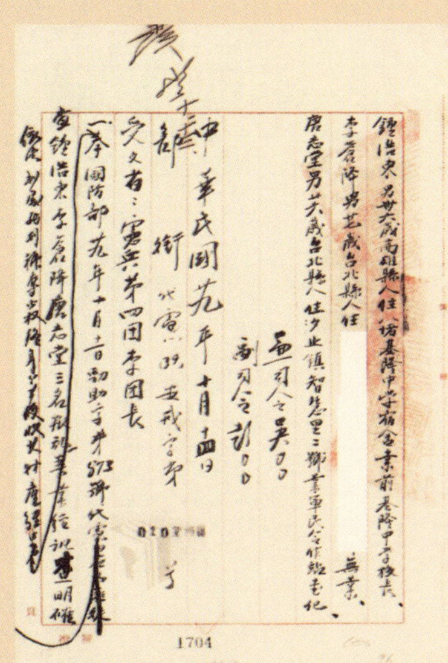
1704

台湾省“保安司令部”发给宪兵第四团李团长的代电

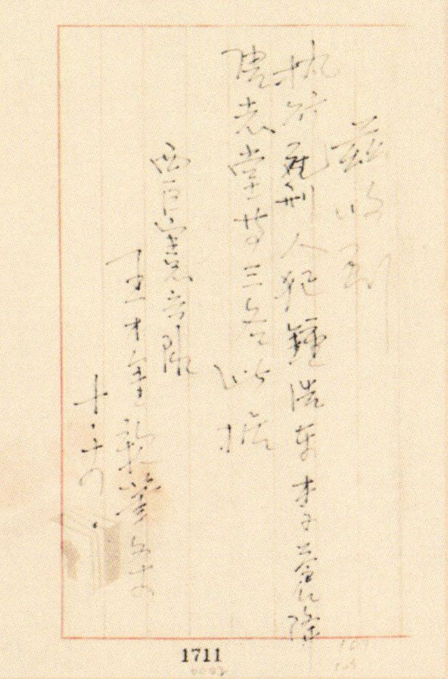
1711

宪兵队长的收条

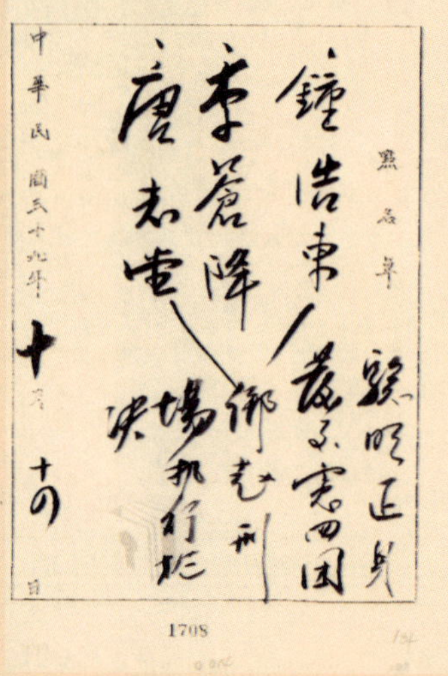

點名單

鍾浩東　李蒼降　唐志堂

驗明正身發交憲四團鄉赴刑場執行槍決

中華民國三十九年十月十四日

1708

点名单

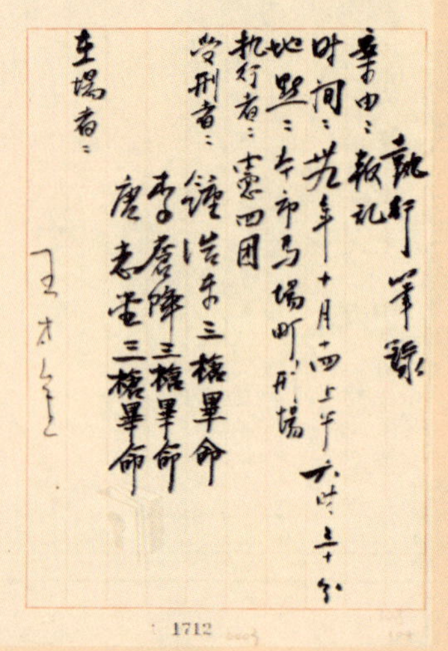

執行筆錄

事由：執行

時間：卅九年十月十四上午六時三十分

地點：台市馬場町刑場

執行者：憲四団

受刑者：鍾浩東三槍畢命　李蒼降三槍畢命　唐志堂三槍畢命

在場者：王本金

1712

宪兵队长的执行笔录

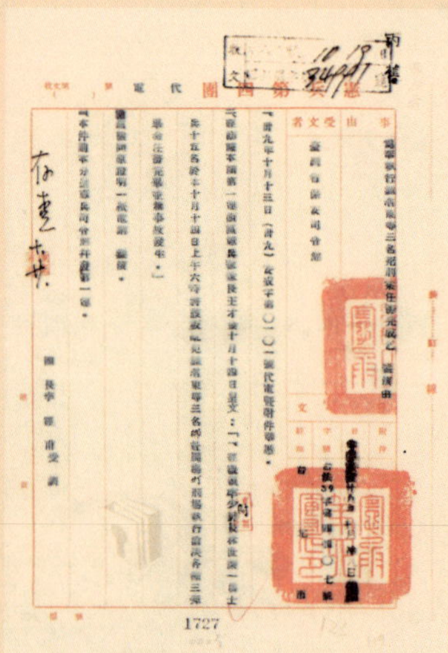

1727

宪兵第四团执行枪决后的回报

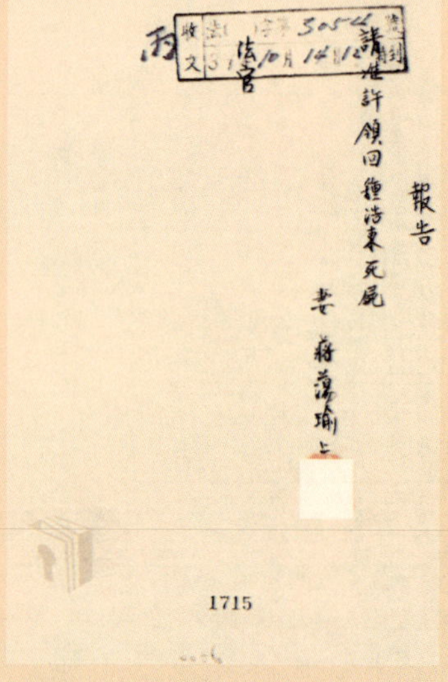

報告

請准許領回鍾浩東死屍

妻　蔣蘊瑜　上

1715

蒋碧玉的领尸报告

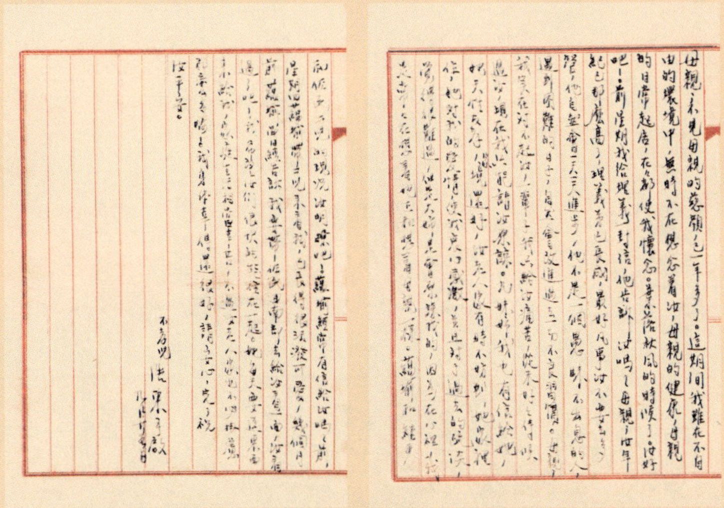

锺浩东于 1950 年 9 月 25 日写给母亲的遗书

锺浩东枪决后，虚岁三十的蒋碧玉在归绥街风化区巷口摆摊营生，抚养两个幼儿（台湾民众文化工作室收藏）

1988 年蒋碧玉与李南锋在美浓锺家家墓祭拜锺浩东

1988 年，李南锋、李旺辉、邱连和在锺理和老家向本书作者叙述当年被捕的过程

1991年5月20日，七十岁的蒋碧玉再次走上街头，“反对白色恐怖”（何淑娟摄影）

蒋碧玉在“二二八暨五〇年代白色恐怖牺牲者追思纪念会”上带领其他受难者及遗族唱《安息歌》，祭悼当年为了爱国而牺牲的先烈英魂

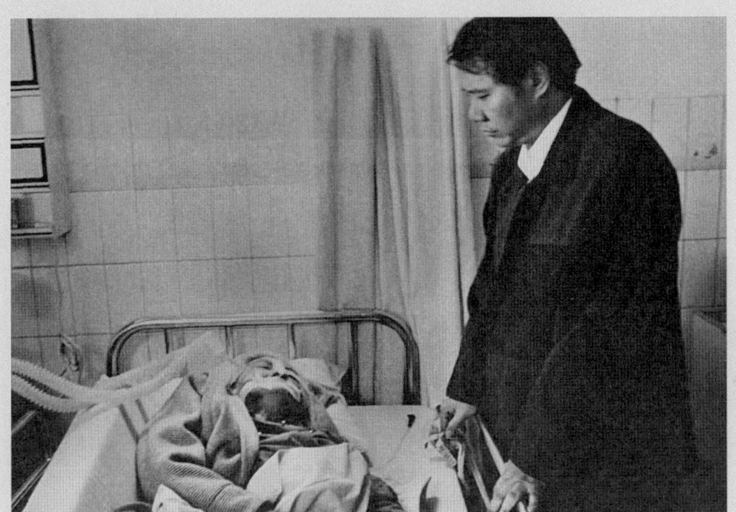

蒋碧玉三子东儿与处于弥留状态的母亲（台湾民众文化工作室收藏）

1995 年，《好男好女》摄制组在广东惠阳杀青的同时得到台北传来的消息：蒋碧玉去世了

随即设法变卖那片山园，然后上来台北，将所得款项的一半交给我。然而，这笔卖山所得的钱，早在浩东枪决前几天就已经用完了。我不得不再向亲友借钱。

浩东火化后，里义上来台北，把他的骨灰接回南部家乡奉祀。同时也把我一贫如洗的情况，带回家乡。浩东的大姐——九妹，随即嘱咐他儿子上台北，带一笔钱给我。

锺里义：浩东枪决之后，我上台北，把他火化后的骨灰，捧回家乡入祀。回到家时，七十三岁的母亲见我手上捧着的骨灰坛，好奇地问我：那是什么？母亲没念过书，不识字，无法从报上得知浩东的消息。我于是骗她说：这是我去庙里烧香，请回来的佛祖的骨灰，放在家里奉祀，可以保庇阿谢哥的劫难早点消除。母亲听后，频频点头，笑着说：这样子好！这样子好。我忍不住心中难过，跑到屋里，关起门来，先是干号，然后就放声大哭，眼泪流个不停……

一九五三年，母亲去世。一直到逝世为止，她都不知道浩东已经死了。我想，她生前如若知道的话，一定也会发疯而死吧。

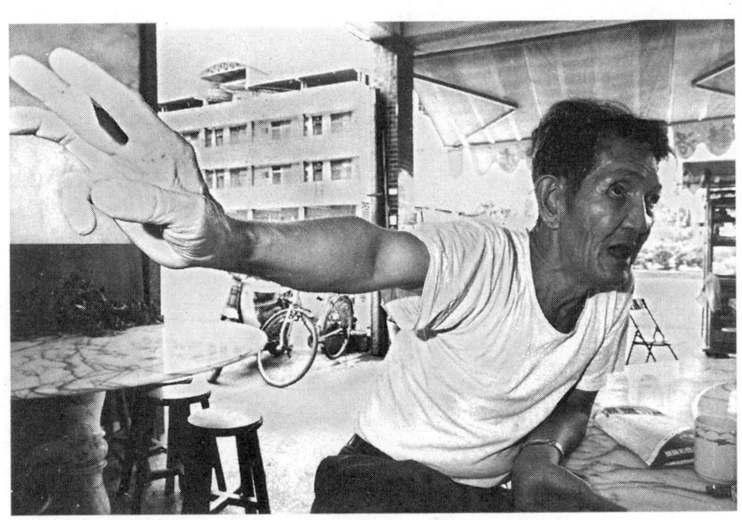

1987 年 8 月锺里义于屏东麟洛（陈孔顾摄影）

尾声　和鸣！你在哪里？

第二封信是西奥（梵谷的兄弟）寄来的：

“素描画得很好，我将尽全力卖掉它们。附上去阿姆斯特丹的路费二十法郎。祝你成功，老孩子。”

——抄自史东著《梵谷传》

啊啊！和鸣！你在哪里？

那么，文生还有什么可说呢，他是这样幸福的！
毕竟他还有一个彻底了解、同情和爱他的好兄弟呢！
而我？

啊啊！和鸣，你在哪里呀？
——《锺理和日记》（一九五八年二月廿二、廿三日，美浓尖山）

——一九八八年九月初稿

——二〇〇四年六月二稿

——二〇一五年十月三稿

——二〇一七年二月四稿

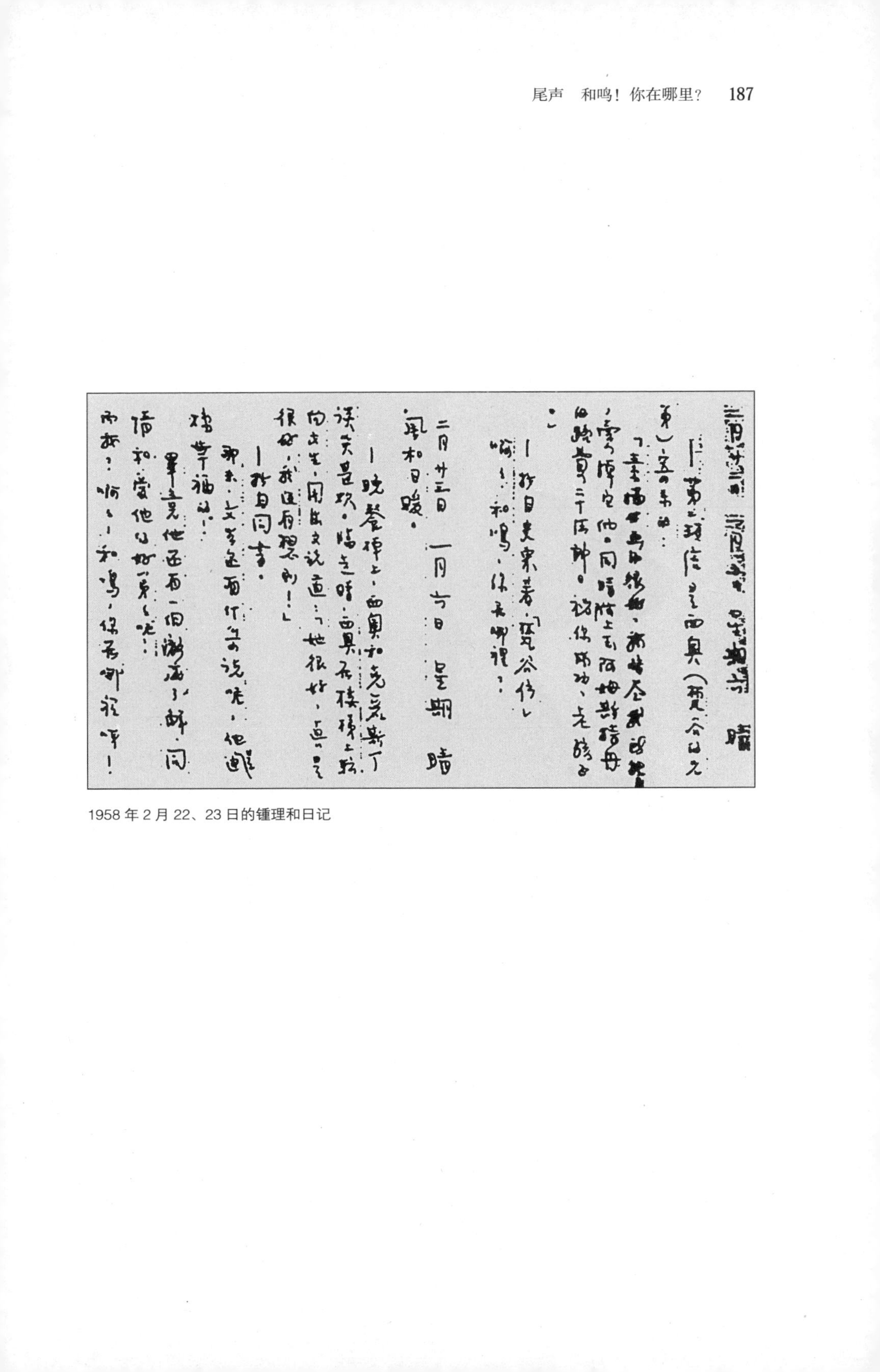

1958 年 2 月 22、23 日的锺理和日记

附　录

本书相关人物小传*

蒋渭水（1891—1931），宜兰人，十七岁后入宜兰公学校，毕业后考入台湾总督府医学校；在学期间已关心祖国革命运动，经常向同学鼓吹革命。一九一六年，袁世凯称帝，谋赴北平行刺，未果。毕业后，设大安医院，以仁术济世。一九二〇年，参与台湾议会请愿运动，并奔走四方，筹组台湾文化协会。一九二一年十月十七日，台湾文化协会在台北市静修女学校成立，为台湾抗日民族解放运动掀起新页。一九二三年，组织新台湾同盟会，着手领导政治运动。一九二七年，台湾文化协会左右分裂后，另创台湾民众党，以确立民主政治建设、合理经济组织、革除社会不良制度为号召。一九三一年二月，改组民众党，反对总督统治、宣传阶级斗争；随即遭到台湾总督府禁止结社的处分。七月廿二日，因患重伤寒症，入台北医院医治；八月五日，不幸病逝。享年四十有二。遗嘱交代："台湾社会运动已进入第三期，无产阶级的胜利迫在眉睫。凡我青年同志须极力奋斗，旧同志要加倍团结，积极援助青年同志，期望为同胞之解放而努力。"

杨肇嘉（1892—1976），出身清水（旧称牛骂头）首屈一指的大地主家庭。日本京华商业学校毕业后，在清水任教数年；后袭父缺，继任清水街长（今镇长），前后八年。一九二四年，作为台湾议会请

---

* 经作者同意，将二〇〇四年台湾增订版《幌马车之歌》中介绍人物的脚注文字单独整理，以正文中出现的顺序排列，附录于此，供读者查阅。本书的第三版（台北：时报文化，2016年）有意省略了增订版中的脚注，详见作者在《二〇一五年版后记》中的说明。——编者

愿运动代表之一，赴东京请愿。一九二五年举家迁往东京，入早稻田大学政治经济科深造；一面重整同乡先辈蔡惠如创立的新民会阵容。一九三〇年，以新民会名义发行《台湾鸦片问题》小册子，严责台湾总督府准许鸦片瘾者重新登记、正式发给执照的政策。同年应邀回台，主持台湾地方自治联盟；前后六年。卢沟桥事变后，因不堪日本帝国主义变本加厉之压迫，再度偕眷东渡，卜居东京，经商神户，并策动台湾总督府米谷管理法案的反对运动。上海沦陷后，“一心念念不忘我们的祖国”的他“决意亡命沪上，耕农经商，静待祖国胜利之来临”。战后，先后被推选为“台湾旅沪同乡会”和“台湾重建协会上海分会”理事长。一九四六年九月二十五日，上海高等法院检察处以“战犯”罪名票传羁押九十余天；终获国防部审判战犯军事法庭“处分不起诉”。一九四七年农历年底，举家返台。一九四九年十二月之后，应邀充任台湾政界职务；其后历任“中国医药学院”董事长、大雪山林业公司董事长等。

许强（1913—1950），医学博士。台南佳里人。日据时期台南二中、台北高等学校、台北帝大医学部第一届毕业的知识精英。台湾光复后，担任台大医学院副教授兼台大医院第三内科主任。一九五〇年五月十三日，因牵连中共在台地下党“台湾省工作委员会台大医院支部组织”案被捕；同年十一月二十八日枪决。

谢南光（1902—1969），原名谢春木。彰化二林人。日本东京高等师范学校毕业。曾以笔名“追风”发表台湾新文学史上第一篇小说《她要往何处去》及第一首新诗《诗的模仿》。一九二七年，与蒋渭水等人共组台湾民众党，任该党秘书长兼机关报《台湾民报》主笔。一九三一年被台湾殖民当局列为“要犯”而逃往上海。一九三二年“一·二八”事变爆发后，与当时侨领许翼公共组上海华侨联合会，募捐支持十九路军抗日。一九三七年“七七事变”爆发，全力投入抗日战争；一九四〇年，在重庆积极参加筹备和领导“台湾革命团体联合会”，致力于光复台湾的事业。抗战胜利后，担任国民政府驻日代表团专员、第二组（政治）副组长，赴日工作。一九四九年四月，参与策划驻日代表团起义投共未成而被开除职务。一九五〇年与华侨甘文芳、刘明电等组织台湾省民主和平促进会，抗议美国侵台，遭到台湾当局多次通缉。一九五二年五月，前往大陆；先后担任全国政协委员、全国人大常委。

曾生（1910—1995），广东惠阳人，少年时曾在澳大利亚悉尼侨居六年，亲历白人对华侨之迫害，萌生爱国主义信念。返国后入广州中山大学文学院，领导学生运动。大学毕业后，前往香港，任轮船海员，从事工人运动。抗日战争爆发后，组织海外华侨及知识青年，成立“回乡服务团”。一九三八年，广州陷日；同年十二月，动员惠阳、宝安当地热血青年、农民及香港、南洋各地惠、宝属工人、学生，组成惠（阳）宝（安）人民抗日游击总队，自任队长，在国民党军与日军缝隙间进行游击战。一九三九年初，惠宝人民抗日游击总队经与东江国民党当局达成协议，改称第四战区第三游击纵队新编大队（曾生大队），曾生任大队长，活动于惠阳之坪山、龙岗、淡水及惠宝沿海一带；同年冬，因退敌有功，曾获四战区司令长官张发奎及惠州指挥所主任香翰屏之传令嘉奖。一九四〇年八月，整编为广东人民抗日游击队第三大队。

丘念台（1894—1967），清光绪二十年，岁次甲午，在台中县潭子乡大埔厝出生。父亲丘逢甲（1864—1912）为“台湾民主国”抗日义军统领，嘉义陷日后离台，归返祖籍广东蕉岭。丘念台初名伯琮、国琮，后改单名琮；十五岁时，父亲为其定别字念台，以示不忘台湾之意。一九一三年，赴日留学，并加入同盟会。一九二三年毕业于日本东京帝国大学工学部采矿科。回国后历任沈阳兵工厂技师、辽宁西安煤矿公司采矿主任。“九一八”事变后，随马占山部抗日，后自组义勇军，参加长城抗战。国民政府与日本签订塘沽协议后，回广州任广东大学、中山大学教授，广东省政府顾问兼广东工专校长等职。抗战期间，任第四战区及第七战区少将参议，领导东区服务队。一九四三年，任国民党台湾省党部执行委员。一九四七年，任国民党台湾省党部主任委员；旋辞职赴南京任监察委员。

一九四九年十月，经港抵台，历任“总统府”资政、国民党中央常务委员、中央评议委员。一九六七年一月赴日本，一月十二日脑溢血突然发作，于东京病逝。

张发奎（1896—1980），广东始兴人，保定陆军军官学校毕业后进入粤军。抗日战争爆发后，在上海“八一三”抗战中，出任右翼军总司令兼第八集团军总司令，负责浦东方面的作战指挥。一九三八年武汉会战时，担任江南兵团司令（仍兼第八集团军总司令），隶属于陈诚第九战区战斗序列。十一月，又被调任第四战区司令长官，受命指挥两广方面中国军队作战。

余汉谋（1896—1981），广东肇庆人，保定陆军军官学校第六期步科毕业。一九二〇年起进入粤军供职。一九三六年六月，两广方面陈济棠、李宗仁等联合发动抗日反蒋运动；时任粤系部队第一军军长的余汉谋通电“拥护中央”，随即被南京委任为广东绥靖主任兼第四路军总司令。六月下旬，陈济棠被迫下野后，接手广东军政大权。同年底，“西安事变”发生，在非嫡系国民党将领中第一个通电反对张学良和杨虎城。抗战爆发后，被任命为第四战区副司令长官兼第十二集团军司令，率部参加了淞沪会战、南京保卫战等重要战役；随后又率部驻防两广。一九三八年十月，日军在大亚湾登陆后，如入无人之境，惠州、广州在半个月内相继失陷。余汉谋因作战不力，遭到国人指责；但蒋介石因其有拥蒋倒陈（济棠）之功，仅予记过处分，未加严责。一九三九年十一月，中国军事当局决定恢复第七战区作战序列，余随之升任第七战区司令长官。一九四八年夏，一度担任陆军总司令。一九四九年一月，蒋介石在“下野”前又任其为广东绥靖公署主任。一九五〇年初，人民解放军发起解放海南岛战役；他从海南岛转赴台湾。先后担任“总统府”战略顾问、国民党中央评议委员。

翁俊明（1891—1943），台南市人，有“台湾的国民党之父”之称。就读台湾总督府台北医学校（台大医学院前身）的一九一〇年五月，宣誓加入同盟会；成为该会第一位台籍会员。一九一三年秋，与同学杜聪明密谋以细菌倒袁而前往北京；惜未成功。台北医学校毕业后，举家迁居大陆，先后在厦门、上海开设俊明医院，暗中支持反日运动。一九三八年五月厦门沦陷，偕眷避居香港，仍以行医为名，掩护革命工作。一九四〇年春，“中国国民党中央组织部直属台湾党部筹备处”正式成立于香港，并任命翁俊明为筹备处主任。一九四二年秋，国民党中央在江西泰和开办战地党务训练班，对外名为“韶关战地服务训练班”，对内则是“台湾党务工作人员训练班”，由翁俊明兼班主任。一九四三年四月，国民党台湾党部改称“中国国民党直属台湾执行委员会”，正式成立于漳州，翁俊明任主委。一九四三年十一月十八日，于福建龙溪遭人下毒而亡。

李友邦（1906—1952），原名李肇基，台北芦洲人。自幼便具反日民族意识，就读台北师范时加入文化协会；一九二四年，因夜袭日警派出所遭到退学，潜逃大陆。同年秋，入黄埔军校第二期。毕业后，主持两广省工委领导的“台湾地区工作委员会”，宣传、鼓动台湾青年回国参加孙中山领导的革命工作。一九二七年，蒋介石清党后，前往杭州，继续进行革命活动。一九三二年初被捕入狱。两年多后出狱，在杭州教日语为生。“七七事变”后，李友邦提出“保卫祖国，收复台湾”两大口号，号召散居全国各地的台湾同胞，共同参加中华民族抗日战争的救亡运动。一九三八年十二月，“日韩台反法西斯大同盟”在桂林成立，李友邦负责闽浙办事处工作。一九三九年二月二十二日，“军事委员会直属台湾义勇队”和“台湾少年团”在浙江金华成立；主要工作为对敌工作、医疗工作、生产报国工作、巡回宣慰工作四类。十月下旬，重庆军事委员会政治部正式电委“台湾独立革命党”主席李友邦为台湾义勇队队长兼台湾少年团团长。一九四二年，金华沦陷，台湾义勇队事先转进福建龙岩；同年夏天，奉上级命令，在义勇队中成立三民主义青年团中央直属台湾义勇队分团部。一九四五年，李友邦即任“三民主义青年团台湾区团部”主任。台湾光复后，台湾义勇队奉命解散。一九四七年三月十日，因多名三青团干部涉入“二二八”事件而被押赴南京；经夫人严秀峰女士营救，五月底终获释放。一九五一年十一月十八日清晨，在国民党台湾省党部副主委任内，涉嫌与共产党有联系，以“包庇匪谍泄露军机”罪名，再度被捕；一九五二年四月二十二日被枪决。

刘启光（1905—1968），嘉义县六脚乡人，原名侯朝宗，世代务农。日据时期台南师范毕业后，在家乡担任公学校老师。一九二六年被解除教职，从此投入农民运动，与简吉、赵港共同领导台湾农民组合，一时有三大农民领袖之称，经常入狱。一九二八年，漂海逃回祖国；经常改名易姓，继续在上海、福州、厦门等地，纠集台湾青年，从事反对日本帝国主义及收复台湾之活动。刘启光三字，即“七七事变”后沿用之化名。抗战期间，服务前方，徐州突围，曾受重伤，约半年始愈。后入重庆军事委员会政治部，主持对敌宣传工作；不久被提升为第三战区少将兼中央设计委员会专员。一九四〇年起介入接收台湾的工作，一面发动台湾战线统一运动，组织台湾革命同盟会；一面建议国民党中央成立台湾党部筹备处，建立台湾省党务基础。嗣奉蒋介石命令，担任军事委员会台湾工作团主任，训练台湾青年，准备配合盟军登陆。光复后返台，出任新竹县长。一九四七年，出任华南银行董事长。

范寿康（1896—1983），浙江上虞人。日本东京帝大文学士，专攻哲学、教育学；受日本马克思经济学泰斗河上肇的影响颇深。曾任国立中山大学教授、省立安徽大学文学院院长；一九三三至一九三七年，在国立武汉大学文学院讲授马克思主义哲学。抗战初期，转入军事委员会政治部，先后担任第七处处长与第三厅副厅长，负责对日宣传工作。其后历任教育部战时教育研究委员会委员、国防最高委员会教育专门委员、行政院参议等职。抗战胜利后莅台，任教育处处长。

张志忠（1910—1954），本名张梗，嘉义新港人。公学校毕业后，到厦门集美中学就读；主编“闽南台湾学生联合会”《共鸣》杂志。一九二七年一月被推举为“台湾无产青年会”嘉义地方负责人，二月被捕，判决预审免诉。一九三〇年前后回到闽南，参加“闽南台湾学生联合会”社会科学研究会共产主义理论学习班。一九三二年加入共产党，并被指派回台，重建被破坏的台湾共产党组织；随后因日警当局大检举“上海台湾反帝同盟”关系者，牵连被捕。在狱中装疯而获假释，然后趁机逃往大陆。曾在抗大受训，并加入第十八集团军（八路军），派赴八路军一二九师冀南军区敌工部，任日军工作科干事，化名张光熙，从事对敌宣传工作。“二二八”期间，立即把嘉南地区自发的武装群众组成“台湾民主（自治）联军”，统筹指挥。一九四九年十二月卅一日晚，在台北衡阳街被捕。一九五四年三月十六日下午两点被枪决。

蔡孝乾（1908—1982），又名蔡前，彰化花坛人。毕业于彰化公学校。一九二三年曾入上海大学社会学系研读。一九二五年在该校参加中国共产党。一九二七年任台湾大众时报社记者。一九二八年四月十五日，台湾共产党在中共协助下，作为日本共产党台湾民族支部在上海成立；蔡孝乾被选为台湾共产党中央委员兼宣传部长。一九三一年三月起，台共在岛内遭到全面性的检举破坏。蔡孝乾于一九三二年潜入江西苏区，担任红军第一军团政治部《战士报》编辑。一九三三年当选中华苏维埃临时中央政府委员。一九三五年任中华苏维埃临时中央政府内务部长。一九三七年任中共中央白军工作部北线工作委员会书记。一九四〇年任八路军总政治部敌工部部长。一九四六年任台湾省工作委员会书记。一九五〇年被捕后变节。

杨元丁（1898—1947），日据时代台湾民众党干部，组织和领导外围团体——基隆行商自治协会和瑞芳农协会；先后遭日本当局下狱六次。抗战爆发后，赴上海，辗转进入华中，参加抗日工作。胜利后，偕眷返台。一九四六年三月卅一日，当选基隆市参议员，并被推为副议长。“二二八”期间成为基隆地区的意见领袖。

杨亮功（1897—1992），安徽巢县人。北大中文系毕业，先后任教天津女子师范学校与安徽省立一中校长。一九二二年留学美国，获斯坦福大学教育硕士与纽约大学博士学位。一九二八年回国后，历任河南第四中山大学教授兼文科主任、吴淞中国公学副校长、安徽大学校长、北京大学教授兼教育系主任。一九三三年任监察委员。一九三八年起任皖赣、闽浙、闽台监察总署监察使。

石延汉，安徽绩溪人。日本东京一高毕业后入东京帝大，专攻理科，精通日文。一九三七年返国，任气象研究所研究员，其后主持闽省气象局。台湾光复后，奉派接收前总督府气象台，成立台湾省气象局。嗣后兼基隆市长，时年三十七岁。

朱绍良（1891—1963），福建福州人，祖籍江苏武进。日本陆军士官学校毕业。曾经参加辛亥革命、北伐战争和对红军的第一、二次围剿。抗日战争时期，历任第三战区中央作战军司令兼第九集团军总司令、第八战区司令长官、甘肃省主席等职。抗战胜利后，改任军委会副参谋总长兼军委会办公厅主任、国民政府主席重庆行辕主任等职。一九四九年一月，奉命任福建省主席兼绥靖公署主任。同年八月，蒋介石调汤恩伯接任后，前往台湾。

张群（1889—1990），四川华阳人。一九〇七年年底，考上官费留学生，前往日本陆军士官学校学习军事，在船上结识蒋介石后，决定和蒋同学炮兵。在日本加入同盟会。武昌起义后返国，参加光复上海之战。曾参加护国运动和护法运动，成为政学系骨干。一九二九年国民党召开三大，当上中央执行委员，连任到六大；从一九五二年七大起改任中央评议委员；从一九六九年十大起为中央评议会主席团主席。曾任上海市市长（一九三〇年）、四川省主席（一九四〇年）、行政院长（一九四七年）。一九四九年二月，以中央政治会议秘书长兼“行政院”政务委员身份，兼任重庆绥靖公署主任。后改任西南长官公署长官。一九五〇年仓促离开云南，从香港去台湾。

陈诚（1898—1965），浙江青田人。保定陆军军官学校毕业。一九二七年，蒋介石在南京建立国民政府后，兼任南京警备司令部司令，为蒋介石嫡系将领。抗战胜利后，任东北行营主任、国防部参谋总长兼海军总司令，直接参与发动并指挥中国内战，进攻山东、东北解放区。一九四八年后，历任台湾省主席、东南军政长官公署长官。一九五〇年三月起，历任台湾当局“行政院长”、“副总统”、国民党副总裁等职。

魏道明（1900—1978），江西九江人。法国巴黎大学法学博士。

一九二七年，南京国民政府成立后，曾任司法行政部长、南京市长、行政院秘书长、驻美大使、立法院副院长。一九四七年“二二八”事件后，任台湾省主席。

彭孟缉（1908—1997），湖北武昌人。一九三一年，日本野战炮兵学校毕业后返国；历任炮兵学校主任教官、第一炮兵旅营长、第十炮兵团团长、第一炮兵旅旅长、陆军中将炮兵指挥官。一九四六年任高雄要塞警备司令。一九四七年参与镇压“二二八”事件。

俞鸿钧（1899—1960），广东新会人。上海圣约翰大学毕业。一九三六年起，历任上海市代理市长、市长，外交部政务次长，财政部政务次长，中央信托局局长，中央银行总裁。到台湾后，历任“财政部长”兼“中央银行”总裁、交通银行及农民银行董事长、台湾银行董事长、台湾省主席、“行政院长”。一九五八年专任“中央银行”总裁。

陈文彬（1904—1982），高雄燕巢人。本名陈清金。就读台中一中时，因反抗日本军国主义教育，遭退学处分。先到上海法政学院学习，五卅事件后，转入东京法政大学文学部社会系。毕业后，执教上海中国公学、复旦大学。一九三六年再渡日本，执教东京法政大学及立教大学；组织“省民会”，动员留日台湾学生回国抗日。抗战胜利后，在东京组织“台湾同乡会”“东京华侨总会”，并被推为会长；积极争取在日台胞和华侨的权益。一九四六年春天返台，担任建国中学校长，并执教台大、台北师范学院（今师大），兼任《人民导报》总主笔、《台湾通志馆》编纂。“二二八”事变后，因义救学生而入狱两个月。一九四九年五月，遭国民党当局通缉，逃离台湾，经香港到北京。

陈炳基（1927—2015），台北万华人。一九四〇年，老松公学校第一名毕业，考进第十九届台北二中。一九四四年春天，因反日而被捕入狱；幸因未成年而被判“起诉犹疑”，关了两个多月后出狱。经此事件也建立了他在台北学运的领导地位。一九四六年六月，考进法商学院（今台大法学院）；先后于同年十二月及一九四七年一月九日组织领导两次反美学运。“二二八”期间，积极参与台北地下党组织的武装斗争，担任第一大队大队长。事变后，流亡上海；同年七月返台。七月底，加入共产党，担任省“学生工作委员会”五名筹委之一。其后与李登辉、李薰山、林如堉及李苍降等人组成外围团体——新民主同志会；后来对外改称“台湾人民解放同盟”。一九四八年十月，因身份暴露而转入地下。一九四九年四月十日，再度逃往大陆。

口述证言

李清增：一九八七年三月八日，台北市。

李旺辉：一九八七年三月十二日，高雄美浓。

　　　　一九九六年十月六日，高雄美浓。

蒋蕴瑜：一九八八年三月十九日，台北市。

　　　　一九八八年六月十三日，高雄美浓。

　　　　一九八八年六月廿二日，台北市。

　　　　一九八八年七月一日，台北市。

　　　　一九八八年九月十四日，台北市。

　　　　一九八九年九月五日，台北市，与萧道应、黄素贞、李清增、李南锋座谈。

　　　　一九九〇年一月九日，台北市。

　　　　一九九〇年三月九日，台北至高雄，公路局国光号。

　　　　一九九〇年三月廿九日，广东罗浮山冲虚古观。

　　　　一九九〇年四月三日，桂林。

锺里义：一九八八年六月十三日，屏东县麟洛乡。

邱连和：一九八九年八月十一日，屏东县长治乡仑上村。

李南锋：一九八九年九月廿五日，台北市。

　　　　一九九六年四月一日，基隆中学。

锺里志：一九九〇年一月廿四日，三重市。

　　　　一九九四年十一月十日，新店市。

刘茂常：一九九〇年三月廿七日，广东罗浮山冲虚古观。

谢　克：一九九〇年三月廿七日，广东罗浮山冲虚古观。

吴克泰：一九九〇年四月七日，北京。

戴传李：一九九〇年五月卅日，台北市东方饭店咖啡厅。

一九九七年六月十四日，北投吟松阁。

一九九七年八月十一日，台大法学院。

黎明华：一九九二年三月四日，台北市。

一九九四年十一月九日，台北市。

锺润生：一九九三年三月廿九日，屏东县长治乡仑上村。

萧道应：一九九三年十一月七日，台北市。

一九九四年三月十七日，台北市。

黄素贞：一九九三年十一月七日，台北市。

一九九四年十一月九日，台北市。

丘继英：一九九五年一月十一日，广东蕉岭。

陈仲豪：二〇一三年二月廿一日，广东蕉岭。

文字资料

郭乾辉（华伦）:《台共叛乱史》，台北：中央委员会第六组印“保防参考丛书之一”，一九五四年四月。

汪知亭:《台湾教育史》，台北：台湾书店印行，一九六二年十二月增订再版。

丘念台:《岭海微飙》，台北：中华日报丛书，一九七六年十二月三十日再版。

裴可权:《肃谍行动忆往——早年基隆“工委会”破获记详》，一九八一年五月十六日《“中央日报”》。

卓扬、丘继英、邓慧:《东区服务队与丘琮》，《广州文史数据》第廿八期，一九八三年。

广东省民盟宣传部整理:《抗战胜利后，我县民盟成员在台湾省活动的情况》，广东:《蕉岭文史》第三辑，一九八六年十二月。

裴可权:《台共叛乱及覆亡经过纪实》，台北：台湾商务印书馆，一九八七年八月二版。

谷正文:《李登辉究竟有几位？》，原载李敖主编《乌鸦评论》第四期，一九八八年十月廿一日。

锺铁民:《我的父亲锺理和先生遇鬼记》，一九九〇年九月廿一日，《台湾时报》副刊。

萧道应:《我所了解的许强教授》，一九九一年十月致笔者书信。

《安全局机密文件——历年办理匪案汇编》，台北：李敖出版社，一九九一年十二月卅一日初版。

钟理和:《原乡人》，高雄：钟理和文教基金会印行，一九九四年十月初版。

谷正文口述:《白色恐怖秘密档案》，台北：独家出版社，一九九五年九月。

杨基铨:《杨基铨回忆录》，美国：台湾出版社，一九九六年四月十五日。

郭婉馨:《基中校友陈德潜忆恩师》，一九九七年六月十二日《自立晚报》。

黄克武:《陈德潜先生访问记录》《基隆中学毕业校友访谈记录》《连世贵先生访问记录》，收录于《戒严时期台北地区政治案件口述历史》，台北市文献委员会，一九九九年九月。

王致远:《虎口余生》(回忆录)，二〇〇四年七月，未刊手稿。陈仲豪先生提供。

陈仲豪:《缅怀在五〇年代台湾白色恐怖中的殉道者林英杰、张伯哲、钟浩东、张奕明等革命烈士》，二〇〇九年十月二十日，凤凰网论坛。

徐森源:《悼念战友钟浩东烈士》，未刊手稿。蒋碧玉女士提供。《自传》(前半部分)，未刊手稿。徐博东先生提供。

大事年表

一八九四年 锺镇荣出生。祖籍广东省梅县嵩山。

一八九五年

四月十七日 日清签署《马关条约》，将台湾割让日本。

六月十四日 日军攻占台北城。

六月十七日 举行始政式。

六月二十日 大日本台湾病院设立于台北城外大稻埕千秋街（今贵德街）。

九月二十日 总督府学务部在台北市近郊士林芝山岩设立学堂，先后招收二十一名台胞为日本语练习生，展开殖民地台湾的“国民”教育。

一八九六年

一月一日 芝山岩学堂被义民捣毁，学校业务停摆。

三月三十一日 日本殖民政府公布对台湾施行的特别法令“法律第六十三号”，委任立法权于台湾总督之手，也就是所谓“六三法”。

四月 总督府公布直辖学校官制，又在全台各重要城市设“国语”传习所，支付经费，扩大办理殖民地台湾的“国民”教育。大日本台湾病院改隶台北县管辖，改称台北病院。

一八九七年

四月　“国语”学校语学部国语（日语）科设立，修业年限三年（后改为四年），开始殖民地台湾的男子中学教育。

五月　台湾总督府医院官制公布，台北病院改称台湾总督府台北医院。

九月　台湾总督府台北医院制定看护妇（护士）养成内规，开始招募、培训护理人员。

一八九八年

七月　台北医院迁至城内明石町（今常德路一号）。

七月二十八日　台湾总督府公布公学校令，将各“国语”传习所改为公学校，费用改由街、庄、社负担。

八月　公学校规则公布，规定：就学年龄为八岁以上十四岁以下，修学期限六年，教学科目包括：修身、国语（日语）、作文、读书、写字、算术、唱歌、体操。从此建立在殖民地台湾发展“国民”教育的基础。

一九〇九年　地方制度改设台北、宜兰、桃园、新竹、台中、南投、嘉义、台南、阿猴、台东、花莲港、澎湖十二厅。

一九一一年　辛亥革命。

一九一四年　第一次世界大战爆发。

一九一五年

八月　西来庵事件大屠杀。台湾人民武装抗日运动告一段落。

十二月十五日 钟浩东，本名钟和鸣，生于阿猴厅高树庄大路关（今屏东县高树乡广兴村）。

一九一六年

一月一日 萧道应生。

一九一七年

十一月七日 俄国十月革命，建立苏维埃政权。

十一月十日 黄素贞生。

一九一八年 第一次世界大战结束。

一九一九年

一月 总督府公布台湾教育令，确立对台湾人的教育方针及学制。

二月十五日 李南锋生于阿猴厅高树庄大路关。

五月四日 “五四”运动。

一九二〇年

七月二十七日 地方制度改设五州（台北、新竹、台中、台南、高雄），二厅（台东、花莲港）；下设三市、四十七郡、一五五街庄。

一九二一年

一月十日（农历） 蒋碧玉出生于台北市太平町二丁目（今延平北路二段）蒋渭水先生开设的大安医院二楼。

七月一日 中国共产党在上海成立。

十月十七日 台湾进步知识分子和开明士绅组成最初的全岛规模组织——台湾文化协会，有计划地推动文化启

	蒙运动。

一九二二年

三月	台湾总督府公布《台湾新教育令》，规定公学校修业年限为六年，就学年龄提前至六岁；中等以上学校实行“内（日）台共学”制。
四月	锺和鸣与锺理和兄弟同入盐埔公学校。萧道应入学佳冬公学校。高雄州立第一中学校创校。台湾总督府高等学校创设，为大学预备教育机关，设寻常科，修业年限四年。
七月	日本共产党成立。
十二月三十日	苏联成立。

一九二三年	台湾总督府高等学校设高等科，分文、理两类，修业年限三年。
十一月	蒋渭水组织新台湾同盟会，着手领导政治运动。中国国民党改组，联俄、联共、扶助农工。第一次国共合作。

一九二六年	台湾农民组合成立。 台北高等学校学生正式于古亭町校舍（今和平东路师大）上课。

一九二七年

一月	台湾文化协会左右分裂，左派取得领导权。
四月十二日	蒋介石在上海清共。
四月十八日	成立与武汉国民政府（汪精卫）相对立的南京国民政府。
七月十五日	武汉国民政府正式宣布和共产党决裂，随后在武

	汉地区屠杀共产党人和革命民众。第一次国共合作彻底破裂。
七月	旧文协干部蒋渭水、谢春木（南光）等另外成立民众党。谢春木任秘书长兼机关报《台湾新民报》主笔。

一九二八年

四月	萧道应入学佳冬公学校高等科。
四月十五日	台湾共产党（日本共产党台湾民族支部）在上海成立。
四月三十日	台北帝国大学创立，设文政与理农两学部。

一九二九年

二月十二日	台湾农民组合被检举。
四月	锺和鸣、萧道应入学高雄州立中学校。
八月十七日	台湾民众党内林献堂、杨肇嘉等一部分有产阶级，正式成立以“确立台湾地方自治”为目的的台湾地方自治联盟。
八月	台北高等学校读书会事件。
十月十七日	台湾民众党第三次大会，开始向左转。
十月	纽约股票市场混乱，资本主义相对稳定时期结束，世界经济恐慌开始。

一九三〇年

十月	台湾赤色总工会成立。雾社事件。

一九三一年

二月	蒋渭水等改组民众党，反对总督统治、宣传阶级斗争；随即遭到台湾总督府禁止结社处分。谢春木被殖民当局列为“要犯”而逃往上海。

八月五日	蒋渭水逝世。
八月十四日	锺和鸣参加由石焕长、张月澄、庄希泉诸氏发起筹备，在上海南市沪军营东南医学院举行的蒋渭水追悼会。
九月十八日	日本发动柳条湖事变，侵占东三省。
九月二十五日	东北民众抗日救国会在北平成立。北平、上海、长沙、开封、广州等地各界民众陆续举行抗日救国大会，要求政府出兵抗日。

一九三二年	锺镇荣迁居美浓尖山，经营农场。
一月二十八日	日军进攻上海驻军，淞沪抗战爆发。蒋介石通电全国将士：枕戈待命，切勿轻动。谢春木与侨领许翼公共组上海华侨联合会，募捐支持十九路军抗日。
三月一日	日本扶持伪满洲国成立。
春天	台湾文化协会在日本帝国主义和台湾反动势力联合镇压下被迫停止活动。
五月五日	《上海停战协议》签订，淞沪抗战宣告结束。
六月九日	蒋介石在庐山豫鄂皖赣湘五省“剿匪”会议上宣布“攘外必先安内”政策。
六月	农组大湖、永和山支部客家农民武装抗日事件。

一九三三年

三月	热河沦陷。
四月	日军进攻长城各要口。
	萧道应考入台北高等学校第九届理科乙类。
五月十六日	唐山失陷。
五月二十六日	冯玉祥在张家口组织民众抗日同盟军。
五月三十一日	中日双方签订《塘沽停战协议》。

八月	国民党取缔察哈尔抗日同盟军。
十一月二十日	陈铭枢、蔡廷锴、李济深、蒋光鼐等通电成立抗日反蒋的中华共和国人民革命政府。

一九三四年

四月	锺和鸣考入台北高校第十届文科乙类。
六月二十日	日本与台湾之间无线电话通话。
十月二十六日	国民党军结束对中共中央苏区的五次围剿。红军长征北上。

一九三五年

七月六日	《何梅协定》出卖华北大部主权。
十月二十八日	日本外相广田弘毅提出“中国取缔一切排日运动，树立中日满经济合作，中日共同防共”等所谓“对华三原则”。
十一月十二日	殖民地台湾举行改正地方自治制度第一次选举。
十一月二十五日	殷汝耕降日，以冀东二十二县成立“冀东防共自治委员会”。
十二月九日	北平学生数千人举行声势浩大的示威游行，反对华北自治运动，掀起全国抗日救亡运动新高潮。
十二月二十五日	中共在陕北瓦窑堡召开中央政治局会议，确定抗日民族统一战线的策略方针。

一九三六年

一月一日	台北帝国大学增设医学部。
三月十日	萧道应与许强一同进入台北帝国大学医学部第一届。
四月九日	张学良与周恩来在延安举行联合抗日会谈。
四月	锺九河考入台北高校第十二届文科乙类。
六月一日	全国各界救国联合会在上海成立。

六月二十八日	内蒙古成立伪军政府。
九月二十二日	毛泽东、张学良分别代表中国红军和东北军签署《抗日救国协定》。
十一月二十五日	日本与德国缔结《反共产国际协议》。
十二月十二日	张学良、杨虎城兵谏蒋介石，停止剿共，实行抗日。是谓“西安事变”。

一九三七年

二月十日	中共中央致电国民党五届三中全会，提出“停止内战，一致对外”等五项国策。
四月一日	台湾总督府废止汉文使用，强迫推行所谓“国语普及运动”。
七月七日	日本发动侵略中国的卢沟桥事变，全面抗日战争开始。
七月八日	中共中央为卢沟桥事变发表通电，指出：“中华民族危急！只有全民族实行抗战，才是我们的出路！”
七月十五日	中国共产党将《中共中央为公布国共合作宣言》交付中国国民党，要求立即公布。
七月十七日	蒋介石在庐山发表谈话，表明中国已到最后关头，“如果战端一开，就是地无分南北，年无分老幼，无论何人，皆有守土抗战之责任”。周恩来等人再赴庐山与蒋介石谈判。
七月三十日	北平、天津相继失守。
八月六日	红军代表周恩来、朱德、叶剑英及国民党各省军政长官出席南京政府召开的国防会议，决定“举全国力量，从事持久消耗战，争取最后胜利”的国防方针。
八月十日	台北开始实施灯火管制。

八月十三日　　日军进攻上海。

八月十四日　　国民政府发表《自卫抗战声明书》。

八月十五日　　台湾军司令部宣布：全台湾进入战时体制。

台湾地方自治联盟第四次全岛会议后宣布解散。

八月十七日　　日本政府决定放弃所谓“不扩大”方针，向中国发动全面军事进攻。

八月十九日　　黄素贞由福州回到台湾，担任锺和鸣、萧道应等客籍高校学生的北京语老师。锺和鸣和萧道应等人筹组回国抗战的医疗服务团。

八月二十二日　　南京政府公布红军改编为国民革命军第八路军的命令。中共中央召开洛川会议，通过《抗日救国十大纲领》。

八月二十五日　　中共中央军委将中国工农红军主力部队正式改编为国民革命军第八路军，下辖三个师。

九月六日　　陕甘宁边区政府成立。

九月十二日　　国民党政府按照抗战战斗序列，改称八路军为国民革命军第十八集团军。

九月二十三日　　蒋介石发表《为国共合作宣言》谈话。承认中国共产党的合法地位和合作抗日。以第二次国共合作为标志的全国抗日民族统一战线正式形成。

十一月九日　　日军占领太原。

十一月十二日　　上海沦陷。

十一月二十日　　国民政府迁都重庆。

十二月十三日　　南京失守，日军制造南京大屠杀惨案。

第四战区副司令长官兼第十二集团军司令余汉谋率部参加淞沪会战、南京保卫战后驻防两广。

一九三八年

一月一日　　广东改以法币为本位，广东毫洋券陆续收回。

一月十六日	日本近卫政府发表第一次声明：今后不以蒋介石政权为对手，“而期待真正能与帝国合作之中国新政权的建立与发展”。
一月二十二日	小林总督发表《关于台湾志愿兵制度实施》。
三月二十九日	国民党在武汉召开临时全国代表大会，制定并公布《抗战建国纲领》。
三月	以梁鸿志为首的“中华民国维新政府”在南京成立。
四月	台北医院正式并入台北帝国大学医学部，改称台北帝国大学医学部附属医院。从此确立为台湾首善大学的教学医院。
	台儿庄大捷。
五月一日	台湾当局对外公开发生于两年前的台北二中学生思汉反日事件。
五月十九日	日军攻占徐州。
七月九日	国民党吸收青年的“三民主义青年团”（简称三青团）正式成立于武昌。蒋介石亲任团长，陈诚任书记长。
九月十六日	台湾当局简化台民赴大陆旅行护照手续。
十月十一日	日军在广东省惠阳县淡水镇澳头登陆。
十月二十日	余汉谋命丘念台筹组东区服务队，担任惠、潮、梅属二十五县民众组训工作。
十月二十一日	日军占领广州。
十月二十七日	日军占领武汉。抗日战争进入战略相持阶段。
十一月三日	日本近卫政府发表第二次声明，改变不以蒋介石政权为对手的方针。日本御前会议决定《处理中国事变纲要》，要求加紧与蒋政权和平谈判，并对蒋继续采取以政略为主、战略为辅的方针；同时以其主要力量围攻和扫荡中共领导的抗日根据地，加紧对占领区的统治，以作为结束在中国的战争

和南亚进军的战略后方。

十一月二十二日　日本近卫政府发表第三次声明，要求中国政府承认“满洲国”，放弃抗日。

十二月二十九日　汪精卫发表“艳电”，公开叛国。

一九三九年

一月　国民党第五届五中全会决定由联共抗日转向消极抗日、积极反共，制定“溶共、防共、限共、反共”方针。

二月二十二日　军事委员会直属台湾义勇队和台湾少年团在浙江金华成立。

春天　台湾广播电台招考对华广播的北京语广播员。管区警察强迫黄素贞报考。萧道应建议黄素贞以“结婚”之由推辞。

三月十日　锺九河台北高校毕业。

四月　第四战区司令长官部在韶关成立，以张发奎为司令长官；丘念台取得同意，将东区服务队归属第四战区，前往潮汕前线，协助驻扎当地的独立第九旅旅长华振中做青年组训和民众工作。

五月二日　萧道应与黄素贞一家同住。

五月十九日　台湾总督府治台重点：皇民化、工业化及南进。

六月　国民党制定秘密的《共产党处置办法》，加紧限共、反共活动。

十月下旬　重庆军事委员会政治部正式电委台湾独立革命党主席李友邦为台湾义勇队队长兼台湾少年团团长。

十二月　国民党发动第一次反共高潮，重点进攻陕甘宁边区和华北抗日根据地。

一九四〇年

一月	锺和鸣与新婚妻子蒋碧玉及表弟李南锋奔赴上海。
	萧道应与黄素贞正式结婚。
	国民党东江游击指挥所逮捕东江华侨回乡服务团博罗队全体队员。
二月	东区服务队转移惠阳，驻博罗县福田乡荔枝墩一带，展开群众工作。
二月十一日	台湾总督府修订户口规则，规定台湾人改换日本姓名。
春天	中国国民党中央组织部直属台湾党部筹备处正式成立于香港，任命台南人翁俊明为筹备处主任。
三月二十九日	台湾革命团体联合会在重庆成立。
三月三十日	汪精卫“国民政府”在南京登台。
四月	萧道应毕业于台北帝大医学部。
五月	锺和鸣、蒋碧玉及李南锋从上海日本占领区搬到英租界。
七月	锺和鸣先到香港探路；蒋碧玉与李南锋在上海等待老萧夫妇前来后，与锺和鸣在九龙会合，进入广东东江流域的惠阳，后因“日谍嫌疑”被第四战区第十二集团军所属惠淡指挥所营部扣押。
十月十九日	国民党展开第二次反共高潮，限令黄河以南所有八路军、新四军于一个月内全部开到黄河以北，停止八路军军饷。
十二月初	锺和鸣等五人在韶关搭乘火车，经由长沙，被解送桂林军事委员会。

一九四一年

一月六日	皖南事变。曾生领导的广东人民抗日游击队第三大队和王作尧领导的第五大队，整编为广东人民

	抗日游击总队。
农历年前	锺和鸣等人从桂林回到韶关。锺和鸣与李南锋分发韶关民运工作队受训。蒋碧玉和萧道应夫妇一同分发南雄陆军总医院服务。
二月九日	台湾革命团体联合会及所属各团体解散，在重庆成立台湾革命同盟会，统一台湾革命战线。
二月	蒋碧玉与黄素贞先后产下一子。
三月十九日	中国民主政团同盟在重庆秘密成立。
四月	日本帝国主义在殖民地台湾推动“皇民化运动”的中央机关“皇民奉公会”成立，不断举行各种“职能奉公运动”与训练，胁诱台湾人民协助日本帝国主义推进侵略工作。
六月二十二日	德国进攻苏联。
九月	蒋碧玉与黄素贞前往广东始兴送子，然后五人前往位于罗浮山山脚的东区服务队驻扎地——博罗县徐福田。
	锺和鸣改名锺浩东。蒋碧玉改名蒋蕴瑜。萧道应易名萧济寰。黄素贞易名黄怡珍。
	中国民主政团同盟在香港创办机关报《光明日报》。
十月	中国民主政团同盟宣告已在重庆成立；同时公布成立宣言及纲领：贯彻抗日主张、实践民主精神、加强国内团结。
十二月八日	日军突袭珍珠港，美国对日本宣战。太平洋战争爆发。
十二月九日	中国政府发表对日、德、意宣战公告。

一九四二年

一月一日	中、英、美、苏、荷等二十六国在华盛顿签署共同作战宣言。

一月二日	蒋介石任中国战区盟军统帅。 金华沦陷，台湾义勇队事先转进福建龙岩。
四月	台湾当局实施陆军特别志愿兵制度。
夏天	台湾义勇队奉上级命成立三民主义青年团中央直属台湾义勇队分团部。
秋天	国民党中央在江西泰和开办战地党务训练班，对外名为韶关战地服务训练班，对内则是台湾党务工作人员训练班，翁俊明兼班主任。

一九四三年

四月	中国国民党中央组织部直属台湾党部筹备处改组为正式党部，并改称中国国民党直属台湾执行委员会，在福建漳州正式成立，翁俊明出任主任委员，丘念台、谢东闵等人担任执行委员；展开策进收复台湾失土的工作。
五月	东区服务队转往更接近战区的罗浮山一带活动，队部设在罗浮山山脚博罗县福田圩徐福田村三星书院。
八月二十三日	丘念台致函中国国民党中央执行委员会秘书长吴铁城，建请恢复台湾省制及设立台湾省党部。
八月三十一日	锺镇荣过世。
九月二十三日	台湾总督府发表台湾人实施征兵制度的办法。自第二年起，凡年满二十岁的台湾青年男子都要去当兵。
十月二十五日	殖民地台湾开始临时征召学生兵。
十一月十八日	翁俊明被谋害。国民党中央派书记长林忠兼代主委。
十一月二十六日	中、英、美三国首脑会议发表《开罗宣言》，宣告“‘满洲’台湾、澎湖群岛等归还中国”。
十一月三十日	日本政府强行征召台湾和朝鲜籍留日学生赴前线

	作战，取消文科大学生缓征入伍的规定。
十二月二日	广东人民抗日游击总队改编为广东人民抗日游击队东江纵队（简称东江纵队）。司令员曾生。

一九四四年

一月二十七日	林忠请辞中国国民党直属台湾执行委员会本兼代各职；国民党中央改派萧宜增代书记长兼主委，同时把党部迁往福建永安。
二月	丘念台带萧道应、锺浩东及李南锋三位台籍男队员，由广东惠州步行二十天，前往福建永安述职。
三月	蒋碧玉在横塘旅舍生子。
	东区服务队队员徐森源在罗浮山当地地下党领导下，秘密吸收锺浩东等队员参加抗日民主同盟，并准备转移东江纵队。
八月二十二日	台湾总督府公布台湾进入战场状态。
九月	台北二中第十八届学生吴克泰到上海寻找抗战组织。
	中国民主政团同盟改组为中国民主同盟，加强内部左派力量。东江地区面临严重的粮荒危机。
年底	丘念台要锺浩东和徐森源、李南锋、邓慧三人深入广州沦陷区，策动台湾同胞反对日本帝国主义；完成任务后又回到惠州。

一九四五年

一月十五日	日军发动攻势，打通粤汉路南段，广东几乎全面沦陷。
	东江纵队挺进各新沦陷区，组织群众，开展游击战争，普遍建立抗日民主政权，推行减租减息运动，并先后建立江北解放区、粤北解放区及海陆惠边解放区。

年初	丘念台率领粤东工作团，由罗浮山区撤往惠州。
二月	苏、英、美三国首脑及其外长参加雅尔塔会议，讨论战后世界问题的处理。 惠州再度失陷。 美国十四航空队到广东兴宁设立办事处，招募台湾人士做登陆台湾的向导。丘念台率领粤东工作团，由惠阳移驻梅县南口圩。锺浩东与蒋蕴瑜到梅县嵩山原乡走了一趟。
五月八日	德国法西斯无条件投降，欧洲战火停止。
六月十七日	原台湾民众党党员刘雪渔，以及施碧辰、张旺、周耀旋、许省五等东江纵队所属台湾解放同志会会员和台籍俘虏陈森煌等十余名，在广州罗浮山正式成立华南台湾人民解放联盟。
七月二十六日	波茨坦会议发表《波茨坦公告》，敦促日本无条件投降。
八月六日	美国在日本广岛投下第一颗原子弹。
八月八日	苏联政府宣布与日本处于战争状态。
八月九日	零时一过，苏联红军分四路越过中苏边界进入中国东北，全线总攻日本关东军。美国向日本长崎投下第二颗原子弹。
八月十日	延安总部向八路军、新四军及其他人民军队发布大反攻的命令。
八月十一日	蒋介石命令八路军及其他人民抗日武装，原地驻防待命。
八月十四日	苏联政府与国民党政府正式签订《中苏友好同盟条约》。日本军政要员举行御前会议，决定无条件投降，并照会盟国。
八月十五日	日本天皇宣布无条件投降。台湾总督安藤利吉宣布日本天皇的“终战的诏敕”。

八月十六日	在台“主战派”日军煽动台湾士绅林熊祥、辜振甫、许丙等三十余人参加“台湾独立计划”。安藤总督警告勿轻举妄动。
八月二十五日	中共中央委员会发表“目前的时局宣言”，主张回避内战，建立联合政府。
八月三十日	蒋介石与毛泽东在重庆展开国共会谈。
八月三十一日	林献堂、许丙、辜振甫抵上海欢迎陈仪。
八月	中共中央派台籍干部彰化人蔡孝乾为台湾省工作委员会书记。
九月一日	国民党公布台湾省行政长官组织大纲，任命陈仪为台湾省行政长官。
九月十五日	国民党公布台湾区日本纸币回收办法。
九月	锺浩东以台湾三民主义青年团第三分团的名义，在广州惠爱路（今中山四路）设置办事处，协助旅居广州的台胞返乡。
	国民政府军事委员会广州行营台籍官兵集训总队在花地成立，丘念台任命萧道应为集训总队中校政训主任，黄素贞为少校教官兼女子大队副大队长。
	蔡孝乾由延安出发。
十月一日	蒋介石、毛泽东会谈决定召集政协会议。
十月五日	台湾省行政长官公署、台湾省警备总司令部前进指挥所在台北成立。
十月十日	发表会谈纪要（《双十协定》），内战暂时回避。
十月十五日	台湾前进指挥所禁止日本人移动财产。
十月十七日	国军第七十军及部分长官公署官员，分乘四十余艘美军舰艇，抵达基隆。台湾民众热烈欢迎。
十月二十四日	台湾行政长官陈仪抵台。第二梯次国军分乘二十七艘舰艇抵达基隆。
十月二十五日	台湾行政长官公署正式成立，前进指挥所废除。

台湾区受降典礼在台北公会堂举行，陈仪接受日军投降，并宣布台湾人民即日起为中华民国国民。台湾民众盛大庆祝台湾复归祖国。《台湾新生报》创刊。

十一月一日　　各部门开始接收工作。

十一月二十日　　警备总司令部通告暂时禁止法币流通。

十一月　　中共按照《双十协定》的谈判原则，把东江纵队主力撤到陇海路以北的山东烟台。其他大部分遣散。

十二月三日　　台北市食粮不足，米开始配给。

十二月十五日　　开始受理中国大陆的邮件。

十二月二十五日　　台湾省行政区域改为：台北、新竹、台中、台南、高雄、花莲、台东、澎湖八县，旧制的郡为区、街为镇、庄为乡，州厅为县政府、郡役所为区署、街庄役场为镇乡公所，下设村里邻各办公处。

十二月　　蔡孝乾间道潜行三个月，始抵江苏淮安，向中共华东局（原称华中局）书记张鼎丞、组织部长曾山，洽调来台干部。

一九四六年

年初　　中共上海局经中央批准成立台湾省工作委员会（简称台工委），展开台湾工作。

由东江纵队疏散出来的屏东内埔客家人锺国辉以及原东区服务队队员丘继英、锺浩东和徐森源等人商量，决定去台湾搞地下工作。锺浩东陪同锺国辉去香港联系。香港地下党领导人饶彰风答应以后把他们的组织关系转到台湾。

一月十日　　政治协商会议在重庆开幕。

一月十四日　　行政院公布集中管理台胞令，并核准公布“关于朝鲜人及台湾人产业处理办法”规定：“凡属朝鲜及台湾之公产，均收归国有。凡属朝鲜及台湾人之私产，由处理局依照行政院处理敌伪产业办法之规定，接收保管及运用。朝鲜或台湾人民，凡能提出确实籍贯，证明并未担任日军特务工作，或凭借日人势力，凌害本国人民，或帮同日人逃避物资，或并无其他罪行者，确实证明后，其私产呈报行政院核定，予以发还。”

一月十五日　台湾省汉奸总检举章程公布。

一月二十二日　台北市民千余人抗议物价暴涨。

二月　蔡孝乾率嘉义新港籍干部张志忠等分批到沪，与华东局驻沪人员会商，并学习一个月。

三月初　丘念台由上海搭机抵台。

四月　张志忠率领首批干部，由沪搭船，潜入基隆、台北，开始活动。民盟南方总支部负责人陈柏麟派锺浩东与丘继英、徐森源、锺国辉三位盟员到台湾工作。徐森源和丘继英等人先行。锺浩东向省府租货轮，把滞留广东台胞分三批送回台湾。蒋碧玉带着两岁大的老二，与萧太太及李南锋等，坐第一批船先行返台。锺浩东自己跟随第三批返台。

五月四日　基隆中学同学参加台湾省首届纪念“五四”学生运动的反贪污、反饥饿游行，遭到警方逮捕。

五月二十三日　台湾银行发行壹元、伍元和拾元新券。各学校教职员的月薪迟发。

五月　徐森源应邀去基隆中学当事务主任。

六月十七日　鼠疫流行。

六月十九日　台湾行政长官公署公布“户口移动规则”。

六月二十六日　蒋介石对中共解放区发动全面进攻；中国全面内战爆发。

六月三十日	锺浩东兄弟七人分家。锺浩东持得山林十九甲。
六月	丘念台函介锺浩东与教育处相机任用。
七月十二日	南部霍乱流行，三百多人死亡。
七月十九日	蔡孝乾潜台，领导组织，正式成立台湾省工作委员会；蔡孝乾任书记，张志忠担任委员兼武工部部长，领导海山、桃园、新竹等地区的工作。
七月	锺浩东经吴克泰介绍，正式参加台湾地下党。
八月二日	长官公署许可台湾划为八个食粮区，区内准食粮移动贩卖。
八月十七日	台北地区霍乱流行。
八月二十日	台湾开始与内地通汇，台币对国币（即法币）为一比四十。
八月二十七日	台湾省光复致敬团林献堂、丘念台等十二人飞沪转京，晋谒蒋介石。
八月	锺浩东呈奉为省立基隆中学校长。二子病逝。徐森源转任训导主任。锺国辉任事务主任。黄素贞前往教中文。
九月一日	政治时事性周刊《观察》在上海创刊。
十月中旬	蓝明谷从上海台湾同乡会返抵台湾，任职教育会办事员，与冈山同乡陈本江、王荆树共住。
十一月四日	中共声明不参加国民大会。
十一月七日	台省国大代表飞沪晋京，参加国民大会。
十一月十三日	台北市霍乱流行。
十一月十五日	前东区服务队队员黎明华从梅县搭船，经汕头、厦门，一星期后抵达基隆中学。
十二月二十日	台湾省学生自治会、台湾青年涩谷事件后援会、台湾政治建设协会等大中学生及各界人士五千余人，在台北市中山堂召开“反对涩谷事件宣判不公大会”，要求陈仪代表国民政府，促进对

	日交涉。
十二月二十四日	驻北京美军强奸北大女生沈崇。
十二月	锺浩东与蒋蕴瑜的三子出世。

一九四七年

一月一日	国民政府公布中华民国宪法。
一月二日	大陆各大学针对美军强奸北大女生事件，展开反美运动。行政院禁止反美。
一月九日	台北学生团体反美示威游行，抗议北京女学生被强奸事件。
一月十四日	金价和物价暴涨。
一月二十九日	米价暴涨，一日数回。
一月	蓝明谷经由张志忠加入地下党。
二月四日	米价下跌。金、布类、美金大幅上升。
二月七日	省当局通令全省：严厉管制粮食售价，粮户、粮商定期限价出售存粮，如有违反，依治罪条例处罚。
二月八日	电费上涨一倍。
二月十一日	台北市金价、米价持续上涨，其他物价也受影响而上涨。
二月十三日	台北市民示威，要求解决米荒。
二月十七日	台北市开始实施食米配给。
二月二十六日	台大法学院学生连吃十多天地瓜，体力不支，纷纷返家。
二月二十七日	晚上七点左右，台北市延平北路因查缉私烟爆发民警冲突，一民众遭查缉员误射死亡。
二月二十八日	不满的台北市民集结行动，在长官公署广场遭机枪扫射，当场六人死亡，多人受伤。警备司令部发布台北市区临时戒严令。“二二八”事件爆发。
二月	锺理和介绍蓝明谷任教基隆中学国文老师。

三月一日　　行政长官陈仪宣布解除台北市区戒严令。基隆要塞司令部正式宣布基隆地区戒严。基隆市参议会举行临时大会。

三月二日　　下午六点，基隆要塞司令部由于市参议会的要求，解除戒严。

三月三日　　“二二八”事件处理委员会成立。基隆码头工人袭击第十四号码头军用仓库。

三月四日　　台北市的暴动发展为全省性的抗争。

锺浩东安排李南锋和邱连球，带领几名基隆中学的外省籍同事及其家属，搭火车到南部屏东避难。

三月七日　　“二二八”事件处理委员会向陈仪提出三十二条处理大纲。

三月八日　　陈仪拒绝接受三十二条要求。闽台监察使杨亮功在宪兵第四团保卫下到达基隆。

三月九日　　“国军”第二十一师在基隆登陆，开始镇压。警备总司令部再度宣布台北市戒严。

三月十四日　　台湾省警备总司令部宣布：全省已告平定，即日开始，肃奸工作进入绥靖阶段。

三月十七日　　戒严令扩大在全省各地实施。

三月下旬　　锺浩东安排黎明华正式担任基隆中学训导处干事。

民盟台湾省工作委员会在台北宣告成立。

四月二十二日　　行政院决议撤废台湾省行政长官公署，改订省政府组织法；决定任命魏道明为台湾省政府首任主席。

四月　　锺国辉与锺浩东、蓝明谷为一小组，锺浩东为组长。

五月五日　　台湾省警备总司令部改为警备司令部，彭孟缉为司令。丘念台坚辞民政厅长。

五月十六日　　台湾省政府成立，并宣告清乡工作已经完成。

五月十八日　　警备司令部公布：全省解除戒严，暂停邮电检查。

五月二十日　　上海、南京、苏杭等地学生六千多人，在南京举行反饥饿、反内战、反迫害大游行，遭到残酷镇压，造成史上有名的“五二〇血案”。

五月 黎明华转往中坜义民中学任教。

七月七日 中共中央发表“七七宣言”：成立民主联合政府、实施土地改革。

七月九日 国民政府决定解散政治协商会议。

七月二十三日 李翼中辞任国民党省党部主任。丘念台抗命，决不继任。

七月二十五日 警备司令部公布社会秩序安宁维持办法。

八月二十六日 丘念台就任国民党省党部主任。

八月 基隆中学支部成立，锺浩东任书记，锺国辉与蓝明谷任支委。

九月 国民党六届四中全会决定三青团并入国民党，于国民党中央执委会下设立青年部，由蒋经国负责，原三青团各级组织的干事，一律成为国民党各级组织的委员。

锺浩东与徐森源、锺国辉、丘继英等参加民盟台湾省工作委员会在基隆中学召开的会议，讨论如何开展工作。黄素贞离开基隆中学，转到北一女中任庶务主任。

十月七日 省政府依据中央所颁“后方共产党处理办法”，令本省境内共产党员于本月底前登记，逾期依法究办。

十月二十五日 台湾省第二届运动会在台中举行，市内及运动会场突然出现大量没有署名的宣传品，介绍人民解放军六十七条时局口号，并附有当时解放战争形势图。

十月 国民党当局宣布中国民主同盟为非法团体；民盟总部被迫在上海宣布解散。

	台湾地下党批准徐森源离开基隆中学，前往台中，担任国民党台中县党部书记长。
十一月十二日	谢雪红等“二二八”流亡者于香港组成台湾民主自治同盟。
	共产党在河北省平山县西柏坡村召开全国土地会议，制定中国土地法大纲。
十一月	台南新丰农校校长陈福星身份暴露，潜逃基隆中学校长锺浩东处，秘藏三天。李苍降在台北入党，以新民主同志会及台湾解放同盟名义发展组织。

一九四八年

一月	中国民主同盟在香港恢复中央领导机构，宣告与中共合作，彻底实现中国的民主、和平、独立和统一。
二月十八日	台大中文系主任许寿裳被刺杀死亡。
二月	台湾省工作委员会发行《光明报》。
三月五日	全岛各地出现《纪念二二八告台湾同胞书》，“中国共产党台湾省工作委员会”第一次正式署名。
三月	锺国辉辞职，回家养病。
四月二十三日	身份证总检查实施办法公布。
五月三十日	户口（身份证）总检查开始。
五月	中华职业教育社在上海创刊《展望》周刊。
八月十九日	废止台币兑换法币，改以金圆券兑换。
九月十二日	辽沈战役展开。
九月	国民党台湾省党部改组，合并三民主义青年团；丘念台请辞省党部主委之职。
	李旺辉由锺里志介绍，加入组织，成为基隆中学支部三名支部委员之一。
秋天	基隆中学支部扩大为校内、校外两个支部。蓝

	明谷任校外支部书记，支委分由王荆树、锺里志担任。
十一月二日	辽沈战役结束。东北全境为共产党解放。
十一月六日	淮海战役展开。
十一月二十九日	平津战役展开。
十二月二十四日	国民党华中“剿总”白崇禧、长沙绥靖主任程潜及河南省主席张轸，逼蒋“引退”。
十二月二十九日	国民政府任命陈诚为台湾省政府主席。
十二月三十日	国民党中常会任命蒋经国继丘念台任省党部主任。
冬天	新民主同志会一共三十几个群众陆续被捕。组织基本瓦解。李苍降将台北一部分同党分子移交上级李絜，转往基隆工作。

一九四九年

一月十日	淮海战役结束。长江中下游以北广大地区成为解放区。蒋介石派蒋经国去上海，命令中央银行总裁将现金移存台湾。
一月十四日	中共中央毛泽东主席在关于时局的声明中，提出在八项和平条件的基础之上，同南京国民政府和谈。
一月十六日	蒋介石下令中央、中国两银行，将外汇化整为零，存入私人户头。
一月二十一日	蒋介石宣布引退。李宗仁副总统代行总统职权。蒋仍以国民党总裁身份，以党领政。
一月三十一日	北平和平解放。
二月四日	省主席陈诚公布实施三七五减租。
二月中旬	台币与金圆券汇率调整为一比十五；米价猛涨。
二月	蒋经国奉命转运中央银行储存的黄金、白银五十万盎司，前往台湾、厦门。
寒假过后	基隆中学新来两名外省老师。锺校长知道他们都

是职业学生出身的特务，但推辞不得，只能通知相关人员提高警觉。

三月一日　台湾警备司令部实施《军公人员及旅客台湾省入境暂行办法》。

三月二十三日　何应钦继孙科之后出任国民政府行政院长，拒绝与共产党和谈。

三月二十九日　晚上，台北市中等以上学校学生，在台大法学院操场举办盛大的篝火晚会，庆祝青年节，并宣布筹组全学联。

三月　台湾银行为抑制物价，开始抛售黄金。

四月一日　南京派出以张治中为首的和平代表团北上与共产党议和，希望隔江而治。南京各大专院校近万名学生齐集总统府门前，举行反内战的集会和示威游行，要求贯彻真正的和平，但遭到血腥镇压。造成“四一血案”。

四月六日　凌晨，台湾当局为了镇压风起云涌的台北学运，派出大批武装军警，强行闯入师范学院与台大的男生宿舍，集体逮捕两三百名学生。一般称作“四六事件”。

四月七日　台币对金圆券的汇率又调整为金圆券百元兑台币二百二十元。

四月九日　物价全面高涨；黄金每台两五百五十万元。

四月二十一日　人民解放军分三路渡江。

四月二十三日　人民解放军攻占南京。

四月二十五日　国民政府迁往广州。

四月底　台币对金圆券汇率又再调整为金圆券百元改折台币七元。

五月初　台北地下钱庄一片倒风；金融经济混乱。

五月十八日　白米每石涨到一百万元；物价全面暴涨。

五月二十日	台湾地区开始实施军事戒严令。台湾银行办理黄金储蓄存款，金价定为每台两一千四百四十万元，并准领取黄金实物。
五月二十二日	台币一元改兑金圆券四百元。国民政府中央造币厂迁台。
五月二十四日	立法院颁布实施针对“匪谍”的“惩治叛乱条例”。
五月二十七日	上海解放。
	台湾省警备司令部禁止一切“非法”集会、结社、罢工、罢课、罢市，并制定新闻、杂志、图书管理办法。
	省工委依据战情判断，把“迎接解放”的政治口号转为“配合解放”的实际行动。
五月下旬	国防部保密局北平站上校特勤组长谷正文从上海来到台湾。
五月	基隆市工作委员会正式成立，锺浩东任书记，李苍降、蓝明谷为委员；下辖造船厂支部、汐止支部、妇女支部，并领导基隆要塞司令部、基隆市卫生院、水产公司等部门内的党员与周边群众。
六月十五日	币制改革，发行新台币；旧币四万元折合新台币壹元，新台币伍元折合美金壹元；发行总定额为两亿。通货膨胀，旧币如同废纸。
六月二十日	蒋介石接驻日代表团来电：“盟军总部对于台湾军事颇为顾虑，并有将台湾移交盟国或联合国暂管之建议。”
六月二十三日	前东区服务队队员、新竹商校校长林启周，在松山机场被捕。新竹商校的徐新杰等人立即分头转移。锺浩东安排徐新杰转移到屏东长治乡的邱连球家。
六月二十四日	近万名台湾军人派赴大陆，参加内战。

七月初	锺浩东与基隆中学教职员及黎明华等人爬狮头山。《光明报》发表《纪念中国共产党诞辰廿八周年》社论。
七月二日	三七五减租在全省各县市实施。
七月九日	省级公务员推行联保制。
七月十一日	夜间，台湾省工作委员会在全省同步散发《人民解放军布告》，省工委、台盟、解放军驻台代表联名的《告台湾同胞书》，以及一些写着明确口号的小张传单，展开政治宣传攻势。
七月中旬	台湾省主席陈诚接获《光明报》。
七月	台湾省邮政管理局为邮电改组暨邮电员工分班、过班而引起怠工请愿的风潮。
八月十八日	警方查户口时扣押台大法学院毕业学生王明德。
八月二十三日	保密局借提王明德侦讯；王明德坦承邮寄《光明报》等事情，并供出成功中学支部王子英等数人。
八月二十四日	保密局会同刑警总队，根据前所搜获之资料与王明德供词，逮捕成功中学毕业的姚清泽、郭文川、余沧州等。在高雄逮捕台大法学院学生詹昭光、孙居清、吴振祥、戴传李、林荣勋等。
八月二十七日	午夜，蒋碧玉与任职图书馆管理员的妹妹在学校宿舍被捕。锺浩东下落不明。
九月一日	台湾省“保安司令部”（司令官彭孟缉）成立。
九月二日	晚上，保密局特务到校长宿舍搜捕锺浩东。
九月八日	晚上，蓝明谷偕妻、子逃回冈山老家，开始逃亡生涯。
九月九日	早上十点多，军警包围基隆中学，逮捕四名教师、三名职员和三名学生。 李南锋、邱连球、邱连和在屏东被捕。
十月一日	中华人民共和国成立。

十月二日	台北县实施五人联保制。
十月三十一日	福建籍的台湾省工委会副书记陈泽民在高雄市被捕。
十一月四日	“防卫司令部”公布：通共或隐匿共党不报、造谣惑众、煽动军心、破坏交通与电信者皆处死刑。
十一月二十九日	国民政府再迁成都。
十二月八日	“行政院”决议迁都台北。
十二月九日	“行政院”正式迁移台北办公。
十二月十日	台湾省“保安司令部”发言人公开宣布：破获共产党的《光明报》及基隆市委会案，并枪决任职基隆中学的张奕明、锺国员、罗卓才、谈开诚等四人。锺浩东等十八人“准感训自新”，移送保安司令部。
十二月二十三日	全省各地开始配给食米。

一九五〇年

一月十九日	下午八点多，李苍降与妻子及姐姐在南京东路同时被捕。 锺浩东被送回军法处审理。
二月一日	“保安司令部”成立“新生总队”。
三月一日	蒋介石复职，着手改组内阁，提名陈诚任“行政院长”，积极推进反共抗俄政策。
三月八日	为防中共地下工作人员潜伏山区，实施为期一周的山地统一检查。
三月十日	台湾省政府通过本省户口总检计划。
三月二十日	美浓人张举昌与蒋碧玉立约，收买锺寿生（锺浩东之兄）与锺浩东持有份额山林，共价款台币六千元。
四月二十六日	“惩治叛乱条例”修正案公布。
四月三十日	全省户口总检查。
四月	驻海南岛的国民党军队约八万人撤退来台。

春天	丘念台和省内士绅联名向当局建议，对于本省思想犯，务请稍微从宽处理，给予悔过自新之路。
五月十三日	“国防部”总政治部主任蒋经国宣布：侦破中共台湾工委会（蔡孝乾）案，并公布《在台中共党员自首办法》。
五月十六日	国民党军队自动放弃舟山群岛基地，将十五万精锐部队撤到台湾。蒋介石提出“一年准备，两年反攻，三年扫荡，五年成功”。
五月三十一日	晚上，正声、台湾、空军、军中、民本、民声等广播电台，同时联播蔡孝乾对本省同胞发表的“忏悔”演说。
五月	蒋碧玉与张举昌立具转卖锺浩东名下十九甲山林的土地标示确认书。
六月一日	《“中央日报”》全文刊载蔡孝乾的广播内容。
六月四日	《戡乱时期教育实施纲要》公布，规定中小学实施三民主义及反共抗俄教育。
六月九日	“国防部”副参谋总长吴石及陆军第四兵站总监陈宝仓被枪决。
六月十三日	《戡乱时期检肃匪谍条例》公布。
六月十八日	原台湾“行政长官”陈仪以“谋叛罪”被枪决。
六月二十五日	朝鲜战争爆发。
六月二十七日	美国总统杜鲁门声明“台湾中立化”方针，下令第七舰队驶入台湾海峡，干涉中国内政。
六月二十八日	台北国民党发表声明，原则接受美国对台防卫。蒋介石声明要派兵参加朝鲜战争。
七月中旬	锺浩东、李苍降和唐志堂等同案共十四人移送台湾省“保安司令部”军法处结案。
八月十一日	第一次提讯锺浩东、李苍降与唐志堂等七人。
八月十五日	锺浩东再被提讯，并安排与王荆树对质。

八月二十一日　台湾省“保安司令部”军法处会审锺浩东等同案共十四名。评议结果：“锺浩东李苍降系台湾共产党匪要广收党员图谋不轨应处极刑。”

八月二十二日　台湾省“保安司令部”军法处审判官根据“锺浩东等案评议录”草成该案判决书，随即呈送军法处长包启黄。

八月二十八日　军法处长包启黄核判该份判决书。

八月二十九日　台湾省“保安司令部”以“兼司令”吴国桢与“副司令”彭孟缉名义将“锺浩东等叛乱案”卷判发文“总统府”机要室资料组。

九月二日　“总统府”机要室资料组回复台湾省“保安司令部”：“无意见。”

九月九日　台湾省“保安司令部”呈奉“国防部”批示。锺国辉、李旺辉在南部先后被捕。

九月二十一日　“国防部”参谋总长周至柔批答：“核准锺浩东等叛乱一案罪刑悉知照并将执行锺浩东李苍降二名死刑日期具报备查。”

九月二十五日　锺浩东给母亲写遗书。

九月二十九日　“行政院”制定“戡乱时期检肃匪谍举办联保连坐办法”。

“国防部”参谋总长周至柔“检同原卷判签请‘总统’蒋鉴核示遵”。

十月二日　李苍降与锺浩东在狱中写遗书。

十月十一日　“国防部”核定“保安司令部”关于锺浩东等人判决及死刑执行日期。

十月十四日　上午六点，“保安司令部”军法处将锺浩东、李苍降及唐志堂三名，发交宪兵，绑赴马场町刑场，执行枪决。

十月十九日　台湾省“保安司令部”军法处军法官陈庆粹拟写

“为检还锺浩东等叛乱案”的报告。

十月二十三日　“保安司令部”以部衔代电（39）安洁字第2545号发文“国防部”保密局局长毛人凤“检还锺浩东等叛乱案原卷一宗附判决正本一份”。另以部衔代电（39）安洁字第2546号发文“国防部”参谋总长周至柔“呈报叛乱犯锺浩东等三名执行死刑日期”。

十一月一日　“国防部”参谋总长周至柔以（39）劲助字第945号呈发文军法局转蒋介石鉴核“叛乱犯锺浩东等三名执行死刑日期”备查。

十一月四日　“总统府”驻“国防部”联络室主任傅亚夫以联芬字第39031号代电发文回复军法局：批示“准予备查”。“保安司令部”以部衔代电（39）安洁字第2673号发文台湾省教育厅：“查明锺浩东之介绍人保证人及单位主管姓名分别议处具报。”

十一月十四日　周至柔以（39）劲助字第1001号代电发文“保安司令部”转达蒋介石“准予备查”的批示。

十一月十八日　“保安司令部”电警务处与“国防部”保密局、“内政部”调查处等机关，协缉“在逃匪犯”蓝明谷、锺里志、陈少麟、曾庆廉四名归案。台湾省教育厅厅长陈雪屏电复“保安司令部”：关于前基隆中学校长锺浩东的介绍人保证人及单位主管人，均未办理互保手续。

十二月二十八日　基隆中学英文老师张国雄被枪决。

蓝明谷因父亲、妻子等无辜亲友多人被捕，前往高雄市警察局第一分局自首。

一九五一年

一月十四日　锺里志被捕。

一月十五日　　“保安司令部”发文高雄县警察局“查明叛乱已决犯锺浩东有无财产”。

一月十七日　　“保安司令部”以部衔代电（40）安洁字第0199号发文高雄县警察局“查明叛乱已决犯锺浩东有无财产”。

二月十七日　　高雄县警察局局长“为调查锺匪浩东有无财产一事”复电台湾省“保安司令部”兼司令吴国桢。

二月二十三日　　“保安司令部”再以部衔代电（40）安洁字第0775号发文高雄县警察局：切实查明“蒋碧玉是否为避免查封没收而故意将锺浩东所有山林十九甲卖与张举昌，张举昌有无明知而故为买受行为？”

三月八日　　旗山分局审讯收买锺浩东不动产的张举昌与介绍人黄阿番。

三月九日　　旗山分局审讯锺浩东的哥哥锺里虎。

三月二十七日　　高雄县警察局发文台湾省“保安司令部”“具报锺浩东财产变卖经过”。

三月三十一日　　“保安司令部”军法处准予锺里志办理自新手续，交保开释，勿再参加任何政治活动。

四月六日　　“保安司令部”军法官陈庆粹缮写关于锺浩东财产问题的总结签呈。

四月十日　　锺国辉枪决。

四月二十九日　　蓝明谷枪决。

四月　　“新生总队”移迁绿岛，扩大为新生训导处，编制为新生训导总队。

九月十七日　　“国防部”总政治部副主任张彝鼎发布《匪谍及附匪分子自首办法》和《检举匪谍奖励办法》。

十一月三日　　基隆中学教务主任方弢被枪决。

一九五三年　　锺浩东母亲去世，始终不知道锺浩东已经牺牲。

八月十三日　　《戡乱时期检肃匪谍联保办法》公布。

十月一日　　省教育厅通令全省国民学校审查学校全部图书，若有违反国策、诋毁政府、鼓动阶级斗争、影响儿童心理言论者，一律封存列删报厅销毁。

一九五四年

三月十六日　　张志忠被枪决。

五月五日　　邱连球被枪决。

十二月三日　　《中（台）美共同防御条约》签订。

一九五八年

二月二十二、二十三日　钟理和读史东《梵谷传》，在日记上有感而痛呼："和鸣！你在哪里？"

一九八三年　　年底萧道应夫妇托在美国的友人前往大陆，探寻当年送人收养的儿子。

一九八七年

七月十日　　蒋碧玉在夏潮联谊（合）会等团体举办的台湾民众党建党六十周年纪念会上，以"蒋渭水之女"的身份，复出台湾社会运动舞台。

七月十五日　　台湾地区解除戒严；"动员时期国家安全法"同日实施。

八月二日　　蒋碧玉在台湾史研究会举办的"蒋渭水先生逝世纪念研讨会"演讲《蒋渭水先生与我的青少年时代》。

九月八日　　执政当局开放大陆探亲，除军公教人员外，不分省籍、亲等、年龄、党籍，均可由第三地区自行前往。

十一月二十一日　　蒋碧玉通过萧道应夫妇协助，给当年送人收养的儿子写第一封信。

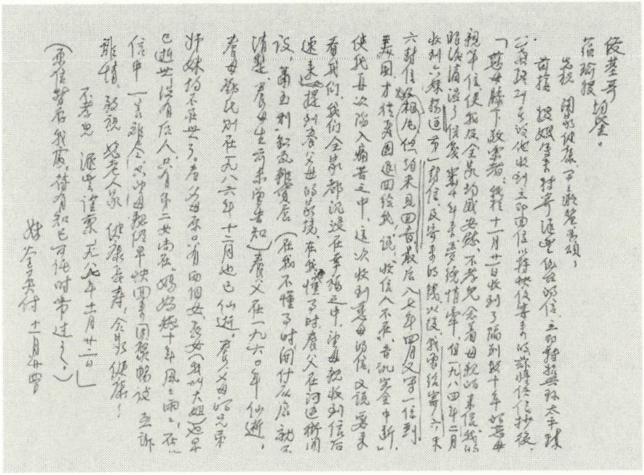

1987 年 11 月 21 日，蒋碧玉通过萧道应夫妇协助，给当年送人收养的儿子写第一封信后，收到美国友人转来内抄失散近五十年的长子的来信

1990 年 4 月，蒋碧玉与作者在始兴收养孩子的萧姓人家门前（何经泰摄影）

一九八八年

三月十六日　台湾农民反对开放美国农产品进口而游行抗议，蒋碧玉走入游行队伍，高喊反美帝、反倾销口号。

四月四日　蒋碧玉参加中国统一联盟创盟大会，高票当选执行委员。

五月一日　蒋碧玉走入劳工队伍，参加战后台湾第一次庆祝五一劳动节的游行。

五月五日　蒋碧玉在广州车站重逢离散四十五年的长子。

九月　《人间》杂志刊载关于锺浩东与蒋碧玉的报导——《幌马车之歌》。蒋碧玉终于以基隆中学校长锺浩东夫人的身份现身。

一九八九年

三月十日　《幌马车之歌》入选尔雅《“七十七年”短篇小说选》（詹宏志编选）及获得第七届洪醒夫小说奖。

十月二十五日　陈映真、王墨林及蓝博洲等《人间》杂志同人，在台北市大同区公所礼堂演出报告剧《幌马车之歌》。

一九九一年

二月二十八日　　蒋碧玉参加二十世纪五十年代白色恐怖政治受难人及牺牲者家属在台北青年公园及马场町刑场首次公开举行的追思纪念会。

五月二十日　　蒋碧玉参加“反对白色恐怖”万人大游行。

六月二十日　　时报出版公司出版《幌马车之歌》。

一九九二年

二月　　《幌马车之歌》荣获《联合文学》“八十年度十大文学好书”作家票选部分第一名。

四月七日　　蒋碧玉与李旺辉等难友出席高雄医学院高医青年社举办的“幌马车之歌音乐纪念晚会”。

一九九四年

十一月十四日　　侯孝贤导演、朱天文编剧的电影《好男好女》(原著《幌马车之歌》)开镜。

蒋碧玉在“二二八暨五〇年代白色恐怖牺牲者追思纪念会”带领其他受难者及遗族唱《安息歌》，祭悼当年为了爱国而牺牲的先烈英魂

1991 年 5 月 20 日，七十岁的蒋碧玉再次走上街头，“反对白色恐怖”(何淑娟摄影)

高雄医学院高医青年社举办的“幌马车之歌音乐纪念晚会”（蓝博洲摄影）

一九九五年

一月十日　　　　　蒋碧玉病逝于台北。

一月二十六日　　　蒋碧玉的告别仪式在台北第二殡仪馆举行。

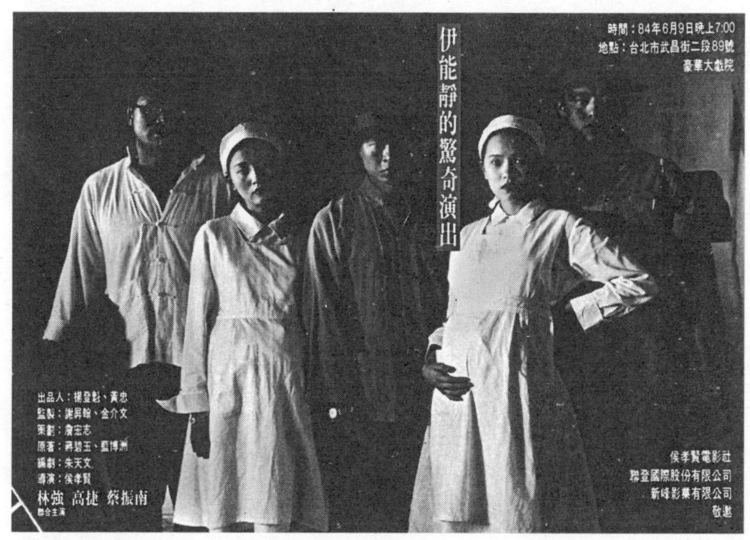

1994 年夏秋之交，蒋碧玉的癌症病情开始恶化；12 月底，住进新店耕莘医院。与此同时，侯孝贤导演把她与锺浩东的乱世恋曲拍成电影《好男好女》

一九九七年

三月三十日　　　　《幌马车之歌》日译本出版。

浩然光明

投奔祖國抗戰出生入死一心爲人民
闡述五〇年代無怨無悔春蠶絲未盡

我們將繼續前進

【治喪委員會全體敬書】
一九九五年元月二十六日

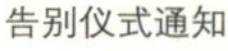

告别仪式通知

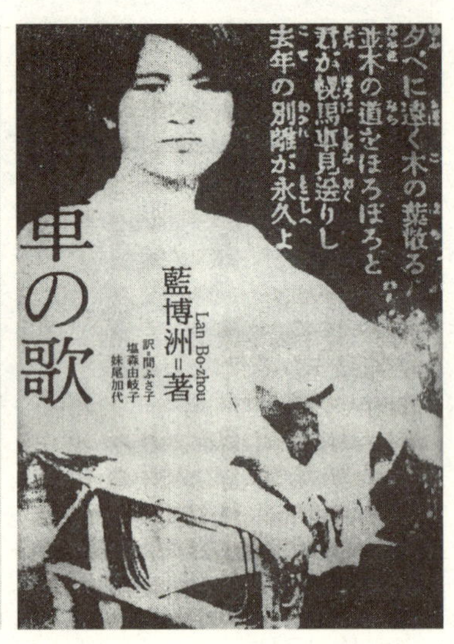

《幌马车之歌》日译本封面

二〇〇四年

十月十四日　　　《幌马车之歌》增订版出版。

二〇一五年

十月十四日　　　“《幌马车之歌》——锺浩东与蒋碧玉的乱世恋曲图文展”在景美人权园区开幕。

蒋碧玉的回忆手稿之二

蒋碧玉的回忆手稿之一

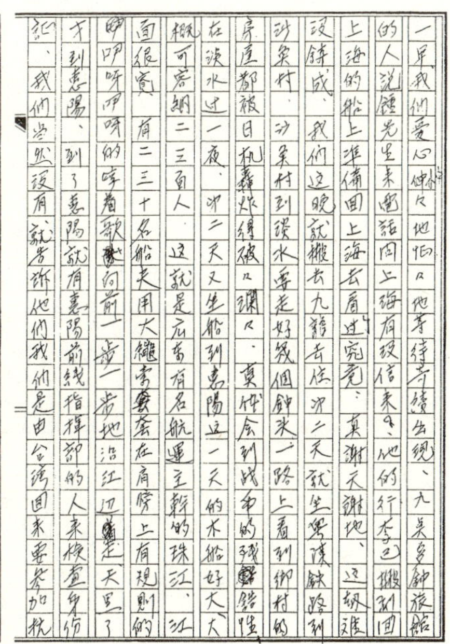

一早，我們憂心忡忡地怕怕地等待續出現、九点多鐘旅館
的人說鍾先生來電話，因上海有設信來了、他的行李已搬到回
上海的船上準備回上海去看过究竟：真謝天謝地、这艱難
設鋳成、我們这晚就搬去九龍去住，第二天就坐粵漢鉄路到
沙魚村，沙魚村到淡水要走好幾個鐘头，一路上看到鄉村的
房屋都被日机轟炸得破破爛爛，真体会到战爭的殘酷性，
在淡水过一夜，第二天又坐船到惠陽，这一天的木船好大、大
概可容納二三百人，这就是広东有名航運主幹的珠江、江
面很寬，有二三十名船夫用大纖索套在肩膀上有規則的
呼呼呼呼呼的哼着歌向前一步一步地沿江边走，天黑了
才到惠陽、到了惠陽就有惠陽前線指揮部的人來檢查身份
証、我們当然沒有，就告訴他們我們是由台湾回來要参加抗

蒋碧玉的回忆手稿之四

蒋碧玉的回忆手稿之三

在这裡自己苦練出来的还好我們隊裡头有很多書可以看、在民運工作中我們了解他們的困难和待解决的问题因这个地方是三不管地带未開發地方封建落後糾纷又多、記得有一年綏福田与隣村為了爭取灌溉用水界田水械鬥起来剛好七八月田裡要收割兩村都手得無法下田整天搶炮声不断在念台先生從中排解也無法解决他們的械鬥争只好請尤前線指揮部派武裝部隊来鎮壓才平息、因这裡是無政府狀態 土匪又多百姓差不多都有搶支三天一节他們上市也要背搶好像看西部電影、这裡的 農是很可憐被土豪劣紳剝削得很利害 比地没有醫療機構我們老蕭还要做醫務人員

蒋碧玉的回忆手稿之五

评论与回应

未完的悲哀

未完的悲哀

詹宏志

在一九八八年的众多小说当中，《幌马车之歌》可能是我个人最心仪的“小说”，我也向尔雅出版社负责人隐地先生推荐它为第七届“洪醒夫小说奖”的作品。——但是，我得先解决一个理论难题：它是小说吗？

包括作者蓝博洲在内，原来都不预备把它当小说的，因为它是真人真事（一位在二十世纪五十年代白色恐怖时期牺牲的台籍知识分子的故事），作者的目的也定在“历史重建”，他尽可能利用相关人士的口述以及可信的文献，力求字字句句皆有来历，绝非向壁虚构的 fiction。——即使是《幌马车之歌》的发表方式，也附有文中主人翁的照片，这都暗示它的“纪实”性格，而非创造。

小说被容许是“假的”（它不必是真实世界中发生过的事），但它一定得是假的吗？恐怕未必。借用俄国形式主义理论的概念，我们似乎是可以把小说定义为“以文字构成情节（plot）来叙述故事（story）的艺术形式”，小说是否成立端看这些形式要件是否满足，故事是真是假根本不重要。

何况小说中的真实与人生中的真实究竟如何彼此纠缠，还是难解的问题。小说家当然也求“真”，只是此真非彼真（历史的真），另有洞天罢了。小说家处理故事材料时，不是也常考虑许多技术，使其人物或行径合乎读者的理性逻辑与感情逻辑吗？

《幌马车之歌》是完全符合一篇好小说的条件的，连关系人的口述记录我们都可以认为那是表达上的“设计”，只是“碰巧”都是真的。（口述记录也不必然就是报导文学形式，报导文学也可能经由作者叙述，不用当事人口述，可见《幌》作的形式也是有意设计来达成某种目标的。）

《幌马车之歌》写的是一位台籍知识分子的时代悲剧。主人翁锺浩东生在日本统治下的台湾，自小富于民族意识，日本侵华战争爆发后一心想赴大陆参加抗日，他带着妻子与同志冒险来到广东，却被误为日谍，差点成了枪底冤魂，幸亏台籍国民党游击队领袖丘念台营救，才加入抗战队伍。他们一行在大陆奋斗了六年余，作战流亡，连生下的小孩都得送给别人，一直到抗战胜利才返回台湾。回台后的锺浩东，担任基隆中学的校长，展露办校的才华与风格。直到“二二八”事变爆发，锺校长为了启蒙民众的政治认识，坚定阶级意识，创办了地下刊物《光明报》，到了民国三十八年，《光明报》事发，锺浩东与同案多人被捕，在狱中待了一年多，于一九五〇年十月十四日被枪决。

这个故事本身是拥有悲哀与愤怒的，但作者没有让它泛滥出来，使它成为一篇具有艺术质量的“小说”，而不同于其他廉价的翻案文章。

小说家一开始，先通过同案难友的口，描述锺浩东从容就刑的场面；然后故事跳回来，从浩东幼年说起，描述他的性格、成长；他的青年怀抱、他的恋情；然后，进入他的人生的转折点，赴大陆抗日的雄心伟举；故事再依时序发展到回台、治校、办报，直至被捕、受囚、就义。这期间波澜壮阔的经历磨炼，作者是很有机会可以为他抱屈申冤的，但小说却压抑这些情感。一直到锺浩东已死，他的弟弟带回骨灰，并且骗母亲是请回来祈福的佛祖骨灰；然后他“跑到屋里，关起门来，先是干号，然后就放声大哭，眼泪流个不停”……

小说家残酷地让所有的情绪积蓄到最后才宣泄出来，但也只是点到为止——他的节制使作品呈现“未完的悲哀”，这悲哀因而是无穷尽的。我们都知道小说艺术贵在内敛，但很少小说家做得像蓝博洲这么好。

原载尔雅版《“七十七年”短篇小说选》

重找一个阅读《幌马车之歌》的角度

须文蔚

蓝博洲在台湾文坛的身影是孤绝与特异的，从二十世纪八十年代中叶开始，他专注挖掘白色恐怖时期的史料，以报导文学的形式揭露受难者的证言，其中最早也最著称的作品，当推一九八八年刊行在《人间》杂志上的《幌马车之歌》。这篇动人的作品曾经被选入“年度小说选”，也曾获得过一九八八年的“洪醒夫小说奖”，不少读者与批评家会因为《幌马车之歌》得到小说奖，而将这篇作品置于报导文学的门外，甚至以虚构文本的阅读心态赏析之，不免减损原作者的真意。

有趣的是，在文学理论的讨论上，也有不少学者争论着，这部缺乏虚构成分的作品，算不算得上具有“典律”性质的小说？不在乎评论界的风风雨雨，蓝博洲在填著作简介时，向来是这么写的：“著有报导文学《幌马车之歌》。”

蓝博洲在一九八一年辅大草原文学社社长任内，便透过杨逵、陈映真等人接触到“白色恐怖”的政治受难者。一九八二年，初读鲁迅等二十世纪三十年代作家禁书的蓝博洲，因愤慨与悲伤的文字，感受到前所未有的激动与充实。同一期间，通过吴浊流的《无花果》，他第一次读到有关“二二八”的文字资料。原先，仅是想收集有关小说写作的素材，借文学重现台湾近代遭受湮灭的历史事件，后来在一九八六年六月，廿六岁的他从军中退伍后，便投身在《人间》杂志，进行一系列报导文学的书写工作。

报导文学多半处理具有新闻性的题材，蓝博洲却把视野放在似不具“时效性”（timeliness）的历史事件上。看来是口述历史资料的整理，不具备新鲜性，但是经过考据、挖掘与查证，蓝博洲把荒谬、委屈以及经过再三曲解的历史真相加以还原，进而建构出平反政治受难者的新议题，开拓出报导文学的新疆界。

在写作形式上，蓝博洲让受访者轮流登台证言，除了少数段落引用历史文献补充说明锺理和与锺和鸣的关系外，作者本身几乎没有动用任何的解释与叙述联系受访者的报告。如果以电影的拍摄手法来模拟，《幌马车之歌》的影像全部是受访者的自述，一直停留在说话者的中景特写，既无远景镜头，观照全局，也无记录者的旁白过桥，补充、解释受访者言谈间遗漏的叙述。但是蓝博洲发挥了小说家的功力，把个别的证言写得十分具有故事性，更透过精心的剪裁，读者一旦融入主人翁的故事性，自然而然会动用想象力出入上海、惠阳、桂林、曲江、永安和基隆，不待多渲染，事件本身的不公义自然会撼动任何具有正义感的心灵。

蓝博洲掌握了报导者最珍贵的三项资产——进步批判、冷静旁观与再现真实。在精神上，他能一直抱持着进步批判的角度，书写二十世纪三四十年代敢于螳臂当车，奋不顾身与威权政权、帝国主义势力相抗衡，站在穷农的位置做斗争的左翼运动前锋的事迹。在态度上，他把沸腾的热血藏匿在报告者的话语中，让自己当个冷静的旁观者，清理遮蔽历史的血迹斑斑，不让白色恐怖成为喧嚷的政治工具。在方法上，他用口述历史的模式再现真实，重新整理台湾人的集体记忆，作者的意识形态固然仍会在选择受访者、资料剪裁与史料动用上显现出来，但每一个部分的报告都由当事人见证，无可挑剔地重现受访者记忆中的真实，也就带来了巨大的震撼力。

当然，好的报导文学作品往往会向小说技法借火，这是国内非虚构文类书写时比较少谈述的部分，但是有好的动机、情节与描述的报导文学作品，实在不适宜被归类到小说的领域。评论家詹宏志认为此文其实可以被归为小说是因为他以为，若将小说定义为“以文字构成情节来叙述故事的艺术形式”，则故事的真假并不重要，重要的是情节与叙述的故事性。然而对绝大多数读者而言，小说的虚构本质，会产生阅读上完全不同于纪实文学的理解、诠释与世界观，把《幌马车之歌》置于报导文学的领域中，当能获致更贴近历史真实的阅读感受。

蓝博洲经营报导、历史纪录的身影虽然孤绝与特异，但是绝不寂寞。值得注目的是，他原本加入《人间》是希望通过报导工作“一方面参与实际的社会运动，一方面锻炼自己的写作能力，进而为日后创作长篇小说培养主观的条件”。在他的坚持下，报导文学趋近了历史，而确实他也创作出像《藤缠树》那样写实又兼具批判力的长篇小说。他显然是具有实践力的知识分子，正如马克思《关于费尔巴哈的提纲》所提到的：“人的思维是否具有客观的真理性，这不是一个理论的问题，而是一个实践的问题。人应该在实践中证明自己思维的真理性，即自己思维的现实性和力量，自己思维的此岸性。”如是的精神，应当是当代报导文学中最值得珍视的部分。

二〇〇三年十二月廿五日《中副》

《幌马车之歌》对大陆文学的启示

陈建功

台湾作家蓝博洲先生所著报导文学《幌马车之歌》，在《人间》杂志发表应该是一九八八年也就是二十几年前的事情，我第一次读到它，距今也有十几年了。几天前，趁这本书在大陆再版的机会，我又重读一遍，心中又一次充满了感动。这种感动，和十几年前的感动大有不同。不再是扼腕的痛惜，而是绵绵无尽的悲凉；也不只是对锺浩东们高山仰止般的钦佩，而是又有了一些对人生对文学的顿悟。读罢，我默然独坐很久。当然首先仍然是发自内心地向锺浩东、蒋碧玉们致敬着，也向把这些被遮蔽的人物及其神韵彰显出来，铭刻在历史碑石上的蓝博洲致敬着。但我更多的是在想，二十几年间，无论是大陆还是台湾，不知有多少书被写作出来，可又有几本在二十年后还可圈可点？因为曾经在中国作家协会负责过一些创作研究方面的工作，所以对当代中国作家（包括大陆、台港澳作家以及海外华文作家）的作品，自然也关注得多一些，坦率地说，有不多的几部令我欣喜地向朋友们奔走相告，《幌马车之歌》，是其中的一部。最近，因为重读，又一次激起我奔走相告的愿望！因为自己又一次被感动、被震撼，更因为我觉得这部作品对大陆文学，仍具有很大的启发意义。在这里，愿意抛砖引玉，就教于大家。

首先，蓝博洲先生的《幌马车之歌》，是一部站在中国作家道义与良知的立场，经过广泛而深入的探访和思索，以果敢无畏的精神重现历史现场的经典之作。它以娓娓道来的笔触，冷静客观的叙述，严谨绵密的考证，为我们再现了一群活跃于白色恐怖之中的青年志士的身影，更呈现了他们抛家舍子、坚韧不拔、义无反顾、从容赴死的精神风貌。而蓝博洲，他在采访撰写过程中所体现出的、作为一个有思想有良知的作家的作为，同样可圈可点。他的理想主义、爱国情怀、治史胆魄、秉笔之道，乃至他“泰山崩于前而色不变”的从容，都和传主锺浩东们有着微妙的心理同构。这种独立的人格、高洁的风骨，显示着中国文学和中国作家对为人之道与为文之道的坚守，使我们不能不发出“德不孤，必有邻”的赞叹。纵观中国古今，巧言令色、阿谀应制的文学并不少见，面对是非之祸，更多的人则如李贽所讽，“空有其才而无其胆，则有所怯而不敢”。(《焚书》卷四《杂述》之《二十分识》。) 也正因为如此，巴金先生才为我们留下一个“讲真话”的遗训。而蓝博洲先生，穿越历史的迷雾，在白色恐怖时期，就敢于直面历史的真实，言衮衮诸公所不敢言，不能不令我们由衷地钦佩。正如陈映真先生在“代序”所说，蓝博洲“在一九八六年的尚未‘解严’的时代，开始了探索、发现和揭露台湾战后史上这一段长期被暴力湮灭的历史的工作”，是“一九五〇年大恐怖以来台湾史学界、言论界、文艺界和文化界近于绝无仅有的重大贡献”。我认为，这种贡献对于身处商业时代、面对熙熙攘攘的当代中国作家和中国文学来说，不仅只是一本书，而是给我们以一种精神的启迪、导引与激励。

第二，掩卷之后我不能不想，蓝博洲用了什么办法，使他笔下的主人公拥有如此巨大的魅力？为此，我曾把锺浩东、蒋碧玉们和另外一些作品中的英雄人物做了比较。一是前者所用文字，要俭省得多，全书正文，不过六万字，而我所读过的其他作品，背景尽可能地渲染，事迹尽可能地详尽，似乎不撰写厚厚的书，不足以告慰先烈；一是前者所持态度，要客观、冷静得多，几乎全是冷静的叙述，即便有描写，也是白描笔法，比如锺浩东的妻子蒋碧玉叙说自己为了抗日，把长子送给了别人，不料又怀身孕，为了不生孩子，私下找些毒性极大的中草药打胎，岂料呕吐一地，没想到被别人养的狗吃下，狗当场仆地毙命。没有更多的描写，已足令读者唏嘘。又比如蒋碧玉诉说浩东被枪决后，自己料理后事的经过，就像友人间诉说着家常，而浩东的弟弟锺里义带着浩东的骨灰，捧回家乡入祀，为了瞒住母亲，骗说这是到庙里烧香拜佛，请回的佛祖的骨灰。说过之后，跑回自己的房间，先干号，随后是撕心扯肺的号哭，等等。几无渲染，却比那些生花妙笔渲染烘托出来的人物，令人震撼得多。节制与纵情，白描与铺排，似乎都还是手法问题，因此我以为大可不必扬此抑彼。我以为蓝博洲和他人根本的区别不在这里，而是如何看待自己的人物的问题，或者说，是把你写的人物作为邻家大哥，还是作为塑造的、景仰的、欲使之彪炳史册的英雄？这一点，我认为林书扬先生在本书“代序”中所说最为剀切。他说，蓝博洲笔下的“这些人”，“不是一般公式中的英雄圣贤，而是寻常有骨有肉、有血有泪的人。只不过热爱乡土和祖国，固执于造福全人类的真理，相信未来，更相信为了未来必须有人承担现在的代价，而自愿以生命来承担这份代价的人”。林先生所用“只不过”这三个字，可谓妙绝时论，参透了这部作品人物成功的奥秘。多少被爱戴的人物到了我们笔下，都成为了“公式中的英雄圣贤”，而他们其实“只不过”是寻常的、有骨有肉、有血有泪的邻家大哥和大嫂。现在，在蓝博洲的叙说里，邻家的大哥大嫂等几个人，就那么结伴跑到大陆去抗日了，没想到竟被当成了“日谍”关进了监狱……这岂是圣贤，简直是无知。而正是这无知，呈现出五位青年多么炽热的爱国情怀。“只不过”三个字，就是把圣贤还原为普通人的诀窍，也是蓝博洲给大陆文学界的启示。

第三，成功的文体尝试，使《幌马车之歌》为我们提供了另一方面的思考。如果我没有记错，对“文体自觉”之倡导，早在二十世纪八十年代初就在大陆流行了。这个倡导，引发了丰富的文体尝试。有成功的，也有失败的。由此作家们意识到，“审美的颠覆”未必可以统而言之，成为好的艺术创造的标准。因为这颠覆有时候实在是不成功的。比如有的小说让读者“一头雾水”，只剩作家们自吹自擂，说自己如何高深莫测新潮前卫，其实这样的探索除了探索的勇气可嘉，又哪里算得上是“审美的颠覆”？结果倒是读者颠覆了作家，人家不再看你的书，岂不就是把你给颠覆了！因此作家们又逐渐认识到，我们所说的“审美的颠覆”，其实应该是“成功的审美颠覆”，也就是“艺术创新带来的征服”。而要做到这一点，不靠故弄玄虚，不靠过度包装，只能来自作家的实践，来自作家艺术表达过程中的寻觅、想象和尝试。最后的检验标准，只能靠读者的阅读感受。不难看出，《幌马车之歌》的成功，除了作家的立场、情感以及素朴平凡的英雄观等原因以外，文体的自觉与成功也是不言而喻的。受访者轮番的陈述、锺理和日记与作品的摘引、报章的记叙以及文书档案的引用，直至每一章节后面的注释，无不昭示着历史现场的真实与严谨。包括附在文末的“口述证言”“大事年表”等，也都可视为这历史现场重现的有机构成。也正因为这样，给读者带来了引人入胜却又真切感人的阅读。这种以成功地完成题旨为原则的文体探索，以艺术征服为原则的文体探索，应该说，对我们大陆作家的启发，也是巨大的。

《幌马车之歌》给我们带来的思考和启迪，应该说远不止这些。它更宏大的意义，在许多评论中都有很好的阐发，我只是从文学方面谈谈读后感而已。我想借此说明，加强两岸的文学乃至文化的交流，对大陆作家以及大陆文学来说，也是求之不得的事情。

二〇一二年五月二十七日

谁的《幌马车之歌》

蓝博洲

缘　起

“在日本介绍台湾电影最力”的影评人田村志津枝小姐，在十二月十五日的《自立副刊》上，写了一篇探讨从电影《悲情城市》的片段衍生的，有关流行歌曲、电影及历史关联性的文章；这篇文章题为《追寻幌马车之歌》。

田村小姐在《追》文中表示，她是在《悲》片中才第一次听到《幌马车之歌》。由于这首歌的歌词是在表达分离时的哀切之情，因此，第一次听到《幌马车之歌》的旋律时，不免地生起“有如听到一首我们父母辈所爱唱，如今也仍然为感伤年华的女学生所喜爱的日本歌曲般”的感怀。然而，田村小姐又表示道：“在感怀的同时，也不可否认地存在着画面所传达的景象与那旋律所酝酿出来的不协调所带给我的怪异感。”基于这种个人主观的怪异感，田村小姐于是在“这首歌到底是什么样的歌？在日本又是何时被唱着的呢？”的发问下，回到日本，展开一场追寻《幌马车之歌》的历史之旅。经过调查，田村小姐发现，《幌马车之歌》是首二十世纪三十年代的流行歌曲，曾经先后于一九三二年及一九三五年，由哥伦比亚公司发行。而这段时间正是日本政府向中国发动侵略，致力于帝国主义战争的历史阶段。因此，田村小姐感到“愕然”与“好奇”的是，“这种以驱唤前往侵略地‘满洲’及构筑日本人之梦的《幌马车之歌》，竟会在台湾‘二二八’事件被捕、被枪杀的知识青年口中唱出来”。基于此种迷惑，田村小姐于是进一步地问道："到底在台湾当时是哪些人在唱这首歌？是在什么状况下唱这首歌？是在何所思之下唱这首歌？请知道当时情况的仁人君子，有以教我。"为此，田村小姐表示，她曾就这件事请问侯孝贤导演；侯导演向她表示，他曾在杂志中看过，"二二八"事件当时，事实上在类似的情况之下，曾有人唱着《幌马车之歌》，因此，他才在电影中如此安排。事实上，侯孝贤所看到的是刊登在《人间》杂志第卅五、卅六两期（一九八八年九月、十月）的报告文学——《幌马车之歌》。笔者身为《幌》文的作者，因此，不揣浅陋，针对田村小姐的调查发现及疑问，就个人的调查过程作一个报告；并且也提出一些看法，就教于田村小姐及当时的仁人君子。

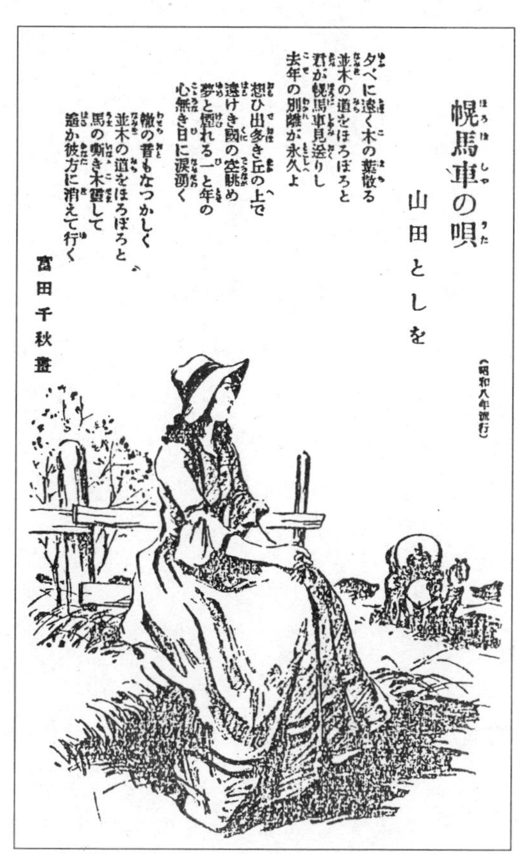

富田千秋插图《幌马车之歌》

《幌马车之歌》的出土

我第一次听到《幌马车之歌》，是在一九八八年夏天的某个午后。在长期而大量地采集了前基隆中学校长锺浩东的生平资料后，我开始动笔写这个令人敬痛的前人的生命史；然而，苦于时空、人物、事件的庞杂，我的写作状况进展得并不顺利。因此，我又一而再地找锺校长的太太，也就是蒋渭水先生的女儿——蒋碧玉女士，就她所知道的锺校长的种种，更加细致地探访。那天午后，蒋女士告诉我说，她曾经听一个在军法处与锺浩东校长同房的难友描述锺校长赴死前的情景。这样，我终于抓到写作的头绪了。

这名难友说："一九五〇年十月十四日，清晨六点整。刚吃过早餐，押房的门锁便咔啦咔啦地响了。铁门呀然地打开。'锺浩东、×××、×××，开庭。'我看见铁门外面两个面孔犹嫌稚嫩的宪兵，端枪、立正，冷然地站立铁门两侧。整个押房和门外的甬道，立时落入一种死寂的沉静之中。我看着校长安静地和同房难友一一握手，然后在宪兵的押解下，一边唱着他最喜欢的一首世界名曲——《幌马车之歌》，一边从容地走出押房。于是，伴奏着校长行走时的脚链拖地声，押房里也响起了由轻声而逐渐洪亮的大合唱……"

这段情景，据侯孝贤所言，事实上也正是《悲情城市》片中，林文清在狱中送难友吴继文"出庭"时，同房难友全体庄严地合唱《幌马车之歌》的历史根据。

《悲情城市》叙述的不只是一九四五年到一九四九年的台湾而已！

只是，就历史的事实而言，它并不是发生于"二二八"事件当时，而是发生于国民党败退台湾后，在美国的支持下，有计划地肃清"以中国的民族解放"为志向的台湾社会主义者组织的二十世纪五十年代。《悲情城市》引起争议的历史部分，我个人认为在于它所叙述的时空并不只是一九四五年到一九四九年的台湾而已；其实，它是延伸到二十世纪五十年代的左翼政治肃清。只是在客观的政治条件下，侯孝贤导演把它压缩至一九四九年国民党败退来台为止；如果片尾不打出一九四九年国民党败退来台的字幕，那么《悲》片的历史问题就没有什么好争议了。

其次，田村小姐所疑惑的这样的军国主义时期的歌，为什么会在从容就义的、信仰社会主义的台湾青年口中唱出来？

针对这点质疑，我试着与田村小姐做几点解释与沟通。

首先必须厘清的是，在五十年代为其信仰赴死的社会主义者，当其赴死时，并不是人人都唱这首《幌马车之歌》的；一般说来，当时的政治受难者在送别赴死的难友之时，唱的是改编自俄国民谣的《安息歌》；一直到现在，五十年代幸存的政治受难者为难友送别时，还是唱着这首《安息歌》。

至于《幌马车之歌》，事实上就我这几年来从事五十年代民众史的调查所知，到目前为止，还只有锺浩东校长在受难时唱这首歌。为什么他会唱这首歌而不唱《安息歌》呢？这又得回到他的青年时代谈起。

《幌马车之歌》的内容并不是军国主义的！

蒋碧玉告诉我说："《幌马车之歌》是我在帝大医学部（今台大医学院）的医院当护士，刚认识浩东时，浩东教我唱的。"

那时候，正当全台湾进入战时体制的一九三七年。来自南部美浓笠山下的北高青年——锺浩东，因为用功过度，患精神衰弱症而住院。

蒋碧玉说，《幌马车之歌》是一首很好听的世界名曲。它的歌词大概是说：

> 黄昏时候，在树叶散落的马路上，目送你的马车，在马路上幌来幌去地消失在遥远的彼方。
>
> 在充满回忆的小山上，遥望他国的天空，忆起在梦中消逝的一年，泪水忍不住流了下来。
>
> 马车的声音，令人怀念，去年送走你的马车，竟是永别。

蒋碧玉又说："浩东是个情感丰富的人，所以，他很喜欢唱这首歌。他曾经告诉我说，每次唱起这首歌，就会忍不住想起南部家乡美丽的田园景色！"

锺浩东是作家锺理和的同年兄弟，读过锺理和作品的人，自当不会对其所描写的笠山感到陌生。

"因为老家就在笠山山脚，"针对田村小姐的质疑，蒋碧玉解释道，"由于故乡的环境非常类似《幌马车之歌》中'在充满回忆的小山上'的情景；所以，浩东非常喜欢唱这首歌。"

因此，我们不难理解：为什么锺浩东校长在临刑赴义时会唱起这首歌。其实，就歌的词义与旋律而言，它根本就听不出一丝丝军国主义的味道。

"青年时候的浩东是个具有浓烈的祖国情怀的民族主义者，"针对《幌马车之歌》是驱唤日本青年前往侵略地"满洲"的歌，我请教蒋碧玉的看法时，她解释道，"因此，当时流行的军歌，他不但绝口不唱，也不准身边的朋友唱，我记得有一首歌叫《支那之夜》，他就不准我们唱，他说这首歌是辱华的歌。此外，他的音乐素养也很好，初识他以后，我即常在下班后到他们高校生的租所听古典音乐；因此，除了军歌之外，当时比较粗俗的流行歌曲，他也是从来不唱的！至于《幌马车之歌》，我们当时一直以为它是首西洋名曲。因为除了东北以外，欧洲才有幌马车。"

蒋碧玉还告诉我说，当年，她一些同年纪的护士也都会唱这首歌。不久前，她参加一位五十年代的政治难友的追悼会时，因为这位难友生前喜欢唱这首《幌马车之歌》，她还特地唱这首歌为他送别。

结束语

从《悲情城市》中吴继文"出庭"的片段来看，由于此段情节并没有打出字幕，一般观众除了通过哀伤的歌声感染到一种庄严赴死的心情之外，相信没有人会知道这首歌的歌名是叫《幌马车之歌》的；

即使知道，也不会有人理解，这首情境凄美的送别歌，竟会是产生于二十世纪三十年代日本军国主义高涨的历史阶段。如今，通过《悲情城市》的阅读，来自日本的影评人田村志津枝小姐，追寻出它的原始意义，并且为“这样的历史条理”感到“愕然”与“无限地好奇”。

我的这篇短文，主要也是针对田村小姐“到底在台湾当时是哪些人在唱这首歌？是在何所思之下唱这首歌？”的发问而做的粗糙的解释。

田村小姐有一种预感，她认为“透过这首歌对台湾与日本的各种人做访问，应该可以道出在此之前被弃置的受历史之浪潮翻弄的庶民的历史，重现台湾与日本关系中令人意外的场面”。

我想，这种预感基本上是一种正确的可能。我也预期“透过银幕看台湾社会”的田村小姐通过《幌马车之歌》的追寻，必然会有历史的新发现的。

最后，就《幌马车之歌》而言，我有个人主观的两种看法：

第一，就像高唱《国际歌》的学生们不一定是“国际主义者”一般；喜欢唱《幌马车之歌》者，也不一定是“军国主义”的信徒。

第二，尽管《幌马车之歌》是二十世纪三十年代日本侵略时期的流行歌曲；然而，在殖民地台湾，通过锺浩东及其同一世代爱唱这首歌的青年的传唱，它先是净化为一种纯然曲调优美的送别歌；其后，在战后台湾无条理的政治环境下，当作为基隆中学校长的锺浩东，在一九五〇年十月十四日的那天清晨，面对着已然到临的死刑，从容地唱着这首《幌马车之歌》与同房难友告别时，这首《幌马车之歌》，对锺浩东及其同房难友而言，已经不是它原先的“军国主义”时期的《幌马车之歌》了，它已然蜕化为对于即将遗落的、满怀记忆与眷恋却来不及加以改造的人间世界的离情，以及别具一种对于崇高人格敬仰、学习与获得安慰的《幌马车之歌》了。也因此，在《悲情城市》中，我们看到既聋又哑的林文清通过这场难友吴继文赴死的洗礼，在历经“二二八”事变后，寻得了新的身份认同与生命的意义。也因此，出狱后的他会寻到吴宽荣等社会主义青年流亡的山上，执意参与他们的理想，因为他在“狱中已决定，此生须为死去的友人而活，不能如从前一样度日”……

同时，也通过《悲情城市》中押房里合唱《幌马车之歌》的镜头，我们看到了侯孝贤所谓拍出“台湾人的尊严”与“生离祖国，死归祖国”之间辩证统一的“决定性瞬间”。

原载一九八九年十二月廿五日《自立副刊》

一条前行的路

蓝博洲

一九五〇年十月十四日，前基隆中学校长锺浩东先生，一边用日文唱着他最喜欢的《幌马车之歌》，一边从容地走出押房，坦然就义。

一九八九年十月，整整卅九年后，通过侯孝贤的电影《悲情城市》，这一首凄美的《幌马车之歌》，第一次传入台湾人民的耳里。

十月廿四日，晚上。由陈映真、钟乔、范振国、韩嘉玲、王墨林、蓝博洲等人筹组的“人间”民众剧团，在台北市大同区公所的礼堂，面对数百名观众，非正式演出战后第一出以二十世纪五十年代左翼肃清为背景的舞台剧。

这出戏，以几名历史见证者的报告为演出形式。当幕启时，台上

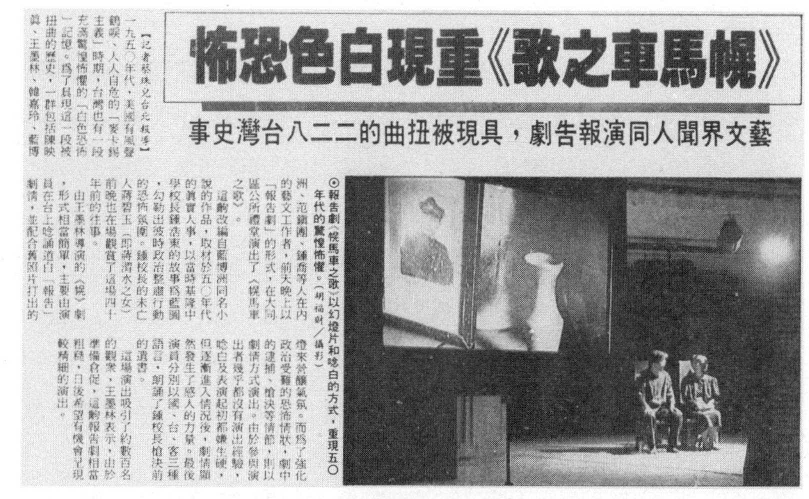

《幌馬車之歌》重現白色恐怖

藝文界人同演報告劇，具現被扭曲的二二八台灣史事

【記者蔡珠兒台北報導】一九五〇年代，美國有風聲鶴唳、人人自危的「麥卡錫主義」時期，台灣也有一段充滿驚惶怖懼的「白色恐怖」記憶。為了具現這一段被扭曲的歷史，一群包括陳映真、王墨林、韓嘉玲、藍博洲、范鎮國、鍾喬等人在內的藝文工作者，前天晚上以「報告劇」的形式，在大同區公所禮堂演出了《幌馬車之歌》。

這齣改編自藍博洲同名小說的作品，取材於五〇年代的真實人事，以當時基隆中學校長鍾浩東的故事為藍圖，勾勒出彼時政治整肅行動的恐怖氛圍。鍾校長的未亡人蔣碧玉（即蔣渭水之女）前晚也在場觀賞了這場四十年前的往事。

由王墨林導演的《幌》劇，形式相當簡單，主要由演員在台上唸誦道白「報告」劇情，並配合舊照片打出的燈來營釀氣氛。而為了強化政治受難的恐怖情狀，劇中的逮捕、槍決等情節，則以劇情方式演出。由於參與演出者幾乎都沒有演出經驗，唸白及表演起初都嫌生硬，但逐漸進入情況後，劇情顯然發生了感人的力量。最後演員分別以國、台、客三種語言，朗誦了鍾校長槍決前的遺書。

這場演出吸引了約數百名的觀眾，王墨林表示，由於準備倉促，這齣報告劇相當粗糙，日後希望有機會呈現較精細的演出。

⊙報告劇《幌馬車之歌》以幻燈片和唸白的方式，重現五〇年代的驚惶怖懼。（胡福財／攝影）

1988 年 10 月 25 日，报告剧《幌马车之歌》演出之后的新闻报导

的第一位见证者——前基隆中学的老师锺顺和（化名）朗朗地叙述着校长锺浩东从被捕、感训到刑死的过程。

当锺顺和念到“我看着校长安静地和同房难友一一握手，然后在宪兵的扣押下，一边唱着他最喜欢的一首世界名曲——《幌马车之歌》，一边从容地走出押房”时，台上的灯光暗了下来，全场落入一片沉静。然后，伴随着其他几名报告者从观众席后缓缓走上舞台的脚链拖地声，剧场里也响起了蒋碧玉女士唱的高亢而哀凄的《幌马车之歌》。

蒋碧玉女士的歌声一下子就抓住全场观众的心，随着她的歌声时而激越、时而感伤、时而有一股面对诀别时说不出的悲情……

是的，“时间太久了，不义的杀戮已消失在历史的烟雾里，但它却在人类的良心上留下可耻的记忆……”（艾青:《古罗马的大斗技场》）四十年来，在“反共国安戒严体制”下，二十世纪五十年代的“白色恐怖”留下来的不只是“可耻的记忆”，而且是人人自危的“政治恐惧”。

终于，战后五十年代台湾人民反帝、反封建、反官僚资本政权的劳动人民民主运动的风雷，得以通过调查、采访，以报告文学、小说、电影、舞台剧的方式，逐渐重现。父祖一代为了理想而无私奉献的人格，也因此一一呈现。

就历史的发展规律来看，五十年代“白色恐怖”时期的那些人与那些事，在历史的尘埃下湮埋四十年之后终于通过电影《悲情城市》与报告剧《幌马车之歌》，得以初步呈现在台湾人民眼前的事实，并不是一种偶然！

据粗略的估计，那个年代，在美国支持下长达五六年的“肃清”，起码有三千人以上遭到枪决；而受囚者则高达八千人以上。这个非正式的统计数字，对台湾年青一代的文学、艺术工作者有什么意义呢？

有的！它不是要我们大声高喊：“血债血还！”通过这个数字显示的历史事实，给我们指出了先人走过的并且应该继续走的路。

这一条前行的路，对年青一代的文学工作者来说并不孤独，在这之前，陈映真在小说上为我们写出了《铃铛花》《山路》与《赵南栋》三篇杰出的作品。在叙事诗上，进步的青年诗人钟乔也写出了优美的史诗《范天寒》。在报告文学上，蓝博洲已经从历史的尘埃下挖掘了郭琇琮、锺浩东等前行并为理想而牺牲的社会主义青年。

这些粗浅的工作成果，相应于电影《悲情城市》的国际佳评，显得微不足道。但是，它却明白地为我们指出：一条前行的路！

原载于一九八九年十一月五日《民众副刊》

让历史不再有禁忌，让人民不再有悲情

蓝博洲

开场白

侯孝贤的电影《悲情城市》，从开拍之初即颇受文化界知识精英的注目。这有两种主要的原因，一方面是由于侯孝贤自《风柜来的人》以来，一直是“台湾新电影”运动的旗手；另一方面，则由于电影一直以“二二八”作为宣传诉求。当《悲情城市》获得国际影坛非常重视的威尼斯影展最佳影片金狮奖时，由于它不但是历年来台湾电影在国际影展上获得的最高荣誉，同时也因为它的海外宣传以“二二八”屠杀作为卖点；这两个因素，使得岛内各种政治立场的媒体，都抓住自己想要的部分，以各种不同形式的文章，加以品评。那时候，似乎还听不到一丝丝对侯孝贤个人，或者是对《悲情城市》这部电影的异议。

然而，侯孝贤捧着奖回来了，情况却开始有了变化。问题出在哪里呢？是不是对于他的电影艺术有了见仁见智的看法呢？不是。问题还是出在复杂的“二二八”。许多人对侯孝贤及《悲情城市》开始反弹，以个人主观的政治立场为基础的批判性文章，开始在一些在野派的报章杂志，以个别撰文或者座谈记录的形式出现，为什么会这样呢？问题的症结主要在于：侯孝贤的政治态度；侯孝贤说他不是拍“二二八”，他强调如果把整个电影放在“二二八”会窄化了艺术，以及最重要的关键——他从所谓“要拍出台湾人的尊严”到拍出具有“中国风格”的电影之间的“认同矛盾”。

所有这一切针对侯孝贤及《悲情城市》而来的争议，事实上就如台湾庸俗的“统”“独”论争一般，并不具有什么客观的进步性，只是各说各话而已！尽管这样，恰逢一九八九年年底“大选”期间上片的《悲情城市》，仍然因为片中“台湾人众人吃、众人骑”“我是台湾人”，以及“生离祖国、死归祖国、死生天命、无想无念”等具有强烈“身份认同”的语言，而为各种不同政治立场的候选人，作为文宣的诉求主题，也因此造成选举期间台湾全岛“悲情”满天的迷离现象。

选举落幕了。电影下片了。关于《悲情城市》的话题也逐渐冷却了，捧《悲》批《悲》的文章也因着话题的冷却而在各种媒体逐日减少。然而，因为《悲情城市》而引起的种种关于“二二八”的争议，并没有因此而有一个比较清楚的澄清。究竟《悲情城市》是在讲什么呢？有人说“这部电影是在讲二二八”，有人则说“它是在讲一个台湾流氓家族的故事”，也有人说“它其实是透过一个流氓家族来讲一九四五到一九四九年间战后的台湾”。问题于是就绕着“二二八”在打转，一切非关电影的争议也由此而来！那么，问题的根源究竟出在哪里呢？

影评人焦雄屏小姐在十二月十六、十七日两天的《中时晚报·时代副刊》上发表的一篇题为“试赋台湾史诗——阅读《悲情城市》”的文章，除了在电影专业上为读者做了很好的解析之外，也点出了《悲情城市》这部电影的真正议题——台湾“身份认同”。她认为“二二八事件只是本片的背景”。

就历史的现实而言，“二二八”及其以后的“五十年代白色恐怖”，一直是四十年来的政治禁忌与恐怖根源。也因此，对于这段荒湮的台湾战后史，一般人可能都是震惊有余、认识不足。《悲情城市》的震撼性与争议性的现实基础就在这里。

焦雄屏小姐认真而严谨的影评，触动了我写这篇文章的心情；同时，也因为焦氏以及《悲》片本身在历史认识上相对地不够熟悉，使我深深觉得：如何还大众以历史的真面目，从而在历史中记取教训，得到启示，应该是大家看电影之余关心的重点。因此，本文将从电影

林老师（右二）的原型是基隆中学校长锺浩东

里的人物切入，带出真实的《悲情城市》的历史背景，然后再以史实还原到电影，以期通过这样的整理，澄清有关《悲情城市》所贯穿的历史时空，进而探讨侯孝贤在电影中的“身份认同”。

林老师与锺浩东

史实的根据，一直是《悲情城市》宣传的重点之一；不论是歌曲、事件或者人物都有。因此，焦雄屏认为：“历史、回忆、戏剧性、真实性混为一谈，虚实之间呈现一种新的观影经验。”就人物而言——片中除了张大春饰演的记者是影射当时《大公报》的记者何康之外，侯孝贤也再三强调：詹宏志饰演的林老师，其实也就是已故作家锺理和的哥哥锺浩东。（焦雄屏误写为锺铁民。锺铁民事实上是锺理和的儿子；由此可见，即使是台湾顶尖的影评家，对于《悲情城市》所要呈现的战后台湾的真实历史与人物，也是有点陌生啊！）

就电影而言，林老师扮演的是知识分子中的意见领袖，并不是最主要的人物。然而，在本文中，他将是我试着澄清《悲情城市》历史时空的虚与实之间的关键人物；此外，我将以他切入，试着解读《悲情城市》通过吴宽荣、林文清等知识分子的描写所呈现的“身份认同”。

就真实的人物而言，锺浩东与锺理和同是生于日据时代大正四年（一九一五年）的同父异母兄弟。锺理和是众所周知的电影《原乡人》的人物原型；据他的说法，他之所以自幼萌生奔赴原乡的热望，主要是受了锺浩东的思想影响。少年时候的锺浩东就因为平日阅读《三民主义》及“五四”时代的作品，而初具了祖国情怀。因为这样的爱国的民族主义的激动，正当国内抗日战争日益深化的一九四〇年元月，他即放弃日本明治大学的学业，带着他的新婚妻子蒋碧玉及其表弟李南锋，奔赴大陆，经过一番坎坷的波折后，才得以在广东罗浮山前线，参加丘念台领导的抗日组织——东区服务队。一九四五年八月十五日，日本天皇宣布投降。一九四六年五月，锺浩东把滞留广东的台胞一一送回台湾之后，自己才跟着最后一批船回到台湾，结束了在祖国土地上五年来的抗日游击岁月，准备投入重建台湾的行列。这一年的秋天，热心教育的他放弃从政的机会，开始接掌包含高中与初中两部的基隆中学。

在电影中，我们看到林老师的第一次出现，是在林文清接吴宽美上山，两人在文清的写真工作室看照片、笑谈，以字幕带出林家老二与老三的下落之后，他跟随着吴宽荣等知识青年穿过市场，走入文清的工作室。在这场戏里，我们看到他随手翻了翻房间的书，然后以一种善意的口吻戏谑道：“看马克思，很进步哦！”通过这句话，我们大致理解了这群知识分子的思想倾向。

林老师第二次与第三次出场，仍然是与吴宽荣等知识分子围炉清谈，一次是在酒馆，一次则是在文清的工作室。在这两场戏里，我们看到的林老师，依然是个意见领袖，为他们分析当前的经济、社会、政治现象，并且预测台湾将有大乱；明示台湾人民要自己勇敢地站起来才有出路，以此暗示日后的发展。

林老师第四次出场，是林文良以“汉奸”之名被捕入狱，应文清之请，出面协助，而出现在林家的“小上海”。这次，吴宽荣等人并没有在场。通过这个镜头，我们大致可以理解林老师在当时的台北是有点头面的人。这之后，林老师就没有再出现了。

基本上，上面这场戏中的林老师与真实的锺浩东，大致上是吻合的。

“二二八”发生时，我们先是通过文清与宽美的笔谈得知：“林老师参加处理委员会，每天去公会堂开会。”然后，我们又通过受伤而躲到文清的工作室的吴宽荣得知：“林老师失踪！”现实与电影的差异就从“二二八”开始。事实上，“二二八”发生时，锺浩东校长也到台北了解状况；一直要到三月四日傍晚，基隆市内秩序稍微恢复，交通逐渐开通时才回到基隆中学。据当时任教于基隆中学的老师回忆：“锺校长把事件定性为偶发性质，由于情势还不明朗，不宜涉入。他并且要求学生不要盲动，希望他们尽力保护学校外省老师的安全。”因此，事变后虽然有很多的本省籍的中学校长被解聘了，锺浩东校长却能安然无事。一直要到一九四九年秋天，因为《光明报》案发，锺校长才失踪。

就失踪时间而言，电影中的林老师开始与历史中真实的锺浩东

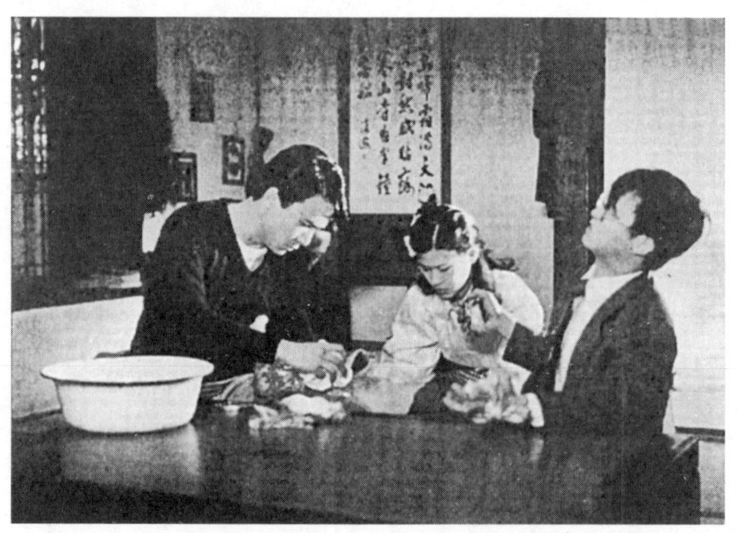

受伤的吴宽荣告知文清林老师失踪了。但现实中锺浩东的失踪并不在“二二八”，而在1949年8月底。电影与现实的歧异使得《悲情城市》的“二二八”定性引起争议

出现歧异。然而，也正因为侯孝贤在叙事上把林老师的失踪挪前至“二二八”事件，因此就在“二二八”事件的定性上出现了错误；同时，也因为这个错误，产生了后来的流亡山上的、社会主义青年被捕杀的错误表现。

“二二八”的定性

撇开史实不谈，就电影的叙事而言，《悲情城市》的这段情节，在叙事上是没有什么可以争议的。但是，问题在于：第一，“二二八”并不是这部电影的剧作者编写出来的情节，它是“百年来背负着帝国主义重压的，一个古老民族的一次无奈自戕”而流下“民族的血”和“民族的泪”的历史噩梦。四十年来，这个噩梦因为充满着政治禁忌而不可触及，可是这里的人民并没有因此而淡忘；历史的阴影随着时日的消逝而日渐拉长。因此，除了侯孝贤个人累积的基本观众之外，事实上绝大部分的观众去看《悲情城市》的动机，是冲着“二二八”而去的（这个可以用侯导的票房比较而验证）。因此，他们是要去看“二二八”大于看电影吧！

第二，时至今日，有关“二二八”事变的历史定性，除了执政党当局基于“反共国策”而刻意宣扬的“共党煽动”论，或谓台湾人受日本“奴化”五十年而怀蔑视祖国之心的偏见之外；在反对阵营的部分台胞中，也有人将其扩大变质为“异民族侵略”的极端论调。在这次大选中，我们还看到在这个极端的基础上，把“二二八”定性为“台湾独立运动”论而加以宣传者。

“奴化”论的偏见，根本就不值一谈。就“共党煽动”论而言，一般史学家的看法都认为：除了台中及嘉义由谢雪红与张志忠个别领导的武装民兵之外，共产党在当时是谈不上什么策动能力的。其实，就官方的资料来看，“二二八”当时，由蔡孝乾领导的“台湾省工作委员会”，党员人数也不过七十几个人而已。准此来看，如果区区七十几个地下党员就能在一夕之间策动全岛的暴动，那么，以今天民进党的党员人数及种种条件皆优于当时的地下党的状况而言，何以“五二〇”事件不能立即燎原全岛呢？（今天的交通、信息相较于一九四七年的台湾真是不可同日而语啊！）其实，不必奢谈全岛，即使连北上抗议农民的故乡乃至于台北市其他地区也并没有“闻风而起”。由此足见，“共党煽动”论是没有什么说服性的。

至于部分台胞以“异民族侵略”的主观意识出发而强调的“台湾独立运动”论，只要翻翻事件当时“处理委员会”所提出的三十二条要求，即足以证明此种论调罔顾历史事实的主观唯心论的本质。

一般而言，较能反映历史现实的持平论调，不外是：陈仪接收政权及驻军的滥权贪财、扰民乱纪，再加上台湾人民由欢迎到失望，由失望到愤怒的受害者心理；两者上下相激而通过缉烟的冲突，造成了“官逼民反”的典型事件，并逼出了“二二八”的流血悲剧。

就此而言，我们通过电影中的林老师与现实中的锺校长的对比，而清楚地辨认出侯孝贤其实对“二二八”的认识并不够（当然，这里编剧应该负更多的责任）。同时，也因为他对“二二八”的认识不足，电影所要反映的历史事件（或者是背景）就出现了“定性”的错误。这个错误因此引起电影之外的一切争议！争议的平息似乎还是要先厘清电影的时空，厘清了这个错误，我们就可以把历史的还给历史，把电影的还给电影。

那么，我们继续对照着电影的情节与历史的真实讨论下去吧！

《幌马车之歌》

事变后，宽美便陪着受伤的哥哥回到老家。我们看到怕事的父亲不由宽荣辩说，见面就是一个耳光打下去，然后要他到内寮躲起来，以免连累家人。然后，宽美的内心独白淡入：“三月十九日，院长送衣物到家里来，并转来阿雪的信；阿雪说，四叔（文清）因为和林老师有关系而被抓……”在独白进行中，跳到下一个镜头；我们看到大哥文雄在学徒开门后进入文清的照相馆，感叹地四处瞧瞧“仿佛被突然打断的室内秩序”。然后，由远而近的脚步声淡入，接下来的那场戏，我们先是看到一盏昏黄的囚牢通道上的灯泡的空镜，然后又是铁栅门打开的独白：“吴继文、蔡东河开庭。”我们看到听不见的文清望着押房内的两名难友，然后肃穆的《幌马车之歌》逐渐以日文发音响起。（电影中没有字幕解释这首歌的歌名及其歌词；一般人如果没有读过一些相关的新闻、评介文章的话，只能从歌声中去感受那股赴死的“悲壮”气氛；然而并不理解这是一首什么歌。）然后，吴继文、蔡东河一边唱着歌，一边和同房难友握手、告别。我们看到他们两人从容地坐着穿鞋、系鞋带。（就这个部分而言，无论是就服装的洁白、整齐，鞋带，乃至后来文清送回难友遗族的夹有血书的领带……就表现而言，都严重地失实。其实，当兵时被关过禁闭的人就知道，无论是腰带、鞋带或者牙刷，一切可以用来自杀的衣饰，根本在入房前都剥得干干净净了。禁闭室如此，那么，处在一个政治大整肃的历史时期的牢房，其严厉与刑求之残酷就不用说了。侯孝贤因为没有就狱中的情况做过采访、调查，因而在这里并没有表现出该有的悲壮！）然后是关押房的门、脚步逐渐远离、关铁栅门的声音，接着，文清望着小窗口外的黎明前的天空，两声枪声凄厉地响起。然后，又是脚步声，“林文清出庭”，我们看到文清怔忡不安地被枪兵押解出押房，脚步声及他们的背影逐渐消逝……

《幌马车之歌》原本是一首流行于二十世纪三十年代台湾知识青年间的流行歌曲。基本上，这是一首充满离绪的送别歌。焦雄屏认为，侯孝贤在监狱的这场戏中选择这首歌，“除了显示两位狱友将一去不返外，也映照出知识分子对国民政府的失望及幻灭”。

就艺术表现而言，这样的选择基本上是无可争议的。然而，由于这首歌出现的突兀性（在此之前，不曾交代过它与剧中人物之间的生活联系）及其在电影中出现于事变后的死牢里，它因而使观众有一个错误的印象，以为“二二八”事件后的赴死者大致是唱着《幌马车之歌》从容赴死的。如果我们要再吹毛求疵地探讨侯孝贤为什么会有这样的“错误”，那么，问题的症结还是在于，他对“二二八”及其以后的五十年代政治整肃的认识不足。

就“二二八”而言，因为它的“偶发”性质，许多受害、失踪的台湾士绅阶级，大致上都是在一种无条理的政治状况下惨死的。就目前所能看到的史料来看，似乎没有人是经过有秩序的枪决程序而牺牲的。侯孝贤这场戏的处理，基本上是不符史实的！可是侯孝贤强调，他之所以这样拍，主要是根据蓝博洲的报告文学——《幌马车之歌》才做这样的安排。那么，以《幌马车之歌》切入，也许就能厘清这段史实的发生时间吧！

就现实而言，《幌马车之歌》系前基隆中学校长锺浩东（也就是电影中的林老师）赴死时所唱的一首骊歌；时间是一九五〇年十月十四日清晨。显然地，侯孝贤的《悲情城市》在唱起《幌马车之歌》时已经触及到一九五〇年的台湾了，只是侯孝贤主观地让它放在“二二八”事件与一九四九年国民党败退来台之间。

五十年代的白色恐怖

就历史的发展而言，二十世纪四十年代在大陆的国共内战，经过一九四八年九月起展开的“辽沈”“淮海”及“平津”三场具有决定意义的战役以后，国民党的作战部队组织，只剩下分布在新疆到台湾的广大地区和漫长的战线上的一百多万人。

相应于国共内战的局势演变，台湾的地位更加重要了。一九四八年九月，国民党改组台湾省党部，把三民主义青年团合并；丘念台请辞省党部主委之职。十二月廿四日，国民党华中总司令白崇禧发动逼蒋“引退”的态势；蒋介石于是重新布置人事，在离京飞杭那天，公布陈诚为台湾省主席，蒋经国为台湾省党部主委。

一九四九年一月十日蒋经国被派去上海，将中央银行现金移存台湾。同月二十一日，蒋介石宣布下野。二月初，蒋经国奉命转运中央银行储存之黄金、白银五十万盎司，前往台湾、厦门。四月廿四日，蒋经国“决计将妻儿送往台湾暂住，以免后顾之忧”。五月二十五日晚上，上海失守。蒋氏父子退守台湾。

另一方面，随着大陆急转直下的局势，经历了“二二八”后，台湾人民反帝、反封建、反国民党官僚资本政权的“新民主主义”运动，也在蔡孝乾（剧本中的老洪）领导的“台湾省工作委员会”有组织的推动下，急剧地展开。根据国民党官方的资料统计，“工委会”的党员人数，在一九四八年六月时，已经从“二二八”时的七十余人剧增为四百人。

一九四九年四月六日，台大学生与台北市警察局的警员发生冲突，国民党逮捕大批学生，引起了“四六事件”；沉潜许久的学潮，再度冒出第一朵浪花。接着，在同年七月间，坐落于台北市的台湾省邮政管理局，因为邮电改组及邮电员工分班、过班的纠纷，造成怠工请愿的风潮。

这样，因为一九四九年以后大陆局势的发展状况，再加上台湾本土的“工潮”“学潮”汹涌展开，当时的台湾人民都很乐观，都认为国民党是一定会垮的。

《悲情城市》肃清山上社会主义青年之一幕其实是 1953 年鹿窟事件的表现，因此它的叙事时间不仅止于 1949 年而已

一九四九年九月，蔡孝乾认为“解放”迫近，准备配合作战，因而下达“在北区建立基地和成立北区武装委员会”的指令。位于台北县汐止鹿窟山区的基地于是开始发展。

然而，也就在这个同时，败退来台的国民党政权，为了消弭其潜在的统治危机，对于一个尚未发动的有形反对运动采取有计划的肃清运动。

流亡鹿窟

这年秋天，《光明报》案发，基隆中学、台大、成功中学等支部，相继被破坏。锺浩东及蔡孝乾等陆续被捕。“台湾省工作委员会”及其他组织被严重破坏，为了准备长期奋斗，地下党员及其他优秀的社会主义者（生死成谜的小说家吕赫若即是其中之一）于是流亡鹿窟山区；一方面在劳动中改造自己，一方面则通过劳动的过程，与群众打成一片，并给予教育。在《悲情城市》中，吴宽荣离家入山的时间，应该就在这段时期。

败退来台的国民党政权，虽然从一九四九年秋天起展开大逮捕的行动，然而，它并没有马上枪决这些被捕的社会主义者；因为它刚刚在国共内战挫败，除了面临人事系统大乱的内部问题之外，它还面临着美国采取观望态度的外部疑虑。在这样的主客观条件下的国民党政权，正处于内外危机重重的关键时刻，因此迟迟没有动手枪决本省籍的社会主义青年。据一位五十年代的政治受难者说：“到了一九五〇年的时候，国民党可以说连台湾都快要不保了，就连狱卒也对我们这些政治犯客气三分，每天都让我们出来走动。甚至，有些地方的风派政客，还刻意巴结政治犯，往家里送钱、送礼物。由此可见，当时大家都以为：台湾就要解放了。”

然而，一九五〇年六月廿五日，朝鲜战争爆发了。这样，原本在中国内部的阶级内战及“二二八”事件的民众蜂起中，已经被海峡两岸的中国人民唾弃的国民党政权，竟而又在美国的全球反共大战略中重新找到立足点。历史从此改变了它的轨道。数以千万计被关在牢里的政治受难者的命运，也有了重大的改变。大屠杀及大规模的逮捕也随之展开。

一九五〇年十月十四日，锺浩东及其同志被枪决。

一九五二年十二月廿八日晚上，由“国防部”前保密局会同台湾省“保安司令部”、台北卫戍司令部（所属陆军第卅二师第九四团、九五团抽调之部队）及台北县警察局等有关单位的肃清，统一向汐止鹿窟的山区行动；部队以鹿窟光明寺为临时联合指挥所，完成封锁山区及搜索部署，开始展开长达两个多月的围剿。一九五三年三月三日，鹿窟基地终被彻底摧毁。

据当时的受难者云，此案牵连甚广，鹿窟村凡十五岁以上的男子都难逃被捕之厄运。就官方资料而言，总计逮捕了一百一十二人，当场击毙二人，另有一百三十人受理“自首”；而光是许希宽一案，处死者就多达廿一人。经此扫荡，鹿窟从此成为在台湾战后史上消失的村落。

《悲情城市》的时空错置

就电影而言，侯孝贤也不否认，他在《悲情城市》中社会主义青年在山中基地被捕之情节，系根据历史现实中的“鹿窟基地”案。依此来看，《悲情城市》一片所要叙述的历史时空，绝对不只是片头与片尾的字幕所涵蕴的一九四五年八月十五日日本投降至一九四九年十二月大陆失守，国民党迁台，定临时“首都”于台北的短短四年而已！其实，它至少延续到一九五三年三月三日，乃至于更长一点的历史时空。因为侯孝贤在历史真实与电影之间的时空错置，以及不断以“二二八”作为宣传诉求的误导使《悲情城市》产生了是不是拍“二二八”乃至于“二二八”定性对错的无谓争议。这些争议，其实是可以避免的！就技术上而言，只要把片尾的“一九四九……”的字幕消去，那么，《悲情城市》所叙述的故事也就在时空上更具延展性与想象性了！

就电影本身而言,《悲情城市》的情节发展自有其本身的时间逻辑。然而，因为它所处理的是一个影响此地人民四十年的历史事件，基本上，我认为，在真实历史的定性上，还是要有大致正确的架构!不能因为是属于艺术创作的电影就忽视了历史的真实。

厘清了《悲情城市》中电影与真实在时空上的辩证关系之分，我将在这个基础上，继续探讨《悲情城市》的主题——关于历史身份认同的发展过程。

啊！祖国

焦雄屏认为："《悲情城市》全片的重点即在述说台湾自日本政治——文化统治下，如何全面转为中国国民党的天下，而这个结构又和台湾历史上一直频换统治者（葡萄牙、西班牙、满清）的复杂传承隐隐呼应。换句话说，'二二八'事件只是本片的背景，真正的议题应该是台湾'身份认同'这个问题。"

基本上，焦雄屏为我们准确地点明了《悲情城市》的真正议题——台湾的"身份认同"。然而，也就在焦氏的论述中却犯了一个不经心的历史错误，因为她对史实的失察而落入似乎是此间所谓"台湾民族"论者的论调。可她的调子又与它不搭调，因而，易使读者产生混淆。

就历史发展的事实而言，作为当今台湾主体的汉民族，基本上是十六世纪六十年代郑成功驱逐荷兰统治者后才大量移台的；因此，严格讲起来，"台湾人"并不如焦氏所言被葡萄牙、西班牙统治过。葡、西两个帝国是在历史的一定阶段上占领过台湾的部分地区；然而，即使是台湾少数民族也并不全然被葡、西两国统治过。（统治，基本上是指一个政权对人，尤其是民族，在政治上、经济上和文化上的支配。）

事实上，只有日本帝国长达五十年的殖民统治，对于此间部分"汉族系台湾人"政治团体所谓"异族压迫"论、"外来政权"论而言，才算是具体的存在吧！然而，他们夸夸而谈的所谓"葡萄牙→西班牙→荷兰→满清→日本"统治论，无非是要延伸至一九四五年后被国民党“中国民族”统治的“外族压迫论”。其实，这根本就是汉人统治汉人的阶级压迫。

在这一点上，也许因为不是焦氏的专业之故，以至出现了容易让人混淆的论点。也正因为这种源于对历史认识的不足，焦氏是这样理解侯孝贤通过电影所呈现的“身份认同”的。

焦雄屏认为，“一个频换统治者的地区，本来就会在政治、社会、文化，甚至民族层面上，产生若干认同的危机及矛盾。《悲情城市》自始至终即盯紧统治者转换替代的过程，以苍凉的笔调，多重叙述的观点，追索国民党的全面得胜——新的政治挂钩势力兴起，旧的村里势力消退，知识分子对祖国（中国）的憧憬和浪漫理想，也逐渐褪色为破碎的理念和绝望、压抑的梦魇”。

如果我们把焦氏对于《悲》片中知识分子对“祖国”认同的理解联系到前面所说的“统治者频换”的历史悲情的话，那么，我们就不难理解，为什么在一九八九年选举时，台北市会有某位市议员候选人公然宣布“《悲情城市》的祖国，也就是我们所要追求的台湾独立国”的荒谬论调了！

作为一个专业的影评人，焦雄屏的《试赋台湾史诗——阅读〈悲情城市〉》一文，不但在电影的专业部分为我们做了详尽而细密的解读，并且也为我们抓出了《悲情城市》的真正议题——台湾的“身份认同”。可她的结论对照于《悲情城市》后半部，经历过“二二八”事件后，知识分子所认同的“祖国”，以及所谓“我的人已属于祖国美丽的将来”等，显然是无法解释的！那么，《悲情城市》中知识分子所认同的“祖国”究竟要如何理解呢？我想，还是让我们再回到作品本身吧！必要的时候，我们将辅以历史的真实来佐证。这样，也许是解读《悲情城市》的“身份认同”比较好的方法吧。

抵抗派的知识分子

吴浊流在《无花果》一书中为我们分析道，“二二八”事件之后演变成派系分化的结局，大体而言，本省知识阶层大抵分成四个派别，即“超越派”“妥协派”“理想派”和“抵抗派”。

“超越派”指对当时的现实政治深表绝望，从此自行逃避，对政治采取不闻不问，也不视、不语的态度。(《悲》片中的吴宽荣之父，大抵是此种“小市镇知识分子”的典型。)

“妥协派”则立即改弦易辙，态度上做了一百八十度的转变，不惜摇尾乞怜，作为国民党新权力的御用人物。曾经一度屈服于日本政府的御用绅士此时再次抬头；部分商人则见机立即改变态度，开始与腐败的政治同流合污，他们自嘲说：“赚赚肮脏钱，痛快地花掉算了。”（这类典型，在《悲》片中找不到恰当的人物；黑社会的金泉与上海仔的勾结，勉强可作此象征吧！）

“理想派”在遭到国民党沉重打击之后仍然不屈服，一心想挽回颓势，始终努力于批判性的诚实生活。他们以正直的言论追求自由，追求三民主义的实现。然而，当时政府却认定一切反对都是“红的”，不留情地逮捕；因此，当时的“理想派”知识阶层，虽主观地希望能够实现三民主义，但除了静观之外，无可措手。

“抵抗派”则在政府全面恐怖搜捕下，或者流亡海外，或者潜入地下，继续为新的民族、民主运动而斗争。（基本上，《悲》片中的吴

“光明”诞生时脱离殖民统治的台湾人民的祖国认同也处于“光明”的阶段

宽荣以及流亡山区的同志们，都是典型的“抵抗派”的青年。）

至于一般民众的政治态度，吴浊流认为：“因为‘二二八’事件的牺牲者几乎都是知识人与学生，因此一般民众罹难的极少。一般民众在光复当初的解放感里陶醉，喜悦都还没过呢，就烟消云散了，和日本时代一样，对政治再也不关心，只为自己的生活而专心工作。”（在《悲》片中，我们看到文清之外的林氏家族，基本上都是这样的类型。侯孝贤在《悲》片中也准确地点出了这种态度。电影其实也就是在这种情绪中结束的。）

文清之主题

就《悲情城市》而言，通过吴宽荣这个角色来讨论关于台湾的“身份认同”，基本上并不太恰当；因为他的立场那么清楚、明显。也许，通过又聋又哑的林文清，我们可以理解侯孝贤在电影得奖后所说的“我是要拍出台湾人的尊严，同时也要拍出属于中国人自己的电影”之间的辩证统一。就《悲情城市》整部片中的叙事调子而言，它基本上宛如一首史诗般的交响乐，是以“光明”“否定”“抵抗”及“肃清”等四个主要的主题来贯穿整部电影的情境起伏。

让我们一面回忆着电影里林文清的际遇，一面试着再度走入《悲情城市》的时空之中，并梳理出林文清历史身份认同的发展过程吧！

在银幕上，我们看到：日本天皇投降、“光明”诞生后，爽朗的文清陪着正值灿烂年华的宽美走在通往医院的山路上。我们同时也听到——新找到工作的宽美的旁白说：“想到日后能够每天看到这么美的景色，心里有一种幸福的感觉。”

这是宽美在一九四五年十一月十八日的日记里所叙述的，重回祖国不久后对于未来充满美丽的期待的心情。文清虽聋且哑，可从他与宽美初识时爽朗的笑谈的表情，我们也可看到他那沉浸在战后新生中的喜悦。喜悦之中，林老师、何记者、吴宽荣等知识分子穿过市场，进入文清的工作室；在这个时候，侯孝贤也为我们点明了文清与吴宽荣正在研读马克思的进步思想。

然而，战后重回祖国的新生喜悦，也随着陈仪接收政权的贪污腐败而逐渐幻灭。先是林家文良，因为战时在上海做日军通译的际遇，被黑道的上海帮拿来做文章，以“汉奸”之名被捕。一直要到大哥林文雄向上海帮做了一定让步后，才在农历年前抱回一个已经作废的人。这时候，“台湾人”从日据以来的“白薯的悲哀”，通过林文良的遭遇而具体呈现。“白薯”究竟是中国人？还是日本人？“台湾人”的历史身份的认同，在这里出现了迷离。

紧接着，戏从过年时候热烈的舞狮爆竹声中延伸至下一个医院屋景的空镜头，然后陈仪关于“二二八”的广播淡入……

事件发生后，宽荣与文清至医院向宽美辞行，准备前往台北探听林老师的下落。陈仪做第二次广播时，文清回到医院找宽美；文清以笔写出此行状况后即昏倒在地。然后，又是衬托着陈仪的第三次广播空镜头，戏转入文清的工作室，宽美追问哥哥的下落，文清于是倒叙台北行的状况。镜头转入一辆停驶的火车，宽荣沉痛地看着台湾民众追杀“阿山仔”的混乱情景，在火车上，一群手持山刀的流氓走到紧张的文清身边，怀疑地瞧了瞧，然后用“台湾话”问：“你叨位人？”文清迟疑了一会，然后突然以一种有音无义的“话”喊道：“我，台湾人！”

台湾人与祖国的辩证统一

通过又聋又哑的林文清这句因为惊吓而突然迸发的“话”，没有人能够否定这样的理解：曾经一度在历史的身份认同上迷失的“台湾人”，在“二二八”当时终于找到了属于自己的“身份认同”。

焦雄屏所云：“知识分子对祖国（中国）的憧憬和浪漫理想，也逐渐褪色为破碎的理念和绝望、压抑的梦魇。”在这里，也得到验证。如果电影也就在这个时候结束的话，那么，关于《悲情城市》的“历史身份认同”的问题，根本就不会引起什么争议吧！问题是，电影还没有结束。对于祖国的认同，从“肯定”到“否定”之后，就要进入

羅勒萊的歌
Friedrich Silcher 曲
錢歌川譯歌
Andante
我不明白我今天爲
那山上正坐着一個
那江上的船夫聽得
何這樣悲哀，從前的回
艷麗的女郎，頭上的珍
如此的忘神，他只望着
憶，怎也不能離開，萊
寶與她金髮爭光，她
山上而不顧水中，船
因慢慢流去，暮色漸漸襲來，落
一面梳着金髮，一面在歌唱，那
衝到石岩上，終至人船俱沉，這
Cresc
日的金光方從山頂下篩，
歌的情調何等驚異熱狂，
全是爲着羅勒萊的歌聲，
Cresc

罗勒莱的歌

到更加深刻的“否定的否定”阶段。

事变后，文清因为林老师的关系被捕入狱。在狱中，他目睹了同房的难友为了信仰、理想，从容地唱着他听不见的《幌马车之歌》而赴死的悲壮情景。（这样的情景也点明了《罗勒莱的歌》的意义。）通过这场人在面对死亡时坚持着信念赴死的洗礼，林文清于是又寻回了曾经一度在“二二八”的混乱中迷失了的“祖国”。出狱后的文清，经过一段思想的苦闷后，很快找到了思想的出路。我们看到他先是把同房难友的遗物与血书，送回受难者的遗族。然后，他即奔赴吴宽荣等社会主义者流亡的山上基地。

“狱中已决定，此生须为死去的友人而活，不能如以前一样度日，要留在此地，自信你们能做的，我都能做。”他向吴宽荣表明自己的决心。

“这里不适合你，”吴宽荣劝他说，“只要信念不灭，真正为人民，什么地方，什么方式，都可以做。还有宽美……”

“人民”，是的，“人民”；“人民”不是一个抽象的、空洞的字眼；“只有人民才是国家和社会的主人”。在这里，我们看到，文清曾经“否定”了的“祖国”，又因为他的阶级立场的确立，终于通过一种新的阶级认同，而在“身份认同”上达到一个“否定的否定”的阶

在狱中文清目睹了同房难友唱着他听不见的《幌马车之歌》而从容就义

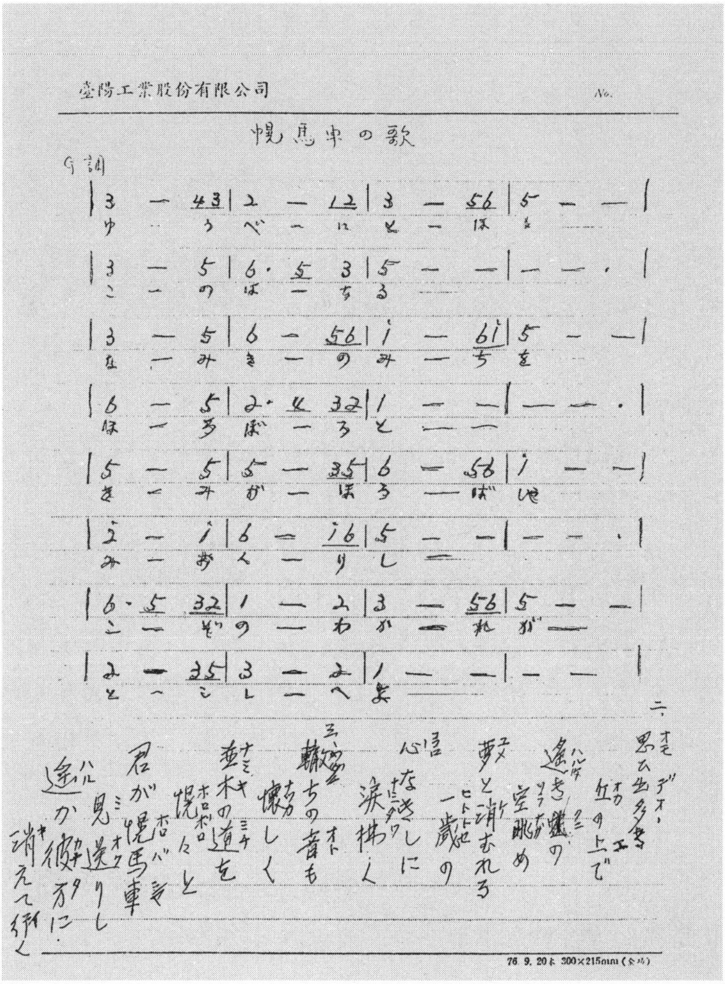

蒋碧玉手抄的歌谱

段；一个原先对封建的“祖国”的认同，已经为另一种进步的“祖国”的认同所取代了。

这样，我们也就不难理解文清难友托其转达的“生离祖国、死归祖国、死生天命、无想无念”，以及宽荣欲其转达的“当我已死，我的人已属于祖国美丽的将来”的“祖国”的意义了。这样，事变当时的“我是台湾人”与事变后的“我的人已属于祖国美丽的将来”之间，已是一种辩证的统一，而不是对抗性的矛盾了。

结束语

就现实而言，我们不必怀疑侯孝贤并不理解他在这里所说的“祖国”究竟是指什么。当然，我们也不必奢求他把这里的“祖国”讲得更清楚些。尽管在叙事时空上，侯孝贤错误地把现实上从一九四五至一九五三年的时空压缩为一九四五至一九四九年。然而，基本上他还是抓住了历史的真实基调，把荒芜了四十年的历史、政治禁忌——五十年代白色恐怖，通过电影这种影响广大的媒体，初步而朴素地呈现在台湾人民眼前。

就官方的一部分资料看来，在五十年代的左翼肃清中，起码枪决了三千人以上，囚禁了八千人以上的左倾知识分子、工人、农民……以此数字来看，荒芜的五十年代，事实上一定蕴藏了大量丰富而不曾为人所听的“悲情”故事，并且一定也有许多不为人所知的，例如电影中的林老师、吴宽荣、吴继文、林文清等，一整个世代台湾优秀知识分子的生命故事。

对台湾的各种艺术工作者而言，这样的历史悲情正是艺术创作的活水源头。对台湾的文化工作者而言，通过对战后台湾的认识，不也正是我们为各种意识形态争论前该做的功课吗？

侯孝贤的《悲情城市》空前地在电影媒体上碰触了“二二八”及其以后的“五十年代白色恐怖”。因为历史的复杂性，电影中出现的错误是在所难免的，许多的争议因此绕着“二二八”打转。通过本文就历史脉络的梳理，我们也许可以这么说：《悲情城市》作为一种商品，它贩卖的是“二二八”；但它所叙述的情节却不只是“二二八”而已，它还延伸至在现实上比“二二八”事件更为荒湮、为人所不知的“五十年代白色恐怖”。就侯孝贤个人而言，作为一个电影作者，他已经跨越以往作品从个人看社会的格局，他所要处理的也不再只是他自己亲身经历过（如《风柜来的人》《童年往事》）的历史经验而

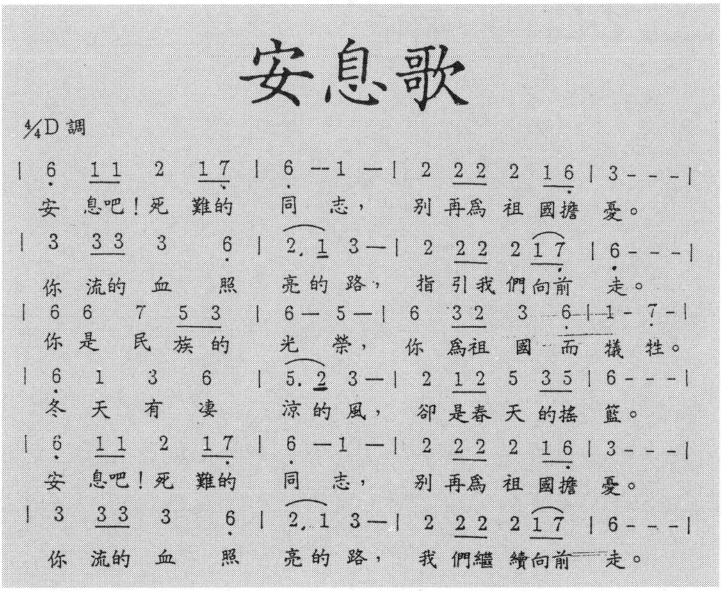

安息歌

4/4 D調

| 6 11 2 17 | 6 —1 — | 2 22 2 16 | 3 - - - |
安 息吧！死 難的 同 志， 别再爲祖國擔 憂。
| 3 33 3 6 | 2. 1 3 — | 2 22 2 17 | 6 - - - |
你 流的 血 照 亮的路， 指引我們向前 走。
| 6 6 7 53 | 6 — 5 — | 6 32 3 6 | 1 - 7 - |
你是 民 族的 光 榮， 你爲祖 國 而 犧 牲。
| 6 1 3 6 | 5. 2 3 — | 2 12 5 35 | 6 - - - |
冬 天 有 凄 涼的風， 卻是春天的搖 籃。
| 6 11 2 17 | 6 —1 — | 2 22 2 16 | 3 - - - |
安 息吧！死 難的 同 志， 别再爲祖國擔 憂。
| 3 33 3 6 | 2. 1 3 — | 2 22 2 17 | 6 - - - |
你 流的 血 照 亮的路， 我們繼續向前 走。

生离祖国、死归祖国

已。同时，在作品的高度上，侯孝贤已经通过《悲情城市》而“直追台湾四十年来政治神话结构之症结”了。

台湾五十年代白色恐怖的历史经验对于一个有才华的电影工作者而言，事实上是蕴藏着无尽的“悲情”故事的；摆在眼前的是，侯孝贤既然已经在这个历史禁区跨出了第一步，我们希望看到他继续跨出第二步、第三步……如果真能这样，首先，他必须深入民众史的现场，就人民记忆做好更准确的采访、调查，然后他才能拍出世界观更加圆满、风格更加成熟的进步电影。并且因此而让历史从此不再有禁忌，同时也让人民从此不再有悲情。我们这样期待着。

原载一九九〇年一月廿三、廿四日《民众副刊》

二〇〇四年版后记

一九八七年初夏，在寻访“二二八”及二十世纪五十年代白色恐怖民众史的过程中，偶然得知作家锺理和的同年兄弟、前基隆中学校长锺浩东的名字与传奇之后，随即在被湮灭的历史现场展开“寻找锺浩东”之旅。

一九八八年九月，历经长达年余的寻访之后，关于锺浩东校长生命史的报告，以《幌马车之歌》为题，在《人间》杂志连载刊出。一九九一年六月，时报出版公司又以《幌马车之歌》为书名，出版了包括锺浩东、郭琇琮、简国贤等几个前行代台湾知识精英的报告文学集。

尽管《幌马车之歌》在发表后便获得前所未料的热烈反响，可我一开始就清楚地认识到：自己的身份与立场不过是一个客观记录历史的人而已。所有来自各种不同意识形态的文字工作者的反响，不管是正面的肯定或负面的批评，其实只是客观反映了人们对待那段长期被湮灭的台湾史与台湾人的态度而已。因此一直能够冷静地面对这样那样的批评，不做辩解。

我的写作态度很简单——在尊重历史事实的原则下，根据力所能及而采集到的史料，去叙述描写我所认识到的历史与人物，如此而已。然而，在客观的政治禁忌与受访者白色恐怖受害阴影的双重限制之下，全面重建历史的事实是需要一定的时间的。因为这样，我的“寻找锺浩东”之旅并没有因为《幌马车之歌》的发表而停止。相反地，随着两岸关系的相对缓和，我的寻访足迹得以跨越海峡，深入广东惠阳、梅县、蕉岭、韶关、南雄、始兴、罗浮山区，以及桂林、北京等地，进行历史现场核实与进一步采集史料的工作。随着岛内政治禁忌的相对宽松，一些受访者也才有空间就原本有所保留的内容做出更全面的证言；而一些原本寻访不到或不便露面的历史见证人及加害者也通过不同的方式，就他们亲历或所知的历史做了值得重视的补充。

绝版多年后重新出版的《幌马车之歌》增订版，就是在这样的基础上，重新核实史料、丰富史实，从原本三万多字、四个乐章，扩充为六万多字、八个乐章的内容。为了历史的可信与文学的可读，它也在原有的叙事结构上，增加了史料、证言出处的批注，一些历史背景的说明与大事年表。这也是针对历来有关《幌马车之歌》究竟是小说还是历史之争的回答。

总之，《幌马车之歌》既是历史，也是具有小说形式的非虚构的文学作品；准确地说，它应该还是以具有理想主义的历史与人物为素材的报告文学吧！

在两岸依然分断的此时此地，“台湾人”已经在野心政客的长期操弄下，因为不同的出身、意识形态或政治立场而处于撕裂的状态。我想，真诚地面对那段曾经真实存在过却被刻意湮灭或扭曲的台湾史与台湾人，应该可以帮助我们比较全面地认识台湾近现代历史的发展过程，进而让我们清楚地知道自己在历史的长河当中所站的时空位置，做出自我反省与批判。这样，前人的历史才能够起到殷鉴作用；民族内战下所产生的历史悲剧，也才可能通过我们的共同努力，避免重演。

这就是重新出版《幌马车之歌》增订版的时代意义吧！

最后我要谢谢协助这本书出版的所有前辈与朋友们，并以此书献给五十年代白色恐怖的牺牲者、受难人及其遗族。

二〇〇四年九月廿九日于苗栗五湖

二〇一五年版后记

二〇一五年，是我出生那年孤寂无声地告别人间的锺理和先生（1915—1960）的百年诞辰。高雄美浓锺理和文教基金会举办了一些即使在文学界也没有太大反响的纪念活动。我也意外地应邀在七月五日到锺理和纪念馆给他们每年暑假例行的笠山文艺营讲了一堂课，讲题是“锺理和作品难以言说的二哥”。

读过锺理和先生作品或《幌马车之歌》的人应该都知道，一九五七年，离世三年前，锺理和在参加《自由谈》杂志征文的自述——《我学习写作的过程》中透露：

> 我少时有三个好友，其中一个是我异母兄弟，我们都有良好的理想。我们四个人中，三个人顺利地升学了，一个人名落孙山，这个人就是我。这事给我的刺激很大，它深深地刺伤我的心，我私下抱起决定由别种途径赶上他们的野心。这是最初的动机，但尚未成形。
>
> 有一次，我把改作后的第一篇短文（《雨夜花》——描写一个富家女沦落为妓的悲惨故事）拿给我那位兄弟看。他默默看过后忽然对我说，也许我可以写小说。我不明白他这句话究竟出于无心抑或有感而发，但对我来说，却是一句极可怕的话。以后他便由台北，后来到日本时便由日本源源寄来世界文学及有关文艺理论的书籍——都是日文——给我。他的话不一定打动我的心，但他这种做法使我继续不断和文艺发生关系则是事实。我之从事

文艺工作，他的鼓励有很大的关系。

人们也应该都知道，锺理和所说的那个“异母兄弟”就是他终其一生无法公开言说的本名锺和鸣的《幌马车之歌》的主人公锺浩东。

二十世纪七十年代中叶以后，随着乡土文学论战对五十年代白色恐怖后台湾文艺思潮的“拨乱反正”，长期被时代主流埋没的锺理和及其作品也终于穿透暗黑而迎来阳光。然而，那个鼓励他走上写作之路的“异母兄弟”依然不被整个处于“反共”病态的社会意识允许言说。

一九八八年，年轻无知的我偶然遇见了他两兄弟乃至于四个少时好友的历史，而且通过《幌马车之歌》，一度在文化圈死水般的湖面上扬起一些些乍现的小小的水花。但瞬间即逝。多年以来，那个“异母兄弟”依然是锺理和周遭的亲友及那些自称的“亲密文友”们避而不谈的名字。其中应该没有什么不能言说的道理，就是众所周知的不是道理的道理而已。但“存在就是事实”，你可以假装看不见，海会枯石也会烂。只要锺理和的文字没有被彻底湮灭，它依然静静地躺在那里，等着你去阅读与对话。

时间似乎快到了。

这之后，两兄弟老家屏东县高树乡的大路关文教基金会又策划了一场锺浩东先生（一九一五至一九五〇）的百年追思纪念会，并且邀请我去做主题演讲。遗憾的是，因为时间不凑巧，我最终无法南下。尽管如此，这些讯息也提醒我应该在此时此地做些什么才是。于是我在取得以二十世纪五十年代白色恐怖受难者及其家属为主组成的台湾地区政治受难人组织同意与支持之后，向景美人权博物馆筹备处提出了题为“《幌马车之歌》——锺浩东与蒋碧玉的乱世恋曲”的“锺浩东百年展”企划案，并在案子通过后展开了长达几个月的重新阅读与搜集、编辑图文的劳动。就在这段时间，因为搜索一些忘记了的讯息，偶然在网络上看到一九九一年版的《幌马车之歌》竟然在拍卖市场上是以新台币一万五千元起价。我知道，它当然是“有行无市”。但这则讯息也让我想到是该在二〇〇四年增订版也绝版多时之后设法重新出第三版了。于是我一面向时报出版公司交涉拿回出版权，准备交给另一长期支持我的写作的出版社，一面在准备展览材料的同时进行文本的修订写作。结果，因为时报责编表示这本书曾经对他的成长有过重要影响而不愿割爱，并且替作者再生产的物质基础努力争取了能够争取到的条件，向来不奢求的我，也很难再多说什么了。

时隔十年，我又根据后来陆续采集的历史见证人的口述、未曾发表的回忆录与出土的文献及官方公布的档案，重新做了长达数月的核实、润饰与增补的书写而完成了第三版的《幌马车之歌》文本。因此，它的主文也从增订版的六万多字扩充到近九万字。以前不能说的现在都说了。与此同时，考虑到多年来许多文友与读者的反映，为了阅读的顺畅，又把增订版增加的出处批注统统拿掉。虽然它曾经得过年度小说奖，但终究不是虚构的小说。我想，如果还有谁不愿意相信它的历史真实性，就请回头去查看增订版的批注吧。

这里，我要再次谢谢曾经协助我做调查、写作的所有前辈与朋友们；尤其是先后为这本书写序的：已经过世的林书扬先生、犹在斗病的陈映真大哥、侯孝贤导演与赵刚老师；以及收录了不同时期评论文章的詹宏志、须文蔚与陈建功先生；当然还有久无音讯却不曾淡忘的促成它能够公开出版的吴继文兄。

二〇一五年十月十四日，也就是锺浩东牺牲六十五周年的那天。“《幌马车之歌》——锺浩东与蒋碧玉的乱世恋曲”图文展终于在景美人权园区举行开幕式。现场来了许多主人公的家属、亲友及同案受难人的遗属，更有十几位政治立场与主人公不尽相同的政治受难人。通过静静地观看侯导《好男好女》的电影片段与聆听各自的忆述，大家都重新认识了锺浩东与蒋碧玉走过的道路，也虚心面对了它留给后来者对未来的省思。

我想，个别的看法仍然不会一致，但那延续日据以来台湾理想主义的火苗是不会被忽视、扭曲乃至熄灭的。这应该也是《幌马车之歌》还值得重新出版的意义所在吧！我相信，十年后，当它有机会再出第四版的时候，生活在美丽之岛上的人们应该也已扬弃历史的悲情纠葛，走在阳光普照的大路上了吧。

二〇一五年十二月十二日于绿岛绿洲山庄